TANJA JANZ

Wo der SEEWIND flüstert

ST.-PETER-ORDING-SAGA

Roman

HarperCollins

1. Auflage 2023
Originalausgabe

Gesetzt aus der Stempel Garamond
von GGP Media GmbH, Pößneck
Druck und Bindung von CPI books GmbH, Leck
Printed in Germany
ISBN 978-3-365-00255-1
www.harpercollins.de

Klimaneutral
Druckprodukt
ClimatePartner.com/15109-2009-1001

FSC
MIX
Papier
FSC® C083411

Für Ursula Schön,
die mich ins St. Peter-Ording
der 1950er und 1960er entführt hat.
Wie schön, dass ich dich kennenlernen durfte,
liebe Ursula!

Teil 1

KAPITEL 1

Juni 1959, Freibad Grimberg in Gelsenkirchen

Sabine legte den Kopf in den Nacken und schirmte ihre Augen mit einer Hand gegen das grelle Sonnenlicht ab.

»Hoffentlich trifft er das Becken«, merkte Rita an und schob ihre verrutschte Sonnenbrille zurück auf die Nase. Die Hände in die Hüften gestemmt, blickte Rita skeptisch nach oben.

»Mal den Teufel nicht an die Wand!« Sabine schüttelte den Kopf und knuffte ihre beste Freundin tadelnd in die Seite, woraufhin Rita kicherte. Dann ging auch ihr Blick wieder zum Zehnmeterturm, den Ort der allgemeinen Aufmerksamkeit.

Auf der Brettkante stand er. Gino. Der beste Freund ihres großen Bruders und ihr heimlicher Schwarm. Der schöne Gino in enger Badehose, fast schwarze Haare und eine athletische Figur wie gemalt. Aus der Entfernung sah Sabine seine strahlend blauen Augen leider kaum, aber sie wusste, dass sie die Farbe des Gardasees hatten. Nicht dass sie jemals in Italien gewesen wäre. Aber Ginos Eltern waren Italiener, die mussten es wissen und verwendeten diesen Vergleich gerne, wenn sie von ihrer Heimat schwärmten.

Vincenzo und Antonella Rossi waren vor einigen Jahren dem Ruf der Stadt der tausend Feuer gefolgt. Weil Ginos Vater eine Arbeit als Bergmann auf Consol angenommen hatte, war die ganze Familie von Verona nach Gelsenkirchen gezogen. Sabines Vater arbeitete dort im Schacht 4. Ginos Vater war hingegen im Schacht 3, wie Sabine bei einem Gespräch aufgeschnappt hatte.

Dennoch kannten sie sich und waren sogar befreundet. Was sie neben der Arbeit verband, war die Liebe zum Fußball. Deshalb hatte ihr Vater Vincenzo Rossi vor Jahren zu einem Heimspiel des FC Schalke 04 mitgenommen, das auf dem Gelände der Glückauf-Kampfbahn in eben jenem Stadtteil von Gelsenkirchen stattgefunden hatte. Spätestens nach dem Siegtor gegen den VfL Bochum war Vincenzo Rossi der Überzeugung, dass die Deutschen fast so leidenschaftlich Fußball spielten wie die Mannschaften in Italien. Neben seiner Liebe zum AC Mailand schwärmte er fortan auch für den FC Schalke. Und seit jenem Tag gingen Ginos und Sabines Väter gemeinsam auf Schalke. Es schien, dass keiner von ihnen sich mehr vorstellen konnte, dass es jemals anders gewesen war.

Gino machte sich bereit. Er schwang die Arme nach oben und setzte zum Sprung an.

Sabine hielt vor Anspannung den Atem an. Was, wenn Ritas Bemerkung wahr werden und Gino am Ende doch das Becken verfehlen würde?

»Wenn das mal gut geht!« Rita zog geräuschvoll Luft durch die Zähne ein.

»Hör bloß auf!«, herrschte Sabine sie angespannt an. Sie kniff die Augen fest zusammen, sie konnte nicht hinsehen. Die umstehenden Leute johlten, riefen Anfeuerungen und klatschten in die Hände.

Dann erklang ein lautes Plumpsen, und ein Schwall Wasser spritzte hoch und traf sogar auf Sabines Oberkörper. Abrupt riss sie die Augen wieder auf und machte einen Satz zurück. »Ist das kalt!«

»Er hat das Becken doch getroffen«, bemerkte Rita grinsend, die ebenfalls Wasserspritzer abbekommen hatte. Sie schien es jedoch nicht im Geringsten zu stören. Ihr geblümter Bikini passte gut zu ihrer Figur und ihrer gebräunten Haut.

Insgeheim beneidete Sabine ihre Freundin um ihre Wespentaille und ihren vollen Busen. Von weiblichen Rundungen konnte sie selbst nur träumen. Glücklicherweise war ihr Badeanzug mit einem figurformenden Innenfutter ausgestattet, das den Anschein einer Taille und eines Busens erweckte.

Auf Ritas Kopf thronte ein Strohhut mit einer rot-weißen Borte, unter dem ihre blonden Locken hervorlugten. Wie immer trug sie die neueste Mode und erntete dafür nicht nur von Frauen bewundernde Blicke. Ihren Eltern gehörte der Friseurladen Salon Inge auf der Bickernstraße, wo Rita eine Lehre zur Friseurin machte. »Man kann als Frisöse ja nicht in altmodischen Fräckchen durch die Weltgeschichte laufen. Dann kommt doch keiner mehr zum Haaremachen«, hatte sie einmal gesagt und dabei nicht unzufrieden gewirkt. Sabine wusste natürlich, dass ihre Freundin einfach Spaß daran hatte, stets den neusten Modetrend auszuprobieren, und das lediglich begründen wollte. Ritas Eltern hatten danach bereitwillig einen Bikini gekauft, auch wenn Rita ihn kaum bei der Arbeit im Salon getragen hätte. Doch Herr und Frau Brosch begriffen sich als eine Art Institution. Sie hatten es sich zur Mission gemacht, dafür zu sorgen, dass selbst die Frauen aus Gelsenkirchen-Bismarck modisch denen aus Düsseldorf in nichts nachstanden.

Sabines Badeanzug war zwar kein Bikini, dennoch fühlte sie sich in dem vorteilhaft geschnittenen Modell gut. Sie verschränkte die Arme vor der Brust und konzentrierte sich wieder auf Gino, während er unter dem Applaus der Umstehenden zum Beckenrand schwamm. Er beeilte sich nicht, vollführte aber auch keine Kunststücke mehr und lächelte nicht einmal. Dennoch sprach Stolz aus jedem seiner Schwimmzüge.

»Was ist, kommst du mit ins Wasser?«, fragte Rita herausfordernd. »Wer als Erste im Becken ist?«

Sabine schüttelte den Kopf. »Nein, ich werde mal zurück zu Karin gehen. Sie langweilt sich bestimmt ganz allein auf der Decke. Außerdem ist mein Badeanzug nass geworden.«

Rita schüttelte lachend ihre Locken. »Dafür sind Badeanzüge doch da.«

»Später vielleicht.« Ihr Blick ging erneut zu Gino. Jetzt stand er am Beckenrand. Einige Jungs klopften ihm anerkennend auf die Schulter, und die Mädchen schauten voller Bewunderung zu ihm auf. Doch er war viel zu bescheiden, um diese Situation auszukosten oder gar mit seinem Wagemut zu prahlen. Stattdessen ging er zu Sabines Bruder Rolf, der mit drei anderen Jungs an einer Brause im Fußbecken stand.

Rita lächelte. »Wie kann man nur so wasserscheu sein. Ein Wunder, dass du dich hinter den Ohren wäschst.«

»Wie kann man so eine Wasserratte sein«, gab Sabine zurück. »Dir wachsen bestimmt eines Tages Schwimmhäute zwischen den Fingern.«

Rita winkte ab. »Nimmst du die mit?« Sie reichte Sabine ihre Sonnenbrille und ihren Strohhut.

Lachend setzte Sabine sich den Hut auf. »Mit dem größten Vergnügen. Der Hut hilft mir dabei, die unkontrollierte Vermehrung meiner Sommersprossen in Schach zu halten.« Sabine strich sich die dicken braunen Haarsträhnen auf die Schultern.

»Na dann.« Rita blickte zum Schwimmerbereich, den eine Wand im Becken vom Sprungbereich trennte. »Aber nachher gehen wir im Allgemeinbecken noch eine Runde plantschen, ja?« Sie zeigte auf das große Becken, das im hinteren Bereich des Freibads hinter einem kleinen Wall lag.

Dort war das Wasser zunächst wadenhoch, das Becken

wurde tiefer, je weiter man sich vorwagte. Erst hinter dem Seil fiel die Wassertiefe bis auf nahezu zwei Meter ab.

Natürlich wusste Rita um Sabines Dilemma. Im Gegensatz zu ihrer Freundin schaffte sie nämlich keinen einzigen Schwimmzug. Sabine konnte nicht sagen, wie oft Rita ihr bereits angeboten hatte, ihr das Schwimmen beizubringen. Sie hatte es jedes Mal ausgeschlagen. Denn es wäre ihr einfach zu beschämend, wenn Hinz und Kunz sie bei ihren ungelenken Schwimmversuchen beobachtet hätten und sie dadurch zum Bismarcker Tratsch geworden wäre. Sie genierte sich, vor anderen zugeben zu müssen, dass sie mit ihren siebzehn Jahren noch immer Nichtschwimmerin war. Ihre Geschwister Rolf und Karin konnten natürlich schwimmen. Rolf hatte als kleiner Junge von Opa Erich Schwimmstunden im Kanal bekommen und es später Karin beigebracht. Aber Sabine hatte den geeigneten Zeitpunkt verpasst. Sie hatte auch nicht danach gefragt, denn Wasser war ihr außerhalb des Badezimmers immer suspekt gewesen. Besonders wenn es trüb war und sie nicht bis auf dessen Grund schauen konnte. »Beim nächsten Mal«, hatte sie Rolfs Angebot genauso regelmäßig abgewiegelt wie Ritas.

Tapfer nickte Sabine ihrer Freundin Rita zu. »Ist gut. Aber nur bis zur Leine.«

»Selbstverständlich.« Rita zwinkerte ihr zu. »Nicht auszudenken, wenn du am Ende noch von Gino gerettet werden müsstest.«

Sabine streckte ihrer Freundin die Zunge raus. »Sieh du lieber zu, dass sich kein Aal aus dem Kanal ins Becken verirrt hat, der dich in den großen Zeh beißt.«

Rita lachte auf. »Ich werde mich bemühen. Bis nachher!«

»Bis nachher!« Sie wandte sich ab, setzte sich Ritas Sonnenbrille auf und ging über den mit Gras bewachsenen Wall auf die große Liegewiese. Die Badegäste hatten in geringem Abstand zueinander Decken ausgebreitet.

Das Freibad Grimberg war bei schönem Sonnenwetter stets brechend voll. Gerade am Wochenende drängte halb Gelsenkirchen ins Bad. Spätestens gegen Mittag traten sich die Leute gegenseitig auf die Füße, und an richtiges Schwimmen war ohnehin nicht mehr zu denken – was Sabine mehr erleichterte, als dass es sie gestört hätte. Sie stieg vorsichtig über einige Decken, lief über schmale Rasenstreifen und sah sich um.

Es brauchte einige Minuten, bis sie die Decke gefunden hatte, auf der ihr Korb stand. Aber keine Spur von Karin. Dabei hatte ihre kleine Schwester doch hoch und heilig versprochen, so lange die Stellung zu halten, bis sie zurück sein würde.

Sabine kniete sich auf die Decke und durchsuchte den Inhalt des Korbs, bis sie den Haustürschlüssel und ihre Geldbörse fand. Sie öffnete den Bügelverschluss des Portemonnaies und schaute hinein. Erleichtert atmete sie auf, als sie fünf Groschen zählte. Es schien alles da zu sein.

Aber wo mochte Karin nur stecken? Mit ihren nunmehr zehn Jahren war sie immerhin alt genug, um sich an Vereinbarungen zu halten. Früher war sie absolut zuverlässig gewesen, aber seit die Pubertät bei ihr eingesetzt hatte, hatte Karin nur noch Flausen im Kopf. Nicht auszudenken, wenn der Haustürschlüssel weg gewesen wäre. Mutti und Vati hätten Sabine als ältere Schwester einen Kopf kürzer gemacht – Karin hätte höchstens einen mahnenden Blick kassiert. Rolf wäre ebenso fein raus gewesen. Seit er Geselle in der Bäckerei Gatenbröcker war, schien er seiner geschwisterlichen Pflichten gänzlich entbunden zu sein, die Sabine nun offenbar von ihm geerbt hatte – ohne es zu wollen.

Sie richtete sich wieder auf und ließ den Blick suchend über die Anlage gleiten. Das Freibad lag tiefer als das umliegende

Gelände, sodass man als Besucher einen guten Überblick über das jeweilige Becken hatte, zu dem man wollte. Es gab zwei Nichtschwimmerbecken, in die Metallrutschen führten. Weiter oben befand sich die große Spielplatzwiese, die von einem kleinen Wäldchen umgeben war. Dort gab es idyllische Plätze, die besonders bei Liebespaaren hoch im Kurs standen.

Ihr Blick blieb an einem Grüppchen hängen, das sich einen Steinwurf entfernt zusammengefunden hatte. Erleichtert atmete Sabine auf. Karin hatte sich zu einer Familie aus der Nachbarschaft gesellt, zu den Puscheks, mit deren Tochter Maria sie befreundet war. Sabines Ärger ließ nach. Sie nahm den Korb und ging zu ihnen hinüber.

»Hier bist du! Ich dachte schon, du bist verschüttgegangen.«

Karin sprang auf. Ihr war das schlechte Gewissen anzusehen. »Ich bin erst seit ein paar Minuten hier. Ehrlich! Ich habe auch immer zum Korb geguckt«, rechtfertigte sie sich.

»Du hättest den Korb einfach mitnehmen können«, gab Sabine zu bedenken und nickte dann den Puscheks zu. »Guten Tag! Ziemlich heiß heute, nicht wahr?«

»In der Tat!« Frau Puschek wischte sich die Stirn mit einem Stofftuch ab. »Glückwunsch übrigens zu deiner bestandenen Prüfung, Sabine. Deine Mutter hat mir vor ein paar Tagen davon erzählt. Da kannst du stolz drauf sein.«

Herr Puschek nickte. »Das kannst du wohl!«

»Danke.« Vor zwei Wochen hatte sie die Prüfung zur Hauswirtschafterin an der Frauenfachschule mit Erfolg absolviert. Sabine freute sich über die unerwartete Anerkennung.

»Wie geht es denn jetzt weiter? Hast du schon eine Stelle in Aussicht?«, wollte Frau Puschek wissen.

»In Aussicht nicht, aber ich habe mich beworben«, antwortete Sabine wahrheitsgemäß.

Herr Puschek versenkte einen Daumen zwischen den Fingern und hob die Faust. »Da drücken wir dir ganz fest die Daumen.«

»Danke! Das kann ich gut gebrauchen.« Sie schaute zu ihrer Schwester, die sich wieder zu ihrer Freundin gesetzt hatte. »Du kannst ruhig hierbleiben, Karin. Ich bin auf unserer Decke.«

Karin sah an ihr vorbei. »Rolf ist jetzt auch da.«

Sabine nickte. »Lass dich zwischendurch mal blicken«, bat sie, bevor sie sich höflich von den Puscheks verabschiedete.

Nachdem sie sich umgewandt hatte und einige Schritte gegangen war, hielt Sabine kurz in der Bewegung inne. Nicht nur ihr Bruder hatte sich auf ihre Decke gehockt, sondern auch Gino. Ohne nachzudenken, zog Sabine ihren Bauch etwas ein und nahm die Schultern zurück. Während sie so auf die beiden zuging, schlug ihr Herz kräftig, und sie spürte das flattrige Gefühl in der Magengegend, das sie jedes Mal überkam, wenn Gino in ihrer Nähe war oder er sie ansah.

»Da bist du ja!« Rolf hob erleichtert die Hände, als er sie sah.

Sabine lächelte. »Wo sollte ich denn sein?«

»Rita sagte, dass du mit Karin hier wärst.«

»Karin ist drüben bei Puscheks.« Sie zeigte hinter sich.

Rolf schaute an ihr vorbei und nickte. »Ah, das ist gut. Gino und ich wollten dir nämlich was erzählen. Und Rita verraten wir es auch.«

»Ja? Was denn?« Sabine stellte den Korb auf der Decke ab.

»Es ist eine Überraschung«, verkündete Gino mit seinem so charmanten italienischen Akzent. *»Una grande avventura«*, fügte er hinzu.

»Aha.« Sabine lächelte ihn an. Sie hatte zwar kein Wort verstanden, ihr genügte aber allein der Anblick seiner leuchtenden Augen. Mehr brauchte sie nicht, um glücklich zu sein. »Ihr macht mich neugierig.«

»Gino möchte mit dir zusammen vom Zehnmeterturm springen«, sagte Rolf mit todernster Miene.

»Was?« Erschrocken griff sie sich ans Schlüsselbein. Als sie Gino lachend den Kopf schütteln sah, wurde ihr klar, dass Rolf Spaß machte.

»Deinen Blick hättest du mal sehen sollen«, prustete Rolf los. »Wie ein Huhn, wenn's donnert!«

»Ach, du!« Sie gab Rolf einen Klaps auf den Oberarm.

In diesem Moment kam Rita zu ihnen. Von ihrem nassen Haar perlten Tropfen auf ihre Schultern. »Worüber freut ihr euch so?«

»Sabine springt gleich mit Gino vom Zehnmeterturm«, wiederholte Rolf.

Rita zeigte ihm einen Vogel. »Sonst noch was?«

»Ja«, schaltete sich Gino nun ein. »Wir fahren zusammen nach *bella italia*.«

»Wohin fahren wir?« Sabine sah ihren Bruder und Gino verständnislos an.

»Nach Italien! Zum Gardasee. Ist das nicht dufte?« Rolf grinste wie ein Honigkuchenpferd.

Rita riss vor Begeisterung die Augen weit auf. »Wann und wie lange?«

Rolf schien kurz zu rechnen. »In genau zehn Tagen. Am Gardasee bleiben wir dann zwei Wochen.«

»Das passt. Ich trage gleich Urlaub im Salon ein. Meine Prüfung ist eh erst im Herbst, meine Eltern werden nichts dagegen haben.«

»Und was ist mit meinen Bewerbungen?«, warf Sabine ein. Sie wusste nicht, ob sie sich freuen konnte. »Was, wenn ich in der Zeit ein Vorstellungsgespräch habe?«

»Dann machst du einen späteren Termin aus«, konterte Rita nüchtern.

»Und wie sollen wir überhaupt bis nach Italien kommen?« Sabine schwirrte der Kopf.

»Mit dem Borgward von Onkel Alfredo«, verkündete Gino. »Er leiht ihn mir, wenn ich ein Päckchen für seinen Cousin mitnehme.«

Sabine schaute zu Rita, die entschlossen nickte. »Ja, wenn das so ist ...«

Zwei Wochen mit Gino in Italien. Bei dem Gedanken ging Sabines Herz auf. Das war zu schön, um wahr zu sein.

Rita erriet ihre Gedanken zweifellos. Sie griff nach ihrer Hand und drückte sie, bevor sie ihr zuflüsterte: »Du brauchst unbedingt einen Bikini.«

KAPITEL 2

Juni 1959, auf der Dorfstraße in Sankt Peter

Ebba Freese hatte es eilig. Sie trat gehörig in die Pedale ihres Diamant-Sportrads. Dabei hielt sie den Oberkörper tief über den Lenker gebeugt, um dem Wind so wenig Widerstand wie möglich zu bieten, der in kräftigen Böen von vorne kam und ihr Regentropfen ins Gesicht trieb. Über zwei Wochen hatte sich schönstes Frühsommerwetter über Sankt Peter gehalten und den Anschein erweckt, die Bilderbuchtage könnten nie zu Ende gehen. Doch am frühen Morgen hatte es erst leise über der See gegrollt, am Horizont hatte sich ein grauer Streif gebildet. Die grauen Wolken und das immer lauter werdende Grollen waren schließlich aufs Festland gezogen und hielten sich nun schon seit Stunden. Sehr zum Leidwesen derjenigen, die sich in dem Heilbad erholen wollten, einen Spaziergang zum Leuchtturm geplant hatten oder bis zu den Knien in der noch recht kühlen Nordsee hatten waten wollen. Für Ebba Freese war es ebenfalls ärgerlich. Das ungemütliche Wetter hielt die Gäste auf ihren Zimmern und führte dazu, dass sie nicht wie gewohnt ungestört Ordnung schaffen, Zimmer vorbereiten oder ihrer täglichen Routine nachgehen konnte. Besonders die Schuberts, ein Ehepaar aus Stuttgart, hatten sie mit unnötigen Fragen aufgehalten.

»Wie lange dauert denn der Regen voraussichtlich?«, hatte Herr Schubert gefragt.

»Das Wetter ist in Sankt Peter wechselhaft. Es kann sein, dass mittags wieder die Sonne vom blauen Himmel lacht«, hatte Ebba Freese zur Antwort gegeben.

Frau Schubert hatte daraufhin mürrisch den Mund verzogen. Doch was hätte sie ihren Gästen anderes sagen sollen? Hellsehen konnte sie schließlich nicht, und ein Wetterfrosch war sie schon gar nicht. »Machen Sie sich keine Sorgen. Es wird nicht tagelang regnen, höchstens ein paar Stunden«, hatte sie versöhnlich hinzugefügt.

Daraufhin hatte Frau Schubert nicht mehr ganz so verdrießlich dreingeschaut und angemerkt, dass sie bis dahin in ihrer Illustrierten lesen wollte.

Sobald die Schuberts wieder auf ihr Zimmer gegangen waren, hatte Ebba sich eine Jacke übergezogen, den Einkaufskorb geschnappt und sich wenig später auf ihr Fahrrad geschwungen. Trotz ihrer dreiundsechzig Jahre fühlte sie sich noch ziemlich rüstig, was sie auf die tägliche Bewegung an der guten Nordseeluft schob. Immerhin war das der Grund, weswegen die meisten Leute nach Sankt Peter kamen: Reizklima wurde es im Fachjargon genannt.

Sie war schon spät dran und musste sich beeilen, wenn sie noch vor der Mittagspause im Kolonialwarenladen einkaufen wollte. Für den Nachmittag hatten sich neue Gäste aus Bayern angekündigt. Damit waren alle drei Fremdenzimmer belegt. Sie selbst war in den Schuppen im Garten gezogen. Zugegeben, es war eine notdürftige Behausung, in der bloß ein schmales Eisenbett mit einer durchgelegenen Matratze und eine Kommode Platz gefunden hatten. In der warmen Jahreszeit ließ es sich dort jedoch einigermaßen gut aushalten. Für den September, wenn die Nächte kühler wurden und der Wind durch alle möglichen Ritzen pfiff, musste Ebba sich etwas einfallen lassen. Seit dem Tod ihres Mannes war das Geld noch knapper als ohnehin. Deshalb hatte sie dringend Einnahmen benötigt und begonnen, Gäste aufzunehmen.

Die Küche in ihrem Haus konnte sie weiternutzen, da sie ihren Gästen Essen anbot. Das Wohnzimmer hatte sie in einen Speisesaal umfunktioniert, in dem sie morgens das Frühstück servierte. Brot, gute Butter und selbst gemachte Marmelade gab es und dazu wahlweise eine Tasse Bohnenkaffee oder Tee. Manchmal bekam sie auch ein paar frische Eier von einem Nachbarn, der hinter dem Haus ein paar Hühner hielt.

Um vier Minuten vor zwölf bremste Ebba vor dem Laden von Boy Jöns. Sie stellte das Rad neben dem Haus ab und hastete zur Eingangstür. Ein helles Glöckchen erklang, als sie den Laden betrat. Frau Jöns erfasste bei einer Kundin die Einkäufe auf einer Registrierkasse. Mit vier Fingern drückte sie geschickt auf die Knöpfe und drehte zum Schluss die Kurbel an der Seite. Die Kundin schob einen Geldschein über die Theke und packte ihre Einkäufe in einen Korb. Danach ging sie zur Ladentür.

»Moin, Frau Freese«, begrüßte Frau Jöns sie nun freundlich. Sie kannte alle Kunden beim Namen und wusste stets, wer sich für welche Waren interessierte. »Kommen Sie wegen dem bestellten Kaffee?«

Ebba lächelte. »So ist es. Zwei Pakete Kaffee, bitte. Wenn das so weitergeht, beehre ich Sie demnächst mehrmals in der Woche. Jeder möchte nur noch Jacobs Kaffee trinken, als wären andere Sorten kein richtiger Bohnenkaffee.«

Frau Jöns lachte auf. »Jaja, *Jacobs Kaffee … wunderbar*«, zitierte sie den Werbespruch der Bremer Rösterei. Sie nahm zwei Päckchen Bohnenkaffee aus einem Regal und stellte sie vor Ebba auf den Verkaufstresen. »Die Beliebtheit des Kaffees scheint mit der Reklame in den Tageszeitungen mit Großmutter Sophie zusammenzuhängen. Kürzlich erzählte mir eine

Kundin, dass es sogar eine Reklame im Radio und im Fernsehen gibt.«

Ebba zuckte die Schulter. »Zum Radiohören komme ich im Moment kaum. Und Fernsehen … Ich wäre schon froh, wenn wir endlich fließendes Wasser hätten und ich nicht ständig zum Brunnen laufen müsste.«

»Darauf warten wir doch alle sehnsüchtig.« Frau Jöns nickte verständnisvoll und tippte den Preis in die Kasse ein. »Das macht dann neunzehn Mark und siebzig Pfennige.«

Nachdem Ebba bezahlt hatte, verstaute sie den Kaffee in ihrem Einkaufskorb. »Eine schöne Mittagspause für Sie«, wünschte sie der Ladeninhaberin noch, bevor diese hinter ihr die Tür abschloss und das Schild umdrehte, sodass von außen das Wort *Geschlossen* zu lesen war.

Zufrieden ging Ebba zu ihrem Fahrrad und fuhr den Weg wieder zurück. Nun musste sie sich sputen, wenn die Zimmer für die neuen Gäste noch rechtzeitig fertig werden sollten.

Auf halber Strecke blickte sie sich um. Ihr war, als hätte jemand ihren Namen gerufen. Tatsächlich. Vor einer reetgedeckten Kate auf der gegenüberliegenden Seite stand Knut Wehrich und winkte ihr hektisch zu.

»Ebba!«

Sie überquerte die Straße und kam neben ihm zum Stehen. »Moin!«

»Moin! Gut, dass ich dich gerade heute sehe. Am Nachmittag hätte ich dir sonst einen Besuch abgestattet. Es gibt nämlich gute Nachrichten.« Als Leiter der Peilfunkstelle in Sankt Peter erreichten ihn Neuigkeiten meist zuerst.

Ebba zog die Augenbrauen hoch. »So? Was sollen das denn für Nachrichten sein?«

»Ein ehemaliger Funkerkollege möchte mit seiner Frau und den drei Kindern eine Woche an der Nordsee Urlaub machen«, erklärte Knut Wehrich. »Natürlich am liebsten in Sankt Peter. Und da habe ich gleich an dich gedacht und ihm gesagt, dass du Fremdenzimmer mit Frühstück vermietest.«

»Wann will er denn mit seiner Familie kommen?«, fragte Ebba und knöpfte sich die Jacke bei der Gelegenheit weiter zu.

»Übermorgen.«

»Ausgeschlossen.« Sie schüttelte den Kopf. »Es tut mir leid. Übermorgen habe ich keinen Platz. Schon gar nicht für fünf Personen! Ein Hotel bin ich ja längst noch nicht. Meine drei Zimmer sind in den nächsten sechs Wochen bis aufs letzte Bett belegt. Weißt du, wo ich deshalb gerade wohne? Im Schuppen.«

Knut kratzte sich am Kopf. »Oha. Dann gibt es nun ein Problem. Ich habe meinem ehemaligen Kollegen nämlich schon zugesagt, weil du mal meintest, dass du die Einnahmen von Übernachtungen gut gebrauchen kannst.«

Tadelnd schnalzte Ebba mit der Zunge. »Das stimmt ja auch. Aber im Moment kann ich keine Unterkunft anbieten. So leid es mir tut. Du musst deinem Bekannten absagen.«

Eine Böe fegte ums Haus und zerzauste Knuts graues Haar. »Das geht nicht mehr. Nach unserem Gespräch wollte er gleich zum Bahnhof und die Fahrkarten kaufen. Bestimmt hat er sie längst.« Er wirkte ratlos. »Hast du denn wirklich keine Möglichkeit?«

»Nein«, erwiderte Ebba entschieden. »Du hättest mich vorher fragen können.«

Er nickte. »Hätte ich. Zur Not muss ich die Familie beherbergen.«

»In eurem kleinen Haus?« Sie blickte skeptisch auf das Gebäude. »Ihr habt doch bloß die zwei Wohnräume im Erdgeschoss. Bei mir gibt's wenigstens eine weitere Etage.«

Darauf senkte er den Blick. »Ich kann die Familie doch nicht im Stich lassen.«

»Kannst du nicht«, stimmte sie ihm zu. Dann fiel ihr etwas ein … »Vielleicht weiß ich jemanden, den ich fragen könnte.«

»Wirklich?«, fragte Knut erwartungsfroh.

»Vielleicht. Freu dich nicht zu früh! Ich werde fragen und dir dann Bescheid geben«, dämpfte sie seine Hoffnung.

»Gut. Dann warte ich auf deine Rückmeldung. Danke, Ebba!«

»Da nicht für!« Sie stellte wieder den Fuß aufs Pedal. »Jetzt muss ich aber wirklich weiter.«

Eigentlich wollte Ebba auf direktem Weg zurück zu ihrem Haus im Amselweg fahren. Die Zeit drängte, und es regnete wieder etwas kräftiger. Doch der Gedanke an die Familie von Knuts ehemaligem Kollegen ließ ihr keine Ruhe. Die Leute konnten unmöglich eine weite und teure Zugfahrt auf sich nehmen und dann in Sankt Peter ohne Unterkunft dastehen. Was würde das denn für einen Eindruck machen? Kurz entschlossen bog sie in den Heideweg ein. Dort standen vier Nissenhütten. In einer von ihnen lebte ihre Freundin Grete Schröder allein mit zwei Töchtern, seit der Mann im Krieg verschollen war. Sie schlug sich mehr schlecht als recht mit Gelegenheitsarbeiten durch und konnte jeden Pfennig gebrauchen, soviel wusste Ebba.

Als sie vor der Wellblechhütte mit halbrundem Dach hielt, war aus dem Niederschlag ein kräftiger Landregen geworden. Sie klopfte energisch.

Die älteste Schröder-Tochter öffnete. »Guten Tag, Tante Ebba.«

»Moin, Dörte. Ist deine Mutter da?«

Das Mädchen nickte. »Ich hole sie.«

Als Dörte sich umdrehte, stand ihre Mutter schon hinter ihr. »Moin, Ebba! Willst du nicht reinkommen?« Grete Schröder machte die Tür auf und ließ sie herein. »Du triefst ja. Gib mir mal deine Jacke, ich hänge sie vor den Ofen.«

»Danke.« Ebba reichte Grete ihre Jacke und stellte den Einkaufskorb mit den zwei Päckchen Kaffee neben der Tür auf den Boden.

Dörte war zu ihrer jüngeren Schwester gegangen, die in einer Ecke saß und gerade Socken stopfte. Die Nissenhütte war spärlich möbliert. Zwei Etagenbetten, ein Feldbett, ein paar Schränke, vier Stühle, ein Tisch und die provisorische Küche, deren Dreh- und Angelpunkt ein alter Küchenofen war, der zum Kochen und Heizen genutzt wurde.

»Wir haben die Wäsche vorhin auch schnell reingeholt, als der Regen angefangen hat. Möchtest du eine Tasse Tee?«

»Da sag ich nicht Nein.« Ebba setzte sich und wartete, bis Grete mit zwei Tassen Tee zu ihr kam.

»Hat dich der Regen zu einem Überraschungsbesuch bei mir veranlasst?«, fragte Dörte mit einem leichten Lächeln.

»Nicht der Regen. Eher Knut Wehrich.« Ebba trank einen Schluck Tee.

»Knut Wehrich? Na, warum das denn?«, fragte Grete verwundert.

»Ein ehemaliger Kollege will mit seiner Familie in Sankt Peter Urlaub machen und bei mir unterkommen.«

»Das ist doch gut. Gäste bringen Geld.«

Ebba zuckte die Achseln. »Eigentlich schon. Allerdings bin ich ausgebucht und deswegen schon in den Schuppen gezogen.« Sie hob die Hände. »Ich wüsste nicht, woher ich den Platz für weitere fünf Personen nehmen sollte! Knut hat seinem Bekannten ohne mein Wissen einfach zugesagt. Und nun haben sie wohl schon die Zugfahrkarten gekauft.«

»Das ist ja allerhand! Und nun? Wo sollen sie unterkommen?«

»Na ja …« Ebba machte eine kurze Pause und sah Grete bittend an. »Deswegen bin ich vorbeigekommen. Ich hoffe, du reißt mir nicht gleich den Kopf ab, aber ich dachte, vielleicht hast du die Möglichkeit, die Familie zu beherbergen. Du würdest auch Geld dafür bekommen.«

»Warum sollte ich dir denn deswegen den Kopf abreißen?«, fragte Grete halb entrüstet.

Ebba seufzte. »Na, du hast genauso wenig wie ich ein Hotel. Bei dir ist ja sogar noch weniger Platz als bei mir. Deswegen war ich mir nicht sicher, wie du meine Frage aufnehmen würdest. Schließlich möchte ich dich und die Mädchen nicht aus eurem Zuhause jagen. Aber man kann die Familie doch nicht ohne Dach über dem Kopf stehen lassen.«

»Nein, kann man nicht«, befand Grete. »Was würde das für einen Eindruck machen!«

»Ich bin froh, dass du das genauso siehst«, sagte Ebba und trank erleichtert wieder von ihrem Tee. Der erste Schritt war geglückt.

Gretes Augen funkelten vergnügt. »Wann kommt die Familie denn in Sankt Peter an?«

»Schon übermorgen. Ich weiß, es ist alles sehr kurzfristig, aber …«

Grete unterbrach sie mit einer Handbewegung. »Meine Mädchen und ich fahren doch morgen zu meiner Schwester Marga auf den Bauernhof. Wie du ja sicherlich noch weißt, helfen wir die nächsten drei Wochen dort im Obst- und Gemüsegarten. Unsere Hütte ist in der Zeit frei. Von mir aus kann die Familie bei uns unterkommen. Es sei denn, sie erwarten etwas Besseres …« Grete machte eine ausladende Armbewegung.

Zufrieden mit sich, leerte Ebba die Teetasse und stellte sie ab. »Ich werde Knut nachher Bescheid geben. Danke, Grete, für den Tee und deine Hilfsbereitschaft.«

»Da nicht für. Es ist doch eine gute Lösung für alle Beteiligten. Ich kann meine Hütte vermieten und bekomme Geld dafür. Schön, wie sich alles fügt.«

»Ein wirklich glücklicher Umstand.« Ebba stand auf. »Nun muss ich mich sputen. Die nächsten Gäste kommen bald, und ich bin noch nicht dazu gekommen, die Zimmer vorzubereiten.«

Grete half ihr in die Jacke. »Ist schon trockener. Ich bringe dir morgen die Schlüssel vorbei, bevor wie aufbrechen.«

Der Regen hatte nachgelassen, und zwischen der grauen Wolkendecke blitzten zaghaft einige blaue Lücken hervor. Nachdem Ebba sich noch einmal bei ihrer Freundin bedankt hatte, nahm sie ihr Fahrrad und fuhr los.

Als Ebba wenig später an ihrem Haus im Amselweg ankam, warteten die neuen Gäste schon vor der Eingangstür. Frau und Herr Solms waren mit Sohnemann Fritz im eigenen Auto angereist und »besser als gedacht durchgekommen«.

Ebba entschuldigte sich vielmals bei ihnen dafür, dass ihr Zimmer noch nicht bezugsfertig war. »Vielleicht möchten Sie nach der langen Autofahrt eine Tasse Jacobs Kaffee im Frühstücksraum trinken? Und für Fritz habe ich selbst gemachte Zitronenbrause.«

Familie Solms nahm Ebbas Angebot dankend an.

Manchmal braucht man einfach nur die richtige Idee zur rechten Zeit, befand Ebba, als sie sich am Abend in den Schuppen zurückzog. Die Solms waren inzwischen zufrieden zum Strand spaziert. Und Ebba hatte sogar Zeit gefunden, um zu Knut zu fahren und ihm von der Abmachung mit Grete zu berichten. Knut hatte sehr erleichtert gewirkt.

Obwohl alles gut gegangen war, hatte der Tag sie mehr angestrengt, als sie erwartet hatte. Sie musste sich eingestehen, dass die jugendliche Kraft von einst nicht mehr vollends da war, dabei hatte die Saison erst begonnen. Vielleicht sollte sie sich wie Gretes Bauern ebenfalls um Unterstützung bemühen? Allerdings konnte sie nichts zahlen, bloß die Möbel im Schuppen irgendwie so weit zusammenschieben, dass noch ein weiteres Bett reinpasste …

Im Lichtschein einer Kerze verfasste sie einen Brief an ihre Schwester Käthe. Bevor sie das Schreiben schließlich in ein Kuvert steckte, zögerte Ebba. Vielleicht war es doch etwas zu viel verlangt?

Nein sagen konnte Käthe immer noch. Ebba gab sich einen Ruck, klebte den Umschlag zu und schrieb die Adresse darauf. Wozu hatte man denn sonst Familie?

KAPITEL 3

Juni 1959, Westfalenkaufhaus auf der Bahnhofstraße in der Gelsenkirchener Altstadt

Käthe Kurowski stand hinter ihrer Tochter und zupfte an den Schultern der Bluse, die Sabine gerade anprobierte. Kritisch sah sie auf, trat einen Schritt zurück und blickte prüfend in den Spiegel neben der Umkleidekabine. »Da kannst du noch einen mit reinnehmen. Die Bluse wirft Falten. Du brauchst eine Nummer kleiner.«

Gleich nach dem Frühstück waren Sabine und ihre Mutter mit der Straßenbahnlinie 1 von Gelsenkirchen-Bismarck in die Altstadt gefahren. Sabines kleine Schwester Karin war zum Spielen bei einem Nachbarskind geblieben.

»Du solltest besser vorbereitet sein, wenn eine Einladung kommt«, hatte Sabines Mutter am Vorabend gemeint. »Eine neue weiße Bluse im Schrank hängen zu haben, für alle Fälle, das ist besser, als auf den letzten Drücker loszurennen und dann nichts Gescheites zu bekommen.«

Kurz nach Ladenöffnung hatten sie das dreigeschossige Kaufhaus auf der Bahnhofstraße betreten. Dort herrschte viel Betrieb. Das angebotene Vollsortiment lockte sogar Kundschaft aus den umliegenden Städten in die Gelsenkirchener Altstadt.

Sabine strich mit einer Hand über die vordere Knopfleiste der Bluse. Der Stoff hing an ihrem Oberkörper schlaff herab.

»Die mit den roten Punkten habe ich in einer Nummer kleiner gesehen ...«

»Rote Punkte!« Käthe Kurowski verdrehte die Augen. »Weiß muss die Bluse sein. Schlicht und weiß, mehr nicht. Du gehst damit zu einem Vorstellungsgespräch und nicht zum Tanztee.«

Sabine drehte sich zu ihrer Mutter um. »Noch habe ich keine Einladung bekommen«, gab sie zu bedenken.

»Und wenn schon. Die Bluse verdirbt nicht im Schrank.« Sie drehte sich um und ging entschlossen zu der Kleiderstange, an der weitere Blusen auf Bügeln in strahlendem Weiß hingen.

Sofort war eine Verkäuferin zur Stelle, die bei der Auswahl des Bekleidungsstücks behilflich sein wollte.

Sabine seufzte leise und warf einen wehmütigen Blick auf die rot gepunktete Bluse, die bloß wenige Schritte von der Umkleidekabine entfernt hing. Wie hübsch das Rot leuchtete. In Gedanken sah sie sich zusammen mit Gino in Italien. Das Blau des Gardasees strahlte mit dem Himmel um die Wette, die Sonnenstrahlen wärmten ihr die Arme. Sie trug die Bluse zu einer hellen Caprihose, und ihre Füße steckten in hübschen Riemchensandalen. Ach, sie konnte es sich alles haargenau ausmalen! Es würde einfach wunderbar werden! Mutti und Vati mussten es ihr einfach erlauben, wenn sie sie fragte. Noch hatte sie sich das nicht getraut.

Langsam wandte sie den Blick wieder von der Bluse ab und sah geradeaus. Im Spiegel konnte sie sehen, wie ihre Mutter auf sie zukam. Gleich neben ihr die Verkäuferin. In den Händen hielt sie zwei Kleiderbügel mit weißen Blusen.

Am Mittag stand Sabine zusammen mit ihrer Mutter und Karin in der kleinen Küche der Zechenhaussiedlung an der Deichstraße. Käthe Kurowski hatte sich eine Schürze umgebunden und schlug ein Ei auf, während Karin die Eierschalen auf einem Stück Zeitungspapier sammelte.

Ihre Mutter trennte sorgsam das Eigelb vom Eiweiß. »Die Bluse hängt bei uns im Schlafzimmerschrank.«

»Hm.« Sabine presste die Hälfte einer Apfelsine aus. Währenddessen biss sie sich gedankenverloren auf die Unterlippe.

Ihre Mutter legte weitere Eierschalen auf das Stück Zeitungspapier und sah Sabine skeptisch an. »Was brütest du schon wieder aus?«

Ertappt hob Sabine den Blick. »Ich? Gar nichts, Mutti.«

»Sabine, keiner kennt dich so gut wie ich. Jedes Mal beißt du auf den Lippen herum, wenn du dir über etwas Gedanken machst. Es geht doch nicht etwa um diese Bluse mit den roten Punkten?«

»Nein, Mutti.« Sabine nahm die zweite Apfelsinenhälfte und drückte sie auf die Presse. »Nur ein kleines bisschen vielleicht.«

»Halte besser deine Gedanken zusammen, damit die Butterkrem was wird«, ermahnte sie ihre Tochter. »Die Apfelsinentorte nehmen wir morgen mit zu Tante Wilhelmas Geburtstag. Du weißt doch, wie pingelig sie ist. Da muss alles passen. Und noch dazu an ihrem Achtzigsten!«

»Sonst schimpft Tante Wilhelma«, bekräftigte Karin.

Sabine goss den ausgepressten Saft in eine kleine Schüssel und wischte sich die Hände an einem feuchten Küchentuch ab. Dann nahm sie all ihren Mut zusammen. »Mutti, der Rolf möchte mich mit nach Italien zum Gardasee nehmen. Rita darf auch mitfahren. Bitte erlaube es mir!«

»Na, hör sich das einer an!« Ihre Mutter stemmte eine Hand in die Hüfte. »Karin, geh doch mal ums Haus und schau, ob schon neue Petersilie unter dem Balkon gewachsen ist.«

Erst als Karin die Küche verlassen hatte, zog sie die Augenbrauen zusammen. »Und wann wollte Rolf deinem Vater und mir von euren Plänen erzählen?«

Sabine zog eine Schulter hoch. »Bald. Er wollte nach der Arbeit mit euch sprechen.«

»Das halte ich für ein Gerücht. Nach der Arbeit in der Backstube schläft er. Rolf und seine Ideen!« Sie schüttelte den Kopf. »Wie wollt ihr überhaupt bis nach Italien kommen? Etwa zu Fuß über die Alpen?«

»Ginos Onkel hat einen Borgward. Den leiht er ihm, und wir können sogar in einem Haus seiner Verwandten schlafen. Sie haben nichts dagegen, wenn Gino Freunde mitbringt«, erzählte Sabine aufgeregt. »Ist das nicht wunderbar?«, fügte sie hinzu, als ihre Mutter nichts erwiderte.

»Ob das so wunderbar ist, werde ich mit deinem Vater ausführlich besprechen. Du und Rita, zwei junge Dinger alleine in Italien. So etwas hätte ich mich früher nie getraut, meine Eltern zu fragen. Die hätten mir Italien gegeben.«

»Ach, Mutti!« Sabine nahm die Hände ihrer Mutter in ihre. »Das waren doch damals schlimme Zeiten. Nun haben wir aber 1959, und es bietet sich diese schöne Gelegenheit. Rolf und Gino passen auf Rita und mich auf. Wir werden uns bestimmt gut benehmen und euch keine Schande machen, wenn ihr es uns nur erlaubt.«

»Dass Ritas Eltern so einfach zugestimmt haben«, wunderte sich ihre Mutter. »Aber die Broschs haben ja den Ruf, auch modern in ihren Ansichten zu sein.«

Es klingelte an der Tür. »Ich mache schon auf«, bot Sabine an. »Ist bestimmt Karin!«

»Lass mich das mal machen.« Käthe Kurowski nahm sich die Schürze ab und ging zur Haustür. Wenig später kehrte sie mit Karin, die ein paar Stängel Petersilie in der Hand hielt, und einem jungen Mann in Postbotenuniform zurück in die Küche. Strahlend sagte sie zu Sabine: »Guck mal, wen ich mitbringe!«

»Guten Tag, Engelbert«, grüßte Sabine freundlich.

»Guten Tag, Sabine.« Er nahm seine Dienstmütze ab und lächelte sie unsicher an.

»Einen Kaffee, Engelbert?«, fragte ihre Mutter, ging bereits zum Küchenschrank und nahm Karin im Vorbeigehen die Petersilie ab.

»Von mir aus gerne. Aber nur, wenn es keine Umstände macht.«

»So wenig Umstände wie jeden Tag«, erwiderte Sabines Mutter knapp. Sie legte die Petersilie in eine Schale und setzte einen Kessel Wasser auf dem Holzkohleherd auf.

»Du bist ja heute spät dran mit der Post. Ich dachte, du wärst längst durch.« Sabine deutete auf einen Brief, den er in der Hand hielt.

»Das bin ich auch. Aber diesen Brief wollte ich dir persönlich überreichen. Sieht für mich wichtig aus.« Er hielt ihr das Kuvert hin.

Sabine war aufgeregt und blickte schnell auf den Absender. »Oh! Die Polizeikantine Buer.«

Sogleich trat ihre Mutter zu ihr und schaute interessiert auf den Brief. »Das wird die Antwort auf deine Bewerbung sein«, sagte sie mit bedeutungsschwangerem Blick.

Ihr Herz klopfte. Es war ihre erste Antwort auf eine Bewerbung. »Und wenn es eine Absage ist?«, fragte sie verunsichert.

»Mach ihn auf, dann wirst du es erfahren«, sagte ihre Mutter. »Der Brief wird dich nicht beißen.«

»Also gut!« Hastig schlitzte Sabine das Kuvert mit einem Frühstücksmesser auf und entnahm ein Blatt Papier. Bevor sie vorzulesen begann, begegnete sie Karins neugierigem Blick.

»Sehr geehrtes Fräulein Kurowski«, las Sabine laut. »Bezug nehmend auf Ihre Bewerbung, laden wir Sie zu einem persönlichen Vorstellungsgespräch ein. Finden Sie sich bitte am 29. Juni 1959 um elf Uhr am Eingang der Polizeikantine Buer ein. Dort fragen Sie nach der Kantinenleiterin Frau Eppmann. Weitere Empfehlungsschreiben können zum Gespräch mitgebracht werden.« Sabine schluckte. »Der 29. Juni ist ja schon übermorgen.«

Ihre Mutter nickte zufrieden. »Ich wusste doch gleich, dass es ein guter Einfall von mir gewesen ist, dir eine neue Bluse zu kaufen.«

»Da wünsche ich dir viel Glück für das Vorstellungsgespräch«, sagte Engelbert höflich.

Energisch ging Frau Kurowski zum Herd und hob den Kessel. »Das haben wir doch bestimmt auch ein bisschen dir zu verdanken, nicht wahr, Engelbert?«

»Ich habe Frau Eppmann bloß von Sabines Torten vorgeschwärmt, die ich schon probieren durfte«, gab sich Engelbert bescheiden. Er stammte aus einer Eisenbahnerfamilie und hatte seine Anstellung als Postbeamter über einen Onkel bekommen, der an entsprechender Stelle ein gutes Wort für ihn eingelegt hatte. Frau Eppmann kannte er, weil sie mit ihrer Familie in einem der Eisenbahnerhäuser in der Nachbarschaft wohnte. Ihr Mann war als Zugführer bei der Deutschen Bundesbahn beschäftigt und darüber hinaus ein guter Freund von Engelberts Vater.

Sabine blickte ratlos drein und runzelte die Stirn. »Ich habe doch gar keine Empfehlungsschreiben.«

»Die brauchst du auch nicht. Du backst für Frau Eppmann einfach eine Torte und nimmst sie als Arbeitsprobe mit«, schlug ihre Mutter vor. Lächelnd schaufelte sie mit einem Löffel gemahlenen Kaffee in einen Filter.

»Das wird Frau Eppmann bestimmt überzeugen«, stimmte Engelbert zu. »Soweit ich mitbekommen habe, mag sie Kirschkuchen besonders gerne.«

Sabine nickte. »Kirschkuchen. Also gut. Ich danke dir vielmals für den Hinweis und werde ihn beherzigen.«

»Manchmal ist Frau Eppmann ein wenig streng. Deswegen haben einige Kinder aus unserer Nachbarschaft Angst vor ihr«, erzählte Engelbert leichthin.

»Oh!« Sabine rutschte das Herz in die Hose. Sie hatte so darauf gehofft, dass die Leiterin der Kantine eine freundliche Person war. Allzu häufig war sie Frauen begegnet, die sie sich mit einer fröhlichen Miene nicht einmal hatte vorstellen können.

Dankend nahm Engelbert von Sabines Mutter eine Tasse frischen Kaffee entgegen. »Dir wird bestimmt nicht so leicht bangig. Immerhin bist du kein kleines Mädchen mehr«, sagte er aufmunternd.

»Der Engelbert ist so ein feiner Kerl. Die Frau, die ihn mal zum Mann bekommt, kann sich glücklich schätzen«, bekundete ihre Mutter später, nachdem der Postbote weitergezogen und Karin zum Spielen nach draußen gegangen war.

»Ja, bestimmt.« Sabine las den Brief der Polizeikantine ein zweites Mal.

Käthe Kurowski entsorgte den Kaffeesatz im Mülleimer und spülte die Tassen mit klarem Wasser aus. »Wolltest du nicht mit ihm zum Tanztee gehen?«

»Er hat mich mal gefragt, aber ich hatte an dem Tag schon etwas vor.«

»Vielleicht fragt er dich ja ein zweites Mal. Er scheint dich zu mögen, sonst hätte er dich nicht Frau Eppmann empfohlen.« Sie seufzte. »Eine gute Partie ist der Engelbert in jedem

Fall. Ein Postbeamter genießt höchsten Respekt und bringt gutes Geld nach Hause. Außerdem ist die Familie Müller hoch angesehen.«

»Ach, Mutti. So eilig habe ich es nicht, unter die Haube zu kommen.« Sie wich dem Blick ihrer Mutter aus. Es war kein Geheimnis, wovon Käthe Kurowski träumte – da nahm sie kein Blatt vor den Mund. Ginge es nach ihren Eltern, würde Sabine einmal eine »glückliche Hausfrauenehe« führen und mindestens zwei Kinder bekommen – vorzugsweise einen Jungen und ein Mädchen. Allerdings hatte Sabine andere Vorstellungen von ihrem Leben und vor allem ihrem zukünftigen Ehemann. So nett und wohlerzogen Engelbert auch war, er kam für sie als Mann nicht infrage. Gino und sonst keiner, war ihre Losung.

»Zumindest kannst du seine nächste Einladung annehmen«, beharrte ihre Mutter. »Zur Not sagst du eben andere Dinge ab. Engelbert hat gute Manieren und ist gebildet. Soweit ich weiß, hat er sogar ein Auto.«

»Eine Isetta«, bestätigte Sabine. Sie legte den Brief in eine Schublade des Küchenschranks, in der wichtige Post aufbewahrt wurde.

Ihre Mutter nickte anerkennend und widmete sich wieder der Zubereitung der Torte. »Das muss man erst einmal schaffen. Aus unserer Familie hat noch nicht einmal einer einen Führerschein.«

»Rolf möchte bald einen machen, hat er gesagt.« Und Gino hat längst einen, dachte sie.

»So?«

»Redest du heute mit Vati wegen Italien?«, hakte sie nach.

»Das kommt ganz darauf an, wann dein Vater nach Hause kommt. Heute hat er doch Sonderschicht auf dem Pütt. Meistens ist er danach viel zu müde, um anstrengende Gespräche zu führen.«

»Aber sprichst du morgen mit ihm? Dann ist Sonntag, und er hat frei.«

»Jaja. Ich werde schon mit ihm reden, wenn wir von Tante Wilhelmas Geburtstag wieder da sind«, versprach ihre Mutter. »Sonst gibst du ja doch keine Ruhe.«

»Fein. Rolf kann dann auch mit Vati sprechen und ihm alles erklären.«

Ihre Mutter blickte sie nachdenklich an. »Ich werde ein gutes Wort für dich einlegen. Allerdings nur unter einer Bedingung.« Sie hob den Zeigefinger. »Du wirst deinen Vater und mich bei dem Vorstellungsgespräch in der Polizeikantine nicht in Verlegenheit bringen und dich von deiner besten Seite zeigen. Selbst dann, wenn Frau Eppmann höchst sauertöpfisch und die Unfreundlichkeit in Person sein sollte. Hörst du?«

»Danke, danke, liebe Mutti!« Stürmisch fiel sie ihrer Mutter um den Hals. »Ich werde euch alle Ehre machen. Ganz bestimmt sogar! Und Frau Eppmann bekommt den leckersten Kirschkuchen, den sie jemals gegessen hat!«

KAPITEL 4

Juni 1959, in der Straßenbahnlinie 1 von Bismarck Richtung Buer

Die Straßenbahn ruckelte am Erler Forsthaus vorbei und hielt kurz darauf. Es war stickig in dem Waggon, und das Glas der Fensterscheiben war streifig. Wiederholt zog Sabine den grauen Rock über ihren Knien glatt. Die neue weiße Bluse hatte sie mit einem Glätteisen faltenfrei gebügelt und danach ihre Sonntagsschuhe auf Hochglanz geputzt. Auf dem Schoß hielt sie eine Tortenplatte mit dem abgedeckten Kirschkuchen, den sie am Vortag nach Tante Wilhelmas Geburtstagskaffee in Windeseile gebacken hatte.

Nachdem Rolf ihren Eltern von der Italienreise erzählt hatte, waren sie sich schneller einig gewesen, als sie zu hoffen gewagt hatte. Sabine durfte mit an den Gardasee fahren – solange Rolf über sie und Rita wachte. Außerdem hatte ihre Mutter wiederholt, dass sie bei dem Vorstellungsgespräch eine gute Figur abzugeben habe. Erstens habe auch die Familie Kurowski einen Ruf in Gelsenkirchen zu verlieren, und zweitens sei sie es Engelbert schuldig.

Die Straßenbahn fuhr wieder geräuschvoll los, Sabine blickte aus dem Fenster. An ihr zogen die grauen Häuserfronten auf der Cranger Straße vorbei. Italien!, dachte sie sehnsuchtsvoll. Wie schön es doch werden würde! Sogar unbeschreiblich schön! Sie stellte sich vor, wie sie zusammen mit einem Boot auf dem Gardasee fuhren, in einem Restaurant Spaghetti aßen oder italienisches Eis genossen. Dabei sah sie im Geiste Ginos blaue Augen vor sich und musste unwillkürlich lächeln.

In der Nähe des Rathauses stieg sie aus. Das alte Präsidium war nicht zu übersehen. Ein imposanter Bau aus den 20er-Jahren mit einem skulpturengeschmückten Portal und einer aus massivem Werkstein gebildeten Bogenhalle überbrückte den Bürgersteig. Bei Regenwetter fanden Passanten dort Schutz. Sabine hielt das Kuchentablett in beiden Händen. Frau Eppmann konnte gar nicht so Furcht einflößend sein, als dass sie die Fahrt an den Gardasee verhindern könnte. Es würde schon alles gut verlaufen. Entschlossenen Schritts ging Sabine auf das alte Polizeipräsidium zu.

»Soso. Den Kuchen haben Sie also ganz alleine gebacken?« Frau Eppmann beäugte sie über den Rand ihrer Brille, dann roch sie argwöhnisch an dem Stück Kirschkuchen auf ihrem Teller.

Sabine nickte beflissen. »Jawoll, Frau Eppmann.« In eineinhalb Meter Entfernung stand sie im Speisesaal vor dem einzelnen Tisch, hinter dem die Leiterin der Kantine und eine Köchin Platz genommen hatten. Die Hände hielt sie hinter dem Rücken. Bisher war sie nicht gebeten worden, sich ebenfalls zu setzen, deshalb wartete sie geduldig. Frau Eppmann entpuppte sich doch Furcht einflößender als gedacht. Sie war eine große hagere Frau, die ihr graues Haar streng nach hinten zu einem Dutt frisiert hatte. Ihre Lippen waren überaus schmal, die Mundwinkel wirkten verkniffen. Um ihre Augen zeichneten sich Lachfältchen ab, die zumindest die vage Vermutung zuließen, dass sie Humor hatte. Sabine brauchte nicht viel Fantasie, um sich vorzustellen, dass unter Frau Eppmanns Leitung in der Kantine ein strenges Regiment herrschte und alles stets akkurat zu sein hatte.

Mit einer Kuchengabel spießte Frau Eppmann ein kleines Stück Kirschkuchen auf und probierte. Dabei verzog sie keine Miene. Es hätte hellseherische Fähigkeiten gebraucht, um herauszufinden, ob ihr das süße Backwerk mundete oder sie es für ungenießbar hielt. Frau Eppmann kaute lang und ausgiebig, würdigte dabei Sabine keines Blickes. Die Köchin hielt währenddessen die Hände gefaltet auf der Tischplatte und tat keinen Mucks. Schließlich legte Frau Eppmann die Kuchengabel auf dem Teller ab und fixierte Sabine mit ihrem Blick.

»Sind Sie in der Lage, eine Preisliste auswendig zu lernen?«

»Ich denke schon«, antwortete Sabine verwundert.

»Von denken war nicht die Rede. Das überlassen Sie besser mir.« Frau Eppmann machte keinen Hehl daraus, dass sie ihr nicht viel zutraute.

Deshalb musste Sabine ihren ganzen Mut zusammennehmen, bevor sie sich erkundigte: »Dürfte ich eine Frage stellen?«

Ein Anflug von Erstaunen zeigte sich auf Frau Eppmanns Gesicht. Im nächsten Moment gewann wieder die ausdruckslose Miene die Oberhand. »Bitte.«

»Welche Speisen werden in der Kantine angeboten?«

Sie nickte der Köchin zu. »Agathe.«

»Ochsenschwanzsuppe, Hühnersuppe, Hühnersuppe mit Ei«, begann diese sogleich herunterzurattern. »Handschnitten mit Wurst, mit Lachs, mit Käse, mit Mett, aber nur auf Vorrat, Mettwurst mit Brot, Bockwurst mit Brot, Bockwurst mit Kartoffelsalat, Kotelett mit Brot, Kotelett mit Kartoffelsalat, Hausmachersülze mit Brot, Hausmachersülze mit Kartoffelsalat, zwei Spiegeleier mit Bratkartoffeln, Russische Eier, Soleier, Frikadellen und Brötchen.«

»Oh, das ist ein umfangreiches Angebot«, kommentierte Sabine, als die Köchin fertig war.

»Können Sie kochen, Fräulein Kurowski, oder beschränken sich Ihre Kenntnisse ausschließlich auf Kuchen?«, bohrte Frau Eppmann nach. »Ein Café sind wir nämlich nicht.«

Am liebsten hätte Sabine mit Nein geantwortet. Allein bei der Vorstellung, jeden Tag unter Frau Eppmanns Fuchtel zu stehen, bekam sie Magengrummeln. Doch dann dachte sie wieder an Italien und an Ginos Augen. Sie konzentrierte sich. »Auf der Frauenfachschule wurde ich natürlich in Wäschepflege, Kochen und Backen unterrichtet. Aber ich koche und backe schon, seit ich ein kleines Mädchen bin«, sagte sie betont leichthin. »Sogar Sauerbraten mit selbst gemachten Klößen und Rotkohl gelingt mir gut.«

»Nun denn.« Frau Eppmann schob den Teller Kirschkuchen zur Seite und faltete die Hände auf dem Tisch. »Die Arbeitsstelle ist ab dem ersten September frei und bis zum 31. Mai 1960 befristet. Dann kommt unsere Frau Jordan wieder.«

Sabine war verblüfft. »Das sind ja bloß neun Monate. Ich dachte, die Arbeitsstelle wäre für ein Jahr frei.«

»Wie ich Ihnen schon sagte, überlassen Sie ruhig mir das Denken.« Frau Eppmann bedachte sie mit einem strengen Blick. »Verträge über einen längeren Zeitraum bieten wir generell nur älteren Arbeitskräften an. Junge Dinger wie Sie werden ja eh nach kurzer Zeit schwanger.«

»Oh ja.« Die Köchin nickte zustimmend.

Deutlicher hätte die Kantinenleiterin ihre Geringschätzung nicht zum Ausdruck bringen können. Sabine lächelte tapfer, war jedoch nicht imstande, etwas zu erwidern. Insgeheim wünschte sie sich, Engelbert hätte nie eine Empfehlung für sie ausgesprochen. Bestimmt war ihm nicht bewusst gewesen, dass seine Nachbarin ein überaus unfreundliches Wesen hatte.

Wahrscheinlich verhielt sie sich Männern gegenüber anders. Dass die Kinder aus der Nachbarschaft sich vor ihr fürchteten, konnte Sabine verstehen. Sie spürte ebenfalls ein deutliches Unbehagen in Gegenwart der hageren Frau.

»Monatlich werden zweihundertachtzig Mark gezahlt. Dafür erwarte ich Pünktlichkeit und ein tadelloses Benehmen«, fuhr Frau Eppmann im strengen Ton fort. »Fühlen Sie sich der Arbeit gewachsen?«

»Selbstverständlich, Frau Eppmann«, antwortete Sabine erwartungsgemäß und schluckte ihre Abneigung hinunter. Am liebsten wäre sie schreiend aus dem Speisesaal gelaufen. Weit weg von Frau Eppmann und ihren eisigen grauen Augen. Doch die Verlockung, in Ginos Nähe sein zu können und nach Italien reisen zu dürfen, war einfach zu groß. Dafür war sie bereit, fast alles zu erdulden.

Frau Eppmann und die Köchin erhoben sich von ihren Stühlen. »Kommen Sie in zwei Tagen vorbei, um den Vertrag abzuholen, Fräulein Kurowski.«

»Jawoll, Frau Eppmann.« Sabine knickste leicht.

Abschließend musterte die Kantinenleiterin sie noch einmal kritisch. »Die langen Loden müssen aber bis übermorgen ab«, sagte sie und wies auf Sabines langen Bauernzopf. »Haare in der Suppe oder im Kartoffelsalat dulde ich nicht.«

Sabine schluckte. Ihre schönen Haare! »Natürlich, Frau Eppmann.«

Als sie kurz darauf die Polizeikantine Buer verließ, konnte sie die Tränen kaum noch zurückhalten.

»Bist du bereit?«, fragte Rita und strich ihr sanft über den Kopf.

»Muss ich ja wohl.« Sabine schloss die Augen.

»Soll ich wirklich?«

Sofort schlug sie die Augen wieder auf und schüttelte den Kopf. Traurig griff sie in ihr volles Haar und drehte eine Strähne um ihren Finger. »Ich habe keine andere Wahl. *Die langen Loden müssen ab*, hat Frau Eppmann gesagt. Sie duldet keine Haare in der Suppe oder im Kartoffelsalat.«

»Was ein Jammer.« Ritas Blick glitt bedauernd über Sabines Haare. »Aber sie wachsen ja wieder«, sprach sie ihr Trost zu.

»Das habe ich mir auch gesagt.« Sabine lächelte gequält in den großen Frisierspiegel. Nach Ladenschluss hatte sie auf ihre Freundin vor dem Salon gewartet. Zuerst hatte Rita an einen Scherz geglaubt, als sie sie darum gebeten hatte, ihr die langen Haare abzuschneiden. Doch dann hatte sie verstanden, dass es Sabine bitterernst war.

Frau und Herr Brosch hatten Rita erlaubt, ihr die Haare zu schneiden, vorausgesetzt, dass der Salon hinterher wieder blitzblank sein würde. Nachdem ihre Eltern gegangen waren, hatte Rita das kleine Radio angestellt und so lange an dem Rädchen gedreht, bis sie den britischen Militärsender BFBS gefunden hatte. Dort wurden brandneue Hits aus Großbritannien und den USA gespielt, die meist erst mehrere Monate später von einem deutschen Radiosender übernommen wurden. Leise war *Dream Lover* von Bobby Darin erklungen. Rita hatte die Lautstärke höhergedreht und sich halb tanzend ihren Friseurkittel übergezogen.

»Da hat der Berti dir ja gehörig was eingebrockt.«

»Ach, der Berti.« Sabine winkte ab. »Der ahnt von all dem nichts. Du hättest wirklich dabei sein sollen. Sogar das Denken hat mir Frau Eppmann abgesprochen. Stell dir das mal vor!«

»Das ist wirklich ungeheuerlich! Klingt wie ein richtiger Hausdrache, wenn du mich fragst«, entgegnete Rita kopfschüttelnd.

Ein Lächeln stahl sich auf Sabines Gesicht. Es tat gut, mit der Freundin über ihre Sorgen zu reden. Rita hatte stets ein offenes Ohr für sie. »Feuer hat sie zwar keins gespuckt, aber viel hätte nicht gefehlt.« Sie schloss die Augen wieder und wappnete sich.

»Ich fange dann jetzt an.«

Sabine nickte entschlossen. Als sie das Schneidegeräusch der Schere hörte, zuckte sie kaum merklich zusammen. »Wie soll ich bloß die Zeit überstehen? Neun lange Monate und jeden Tag unter den gestrengen Blicken von Frau Eppmann.« Sie seufzte. »Aber ich habe meinen Eltern versprochen, ihnen keine Schande zu machen. Und dem Berti auch nicht. Also werde ich morgen den Vertrag unterschreiben und bis zum kommenden Mai die Zähne zusammenbeißen.«

»Und sie haben wirklich erlaubt, dass du nach Italien fahren darfst?«

Sabine hörte, wie dumpf eine Haarsträhne zu Boden fiel, hielt die Augen aber geschlossen. »Sie haben es mir erlaubt. Aber nur unter der Bedingung, dass ich ohne Knurren und Murren die Arbeit in der Polizeikantine verrichte.«

»Schade, dass meine Eltern keine Hauswirtschafterin für den Salon brauchen. Stell dir mal vor, wenn wir zusammenarbeiten könnten. Das wäre doch eine Schau!«

Wieder musste sie lächeln. »Vielleicht werde ich ja noch Friseurin. Dann können wir zusammen einen Damensalon eröffnen.«

»In Düsseldorf auf der Königsallee, wo wir den ganzen Tag nur die feinsten Damen frisieren würden. Herrlich!«

»Das wäre schön.« Sabine seufzte schwer. »Dann hätte ich bestimmt kein Magengrummeln wegen der Arbeit.«

Eine halbe Stunde später schaltete Rita den Föhn aus. »Du kannst die Augen öffnen.«

»Ich traue mich nicht.«

»Sei keine Bangbüx!« Rita sprühte Haarspray auf, um die Frisur zu fixieren.

Als sie das Sprayen nicht mehr hörte, öffnete Sabine erst ein Auge, dann auch das andere. Sie blickte erstaunt in den Spiegel. Die Frau, die sie dort erblickte, wirkte fremd auf sie. Viel älter und, ja, sie sah geradezu damenhaft aus. Vorsichtig drehte sie den Kopf zur Seite, um Ritas Werk zu begutachten. Die Seiten fielen sanft in ihr Gesicht, am Hinterkopf war ihr Haar toupiert.

Rita stellte sich mit einem Handspiegel hinter Sabine, damit sie die moderne Kurzhaarfrisur von allen Seiten bewundern konnte. »Was sagst du? Gefällt es dir?«, fragte sie erwartungsvoll.

Sabine schaute sie mit großen Augen an. »Ich hätte nicht gedacht, dass ich so aussehen könnte.«

»Es ist sehr hübsch, nicht wahr?« Rita änderte die Position, um jedes Detail der neuen Frisur zeigen zu können. Dann ließ sie den Spiegel sinken und legte einen Arm um Sabine. »Nun hast du die Haare so schön wie Conny Froboess. Fehlt eigentlich nur noch der Peter.«

Sabine kicherte und machte eine verneinende Bewegung mit einem Zeigefinger. »Kein Peter, aber Gino.«

KAPITEL 5

Juni 1959, zwei Tage später in der Straßenbahn vor dem Gelsenkirchener Hauptbahnhof

Nachdem Sabine den Arbeitsvertrag bei Frau Eppmann abgeholt hatte, war sie in die Straßenbahn Richtung Gelsenkirchener Hauptbahnhof gestiegen. Den Beschäftigungsvertrag hatte sie in einer Ledertasche verstaut, die so groß war, dass das Schriftstück keinesfalls knickte. Immerhin war es ihre Fahrkarte nach Italien, in eine unbeschwerte Zeit mit Gino, und bot ihr auch die Möglichkeit, für längere Zeit in seiner Nähe zu sein. Das letzte Mal hatte sie ihn vor ein paar Tagen gesehen, als er ihren Bruder besucht hatte.

Die zweite Begegnung mit Frau Eppmann war nicht harmonischer verlaufen als die erste. Mit mürrischem Blick hatte die Kantinenleiterin Sabines neue Frisur begutachtet, sich aber zu keinem Kommentar herabgelassen. Glücklicherweise war das Treffen wesentlich kürzer gewesen als beim Vorstellungstermin. Frau Eppmann hatte sich ausschließlich auf den Vertrag und abschließende mahnende Worte beschränkt. »Denken Sie daran, pünktlich zu sein. Und ich erwarte tadellos saubere Arbeitskleidung. Sollte ich einen Fleck oder eine Falte auf Ihrer Schürze erkennen, werde ich Sie umgehend nach Hause schicken. Ihre Eltern müssen den Vertrag für Sie unterschreiben und ihn dann wieder an mich zurückschicken.«

Sabine war heilfroh, als sie sich wieder von ihrer künftigen Vorgesetzten verabschieden konnte. Sie tröstete sich damit, dass sie vor dem Arbeitsbeginn noch einige Monate frei hatte. Nun kamen erst einmal der Sommer und ihre Reise an den Gardasee.

Insgeheim hoffte sie auf eine glückliche Fügung des Schicksals, die verhindern würde, dass Frau Eppmann nicht ihre Vorgesetzte wurde. Dabei wünschte sie ihr nichts Böses. Vielleicht könnte ihr Ehemann anordnen, dass sie sich ab September ausschließlich um den Haushalt und familiäre Angelegenheiten kümmern sollte, oder sie könnte aus anderen Gründen beruflich kürzertreten …

Sabine überlegte, wie alt Frau Eppmann wohl sein mochte, kam jedoch zu keinem richtigen Ergebnis. Durch den zurückliegenden Krieg wirkten einige Menschen älter, als sie waren. Sie mochte in etwa so alt wie ihre Mutter sein. Andererseits wirkte ihre Mutter wesentlich jünger, was sicherlich auch der Tatsache geschuldet war, dass sie kaum graue Haare hatte und oft lachte.

Sabine dachte an Engelbert Müller. Er hatte sich aufrichtig gefreut, als er von der Zusage erfahren hatte. Sie hatte es nicht übers Herz gebracht, ihm zu sagen, wie furchtbar Frau Eppmann zu ihr gewesen war. Ach, Berti! Wenn du nur wüsstest …

Es war zwanzig vor drei, als die Straßenbahn in unmittelbarer Nähe zum Gelsenkirchener Hauptbahnhof hielt. Sabine stieg aus und lief über die Straße auf das Hotel Zur Post zu. Dort war sie mit Rita um drei Uhr verabredet. Schon von Weitem erkannte sie ihre Freundin. Rita stand neben dem Eingang zum Hotel, wie immer überpünktlich. Verabredete Rita sich für vier Uhr, war sie stets mindestens zwanzig Minuten, wenn nicht sogar eine halbe Stunde eher da. Lächelnd ging Sabine die Straße hinunter.

Rita trug ein rot-weiß kariertes Kleid, das sie sich kürzlich beim Otto-Versand aus Hamburg bestellt hatte. Zusammen hatten sie den Katalog mit den bunten Bildern durchgeblättert und waren einstimmig zu dem Ergebnis gekommen, dass dies das schönste Kleid für Rita war.

Als Rita sie zwischen den anderen Fußgängern erblickte, winkte sie ihr freudig zu.

»Da sind wir beide pünktlich wie die Eisenbahn«, begrüßte sie sie kurz darauf gut gelaunt.

»Guten Tag, Rita. Dem Himmel sei Dank schon. Allerdings wäre mir die Straßenbahn in Buer fast vor der Nase weggefahren. Ich musste ganz schön laufen, um sie noch zu bekommen.«

»Ein Glück, dass du die Bahn noch erwischt hast. Aber es wäre nicht schlimm gewesen. Ich hätte so lange auf dich gewartet, bis du hier gewesen wärst. Bist du bereit für deinen ersten Bikini?«

Sabine konnte sich ein Grinsen nicht verkneifen. Sie nickte und spürte eine gewisse Vorfreude in sich aufsteigen. »Ich kann es noch immer kaum glauben, dass ich mir wirklich einen Bikini kaufen werde. Dabei ist mein Badeanzug noch gut in Schuss. Ein Glück bin ich sparsam gewesen und habe noch genug Geld von meinem letzten Geburtstag.«

»Ach, papperlapapp!«, wiegelte Rita ab. »Am Gardasee braucht man unbedingt einen Bikini. Und der Badeanzug läuft dir nicht weg. Den kannst du immer noch im Freibad tragen, bis er auseinanderfällt. Auf zur WEKA!« Sie hakte sich bei Sabine unter und zog sie entschlossen auf die Bahnhofstraße.

Eine Stunde später betrachtete Sabine ihren Körper im Spiegel der Umkleidekabine. Ihre Wahl war auf einen schlichten dunkelblauen Bikini gefallen. Rita hatte ihr zwar einige extravagantere Modelle mit ausgefallenen Mustern gezeigt, doch das war Sabine viel zu auffällig. Beim ersten Bikini musste sie ja nicht gleich übertreiben. Sie zupfte das Oberteil des Zweiteilers über ihrem Busen zurecht. Kaum eine Wölbung zeichnete sich an ihrem Körper ab. Ihr Badeanzug kaschierte wenigstens zu einem gewissen Teil, wie mager sie eigentlich war, doch der Bikini legte alles offen. Jede Rippe konnte sie im Spiegel sehen, ihre Hüftknochen waren unter dem Stoff des Unterteils ebenfalls erkennbar. Sabine verzog den Mund. Vielleicht sollte sie doch lieber einen neuen Badeanzug kaufen. Schließlich gab es einige schöne Modelle, und das Westfalenkaufhaus hatte eine besonders große Auswahl an Badebekleidung.

»Bist du so weit?« Ohne eine Antwort abzuwarten, steckte Rita ihren Kopf durch den Vorhang der Kabine.

Fast hätte Sabine reflexartig die Arme vor ihren Oberkörper gehalten. »Ich bin mir nicht sicher, ob ich überhaupt einen Bikini tragen kann.«

Rita schlüpfte zu ihr in die Kabine und begutachtete den Zweiteiler. »Ich finde, er steht dir sehr gut.«

Sabine betrachtete sich von der Seite im Spiegel. »Ich weiß nicht recht. Irgendwie fühle ich mich nackt. Vielleicht schaue ich besser nach einem neuen Badeanzug.«

»Warum denn? Du kannst den Bikini wirklich gut tragen.« Aufmunternd nickte Rita ihr zu.

»Ach, ich bin doch viel zu dürr. An mir hängt alles runter. Ich habe keine Bikinifigur so wie du. Eigentlich habe ich gar keine Figur.«

Rita schüttelte den Kopf. »Das ist doch Blödsinn. Ins Oberteil legst du dir einfach ein Paar Socken, und schon bist du eine kesse Biene.«

»Meinst du wirklich?« Sabine blickte wenig überzeugt auf ihr Spiegelbild.

»Aber ja doch! Um einen Bikini zu tragen, braucht man keinen großen Busen oder runde Hüften.«

Sie lächelte. »Du hast leicht reden bei deinen Kurven.«

»Ach was!« Rita blies sich gegen ihren Pony. »Ich würde auch einen Bikini tragen, wenn ich gar keinen Busen oder Hüften hätte«, erklärte sie selbstbewusst. »Wem es nicht gefällt, der kann ja wegschauen. Hauptsache, ich kann mich darin leiden.«

»Du würdest den Bikini kaufen?«

»Selbstverständlich«, antwortete Rita, ohne zu zögern. »Höre auf meinen Rat. Du wirst in Italien noch froh sein, wenn du einen Bikini dabeihast. Die Italienerinnen sind doch bekanntermaßen sehr modebewusst, und bestimmt trägt dort jede Frau einen Bikini. Im Badeanzug würdest du bestimmt viel mehr auffallen als im Bikini.«

Die Vorstellung, die Blicke fremder Leute auf sich zu ziehen, behagte Sabine nicht. »Vielleicht hast du recht«, ließ sie sich aber doch überzeugen.

»Bestimmt habe ich das. Wenn du noch einen anderen Bikini anprobieren möchtest, gib mir Bescheid. Ich hole ihn dir dann gerne.« Rita zwinkerte ihr zu und verließ wieder die Kabine.

Sabine blickte aufs Neue in den Spiegel. Dieses Mal lächelte sie sich an. Im Grunde stimmte es ja, so schlecht sah sie nicht aus. Und wenn am Gardasee nun einmal alle Frauen Bikini trugen? Was für ein großes Glück sie doch hatte, Rita als Freundin zu haben!

Nachdem Sabine den Bikini gekauft hatte, kehrten sie und Rita zur Feier des Tages noch in einem Eiscafé ein. Bei einer

Kugel Fruchteis mit Sahne schmiedeten sie Pläne für die Reise. Rita wollte unbedingt mit einem Tretboot fahren, wenn es dort welche gab. Sie wollte etwas Besonderes erleben, Sonnenschein statt Regenschauer, Dolce Vita statt Salon Inge, Gardasee statt Rhein-Herne-Kanal.

Während Rita in Träumen schwelgte, lächelte Sabine immerzu. Sie würde schon vollends glücklich sein, wenn nur Gino bei ihr wäre. Und wenn sie ganz ehrlich war, machte es für sie keinen großen Unterschied, ob sie in Italien oder in Gelsenkirchen-Bismarck in seiner Nähe war. Für sie war die Reise jedoch eine wunderbare Gelegenheit. Gino würde genug Zeit haben, um sie richtig kennenzulernen, und sie konnte ihm endlich zeigen, dass sie nicht bloß Rolfs kleine Schwester war.

Als Sabine nach Hause kam, saß ihre Mutter in der Küche. Während auf dem Herd Kartoffeln und Fleisch in Bratensauce köchelten, bereitete sie einen Kappessalat vor.

»Da bist du ja wieder. Ich habe schon auf dich gewartet«, empfing sie Sabine. »Hat alles bei Frau Eppmann geklappt?«

»Natürlich. Hier ist der Arbeitsvertrag.« Sorgsam, keinen Fleck auf das Papier geraten zu lassen, zeigte sie ihrer Mutter das Dokument. »Danach bin ich doch noch in die Altstadt gefahren und habe mich mit Rita getroffen.«

»Ja, du hattest davon gesprochen«, erinnerte sich ihre Mutter.

»Wir waren in der WEKA, und dort habe ich mir einen Bikini für Italien gekauft.« Sabines Wangen glühten vor Aufregung, als sie den Arbeitsvertrag sicher verstaut hatte und den Zweiteiler aus der Tasche zog, um ihn ihrer Mutter zu präsentieren. »Schau! Ist das dunkle Blau nicht wunderhübsch?«

Käthe Kurowski wischte sich die Hände an einem Tuch ab und nahm den Bikini in die Hand. »Dass es jetzt Mode ist, halb nackt baden zu gehen, verstehe ich nicht. Aber Hauptsache, dir gefällt der Bikini.«

»Oh ja – und wie! Ich freue mich schon so darauf, ihn bald anzuziehen. Hoffentlich ist das Wasser des Gardasees angenehm warm.«

Ihre Mutter nickte. »Vermutlich wärmer als die Nordsee.« Sie seufzte leise. Dann blickte sie Sabine mütterlich an und strich mit einer Hand über ihre Wange. »Mein liebes Mädchen, ich fürchte, aus der Reise nach Italien wird nichts.«

Erschrocken hob Sabine den Blick. »Bitte?«

»Zumindest in diesem Jahr nicht.« Ihre Mutter zog einen Brief aus ihrer Kittelschürze. »Ich habe heute Post von meiner Schwester, deiner Tante Ebba, aus Norddeutschland bekommen.«

Sabine verstand nicht. »Was schreibt Tante Ebba denn?«

»Sie ist in großer Not. Am besten, du liest selbst.« Sie hielt Sabine den Brief hin.

Liebe Käthe,
ich hoffe, der Brief erreicht Dich bei bester Gesundheit, und ihr seid alle wohlauf im Ruhrgebiet. Bei uns in Sankt Peter treffen viele Urlauber ein. Von Jahr zu Jahr scheinen es mehr zu werden. Die Leute wollen ans Meer und die gesunde Nordseeluft atmen. Ich habe alle Zimmer in meinem Haus an Gäste vermietet und beide Hände voll zu tun. Doch langsam merke ich, dass auch an mir der Zahn der Zeit nicht spurlos vorbeigezogen ist. Wie Du weißt, bin ich seit dem Tod meines lieben Mannes ganz allein auf mich gestellt. Bisher konnte ich alle Aufgaben, die mir das Leben gestellt hat, einigermaßen gut bewältigen, doch im

Moment merke ich, dass meine Kraft nachlässt. Ich weiß nicht, wie ich die kommenden Wochen überstehen soll. Die Gäste möchten jeden Tag Frühstück, und die Zimmer werden gekehrt und aufgeräumt, wenn sie am Strand sind. Natürlich bestehen sie auch auf frisches Wasser zum Waschen und Trinken. Das alles strengt mich zusehends an.

Meine alten Knochen schaffen die Arbeit kaum noch, und es ist in Sankt Peter schier unmöglich, eine Hilfe zu bekommen. Glaube mir, ich habe es mir nicht leicht gemacht, dir deswegen zu schreiben. Aber es geht nicht anders, und du weißt, dass ich eigentlich nie um etwas bitte – doch nun muss es sein. Ich schaffe es nicht alleine. Meine Familie ist nun meine einzige Hoffnung.

Liebe Käthe, ich brauche Deine schwesterliche Hilfe. Wäre es möglich, dass Du nach Sankt Peter kommst, um mich zu unterstützen, oder meine liebe Nichte Sabine? Ich hoffe auf Deine baldige Antwort.

In Liebe,
Deine Schwester Ebba

Sabine ließ den Brief sinken. »Wirst du zu Tante Ebba nach Sankt Peter fahren?«

»Nein, ich werde doch hier gebraucht.« Ihre Mutter begegnete ihrem Blick. »Du wirst fahren und Tante Ebba helfen.«

Sie war fassungslos. Bis vor einem Moment hatte sie geglaubt, Frau Eppmann wäre das Fürchterlichste, was ihr passieren konnte. Und nun? Nun war ihr Traum von der Italienreise mit Gino geplatzt. Einfach so. »Aber Mutti, ich habe doch den Arbeitsvertrag ohne Murren angenommen und mir einen Bikini gekauft«, protestierte sie schwach. Im Grunde genommen wusste sie, dass ihr Einspruch zwecklos war.

Ihre Mutter strich ihr über die Schulter. »Die Familie geht immer vor. Das weißt du. Hätte ich hier keine Verpflichtungen, würde ich sofort nach Sankt Peter fahren.«

»Aber Mutti …«

»Nein, kein Aber.« Käthe Kurowski machte eine entschiedene Handbewegung. »Ich dulde keine Widerrede. Ich schreibe deiner Tante, dass du kommst. Pack schon mal ein paar Sachen zusammen.«

»Wann fahre ich nach Sankt Peter?«, fragte Sabine, um Fassung bemüht.

Energiegeladen klatschte ihre Mutter in die Hände. »Wir gehen morgen früh zum Bahnhof und kaufen eine Fahrkarte. Womöglich bist du eher in Sankt Peter als meine Antwort an deine Tante.«

KAPITEL 6

Juli 1959, zwei Tage später in der zweiten Klasse eines Waggons der Deutschen Bundesbahn

Sabine schob sich durch den engen Gang, stets darauf bedacht, niemanden der anderen Fahrgäste mit den Ecken ihres kleinen Koffers anzustoßen. Viel hatte sie nicht eingepackt, nur das Nötigste – und natürlich ihren Bikini! Wenn sie ihn schon nicht in Italien tragen konnte, wollte sie ihn wenigstens mit an die Nordsee nehmen.

»Bei Tante Ebba wird es schon eine Gelegenheit zum Wäschewaschen geben«, hatte ihre Mutter gemeint. »Deine guten Sonntagskleider wirst du nicht brauchen, schließlich fährst du zum Arbeiten nach Sankt Peter und nicht, um dort über die Seebrücke zu flanieren.«

Nachdem ihre Mutter ihr die neusten Pläne eröffnet hatte, hatte Sabine wie unter Schock gestanden. In der Küche hatte sie die Nachricht noch mit Fassung getragen. Den ersten Schreck darüber, dass sie nicht mit an den Gardasee fahren würde, musste sie erst einmal verarbeiten.

Später war ihr Vater zu ihr gekommen und hatte deutlich gemacht, dass er ebenfalls auf die Erfüllung der familiären Pflicht bestand. Das galt generell für das Ruhrgebiet sowie für Sankt Peter. Erst später war das ganze Ausmaß des Beschlusses in ihr Bewusstsein gesickert. Und als sie schließlich am frühen Abend vor der Haustür der Broschs gestanden hatte, um Rita von dem Brief ihrer Tante zu erzählen, hatte die Verzweiflung sich Bahn gebrochen. Rita hatte sie in ihr Zimmer geführt und ihr ein hübsches Stofftaschentuch mit Blumenmuster gereicht. Sabine hatte sich die Augen ausgeweint, bevor sie überhaupt einen geraden Satz herausgebracht hatte. Zu tief saß ihre Enttäuschung. »Dabei habe ich mir doch alles so schön ausgemalt und sogar die Arbeit bei Frau Eppmann zugesagt. Und nun klappt es trotzdem nicht! Das ist doch ganz und gar ungerecht! «

Rita hatte ihr einen Arm um die Schultern gelegt. »Das ist wirklich ein schöner Schlamassel. Aber deine Tante trifft bestimmt keine Schuld daran. Sicherlich weiß sie nichts davon, dass du nach Italien reisen wolltest.«

»Nein, Tante Ebba ahnt nichts von meinen Reiseplänen, und ich möchte ihr ja auch helfen. Warum muss es nur ausgerechnet jetzt sein? Nach der Italienreise wäre ich sofort gefahren. Freiwillig.«

Rita verzog mitfühlend den Mund. »Ich habe auch eine alte Tante und einen Onkel in Hamburg. Sie haben dort einen Damen-und-Herren-Salon. Meine Eltern würden mich unter Garantie auch hinschicken, wenn Not am Mann wäre. Die eigene Familie darf man nicht im Stich lassen. Das haben sie schon immer gesagt.«

Sabine schniefte geräuschvoll. Sie fühlte sich hilflos und traurig. »Was soll ich denn jetzt mit dem Bikini machen? Am besten, ich tausche ihn um.«

»Auf was für Gedanken du kommst! Den Bikini nimmst du natürlich mit!«, kam es wie aus der Pistole geschossen aus Ritas Mund. »Soweit ich weiß, ist die Nordsee sogar ein bisschen größer als der Gardasee. Du wirst gewiss auch dort die Gelegenheit haben, deine Fußspitzen ins kalte Meerwasser zu tauchen.«

»Aber nur die Zehen. Oder höchstens bis zur Mitte der Waden«, erwiderte Sabine. Rita wusste doch, dass sie nicht schwimmen konnte.

»Vielleicht wird es ja doch ganz schön in Sankt Peter«, versuchte Rita ihr Mut zu machen. »Deine Tante ist bestimmt nett zu dir, wo du ihr doch helfen wirst.«

Sabine hob bloß die Schultern. »Tante Ebba kenne ich kaum. Als ich sie das letzte Mal gesehen habe, war ich ungefähr zehn Jahre alt. Damals war sie bei uns zu Besuch in Gelsenkirchen, daran kann ich mich noch erinnern. Bei ihr an der Küste bin ich noch nie gewesen. Sie ist die ältere Schwester meiner Mutter und lebt schon sehr lange an der Nordsee. An meinen Onkel kann ich mich überhaupt nicht erinnern. Er ist vor vielen Jahren gestorben. Ich weiß nicht, ob ich ihm überhaupt jemals begegnet bin. Es ist für mich fast so, als würde ich zu fremden Leuten fahren.«

Rita nahm Sabine in den Arm und drückte sie fest. »Du musst mir unbedingt schreiben, wie es dir in Sankt Peter ergeht. Hörst du?«

»Natürlich schreibe ich dir.« Sie wischte sich die Tränen aus dem Gesicht. »Du mir aber auch. Und dann erzählst du mir von Italien, ob das Wasser des Gardasees wirklich so herrlich blau ist, wie ich es mir vorstelle.«

»Du machst vielleicht Scherze!« Rita löste sich abrupt aus der Umarmung und schaute ihre Freundin entgeistert an. »Ich fahre doch nicht ohne dich nach Italien.«

»Du fährst nicht?«

»Wie könnte ich? Entweder wir fahren zusammen oder keine von uns.«

Sabines Augen füllten sich erneut mit Tränen. »Du bist eine wahre Freundin. Sogar die beste, die man sich nur wünschen kann«, sagte sie gerührt.

»Jetzt werde mal nicht gleich gefühlsduselig, Sabine. Es ist doch selbstverständlich, dass ich die Reise nicht ohne dich antrete«, wiederholte sie. »Der Gardasee muss eben noch ein Weilchen auf uns warten.«

Sabine warf einen Blick in ein Abteil. Auch hier waren alle sechs Plätze besetzt. Sie ging weiter, schaute ins nächste und ins übernächste. Die Zugfahrt hatte sie bisher einige Nerven gekostet. Zuerst hatte sie ihre Fahrkarte vor lauter Aufregung nicht auf Anhieb gefunden, als ein Schaffner auf Höhe des Münsteraner Bahnhofs danach gefragt hatte. Und später hatte sie ihre Umsteigegelegenheit in Hamburg verpasst und mehr als zwei Stunden auf einen Anschlusszug warten müssen. Ihre Mutter hatte ihrer Tante einen Brief geschrieben und darin Sabines Ankunftszeit mitgeteilt. Sollte sie den Brief bereits erhalten haben, würde Tante Ebba vergeblich am Bahnhof warten.

Sabine war fast am Ende des Waggons angelangt, als sie einen freien Platz in einem Abteil entdeckte. Ein Mann und eine Frau mit drei Kindern hatten die anderen Sitzplätze in Beschlag genommen. Sabine vermutete, dass es sich um eine Familie handelte.

Sie öffnete die Tür und sprach den Mann an. »Guten Tag. Ist der Platz eventuell frei?« Sie deutete auf den freien Sitz neben einem Jungen in kurzen Hosen, der nicht älter als zehn Jahre sein konnte.

Der Mann lächelte sie freundlich an. »Guten Tag, Fräulein. Kommen Sie nur herein. Der Platz ist frei. Allerdings sind unsere Kinder etwas lebhaft.«

»Deswegen wollte die Sitzgelegenheit bisher niemand«, ergänzte die Frau.

»Danke sehr. Das macht mir nichts aus. Ich mag Kinder.« Sabine betrat das Abteil.

»Wir sind übrigens Familie Huber«, stellte der Herr sich vor. Er erhob sich von seinem Platz und half Sabine dabei, den Koffer auf dem Gepäckregal über dem Sitz zu verstauen.

»Das ist sehr liebenswürdig von Ihnen. Vielen Dank!«

»Eine junge Dame sollte nicht schwer heben«, meinte Frau Huber.

»Das sind Max, Dieter und Silvia, unsere Jüngste.« Er wies auf die Kinder, die Sabine nacheinander artig die Hand gaben und Guten Tag sagten.

»Freut mich, euch kennenzulernen.« Sabine lächelte und setzte sich auf den Platz neben Dieter. Der Junge hatte einen Fensterplatz ergattert.

»Wie schnell die Eisenbahn fährt«, sagte er staunend. »Bestimmt sind wir schneller als der Wind.«

»So flott wie du, kleiner Wirbelwind, kann kein Zug auf der ganzen Welt sein.« Frau Huber schmunzelte. »Fahren Sie auch an die Nordsee?«, erkundigte sie sich bei Sabine.

»In der Tat. In Husum steige ich aber noch einmal um in die Bahn nach Sankt Peter«, gab sie bereitwillig Auskunft.

Frau Huber griff in einen Beutel und reichte Dieter einen Apfel. »Oh, von Sankt Peter habe ich auch schon gehört. Wie schön! Unsere Ferienreise geht nach Sylt.«

Sabine lächelte wehmütig. »Ferien sind es nicht direkt. Meine Tante hat Fremdenzimmer in Sankt Peter, und ich werde ihr für eine Weile mit den Gästen helfen.«

Herr Huber nickte wissend. »Die Familie muss immer zusammenhalten.«

»Ihre Tante freut sich sicherlich, dass Sie ihr tatkräftig zur Seite stehen werden«, meinte seine Frau.

»Ja, bestimmt tut sie das.« Sabine nickte höflich. Zumindest hoffte sie, dass Frau Huber mit ihrer Vermutung recht behielt. Sie war heilfroh, in dem Abteil mit der netten Familie gelandet zu sein. Zumindest die Zugfahrt würde so angenehmer sein.

Was sie in Sankt Peter erwartete, ahnte Sabine nicht. Ein bisschen bange war ihr durchaus.

Der Zug fuhr im langsamen Tempo in den kleinen Bahnhof von Sankt Peter ein. Sabine spähte durch die Fensterscheibe. Auf dem Bahnsteig warteten einige Leute mit Koffern und Taschen. Hinter ihnen erhob sich ein kleines Backsteingebäude. Im Gegensatz zum Gelsenkirchener Hauptbahnhof mutete der von Sankt Peter sehr überschaubar an. Hier konnte man sich nicht verpassen.

Ihre Mutter hatte ihr am Vortag ein Foto von Tante Ebba gezeigt. »Damit du nicht an deiner Familienangehörigen wie an einer Fremden vorbeigehst«, hatte sie gesagt. »Vielleicht hast du Glück und Ebba bekommt den Brief noch vor deiner Ankunft.«

In Husum hatte sich ihr Weg und der der Hubers getrennt, als Sabine in die Bahn nach Sankt Peter umgestiegen war. Gerne hätte sie noch länger Zeit in der fröhlichen Gesellschaft verbracht. Denn Herr Huber hatte sich als ein durchaus amüsanter Geschichtenerzähler erwiesen, wodurch die Fahrtzeit nur so dahingeflogen war.

Nachdem der Zug gehalten hatte, ging Sabine mit ihrem Koffer zum Ausstieg. Sie machte einen großen Schritt über die Perronkante und stand schließlich mitten auf dem Bahnsteig von Sankt Peter.

Mit ihr waren weitere Fahrgäste ausgestiegen, und ungefähr genauso viele stiegen nun in den Zug ein. Hier war das Wetter genauso schön wie in Gelsenkirchen. Die Sonne strahlte von einem wolkoenlosen Himmel, doch war es deutlich frischer und windiger.

Sie stellte den Koffer neben sich ab und lockerte die Schultern. Von der langen Fahrt und der Sitzerei fühlte sie sich etwas steif. Aus ihrer Handtasche nahm sie eine Sonnenbrille und setzte sie auf. Sie rief sich die Erinnerung an Tante Ebbas Foto ins Gedächtnis und hielt Ausschau nach einer Frau, die eine gewisse Ähnlichkeit mit der Aufnahme aufweisen würde. Doch sie entdeckte keine Frau, die Tante Ebba hätte sein können. Bald war kaum jemand mehr auf dem Bahnsteig außer ihr.

Tante Ebba schien den Brief nicht erhalten zu haben. Oder sie war wieder nach Hause gegangen, als Sabine nicht wie angekündigt aus dem Zug vor zwei Stunden gestiegen war.

Mit einem Mal fühlte Sabine sich ziemlich verloren. Niemand erwartete sie, und den Weg zu Tante Ebbas Haus kannte sie nicht. Aus ihrer kleinen Handtasche zog sie einen Zettel mit der Anschrift ihrer Tante. AMSELWEG 1, hatte ihre Mutter in ordentlicher Blockschrift aufgeschrieben.

So groß konnte Sankt Peter nicht sein, dass sie die Adresse nicht finden würde. Sie musste nur jemanden finden, der ortskundig war und ihr den Weg beschreiben konnte.

Ein lautes Motorenknattern riss Sabine aus den Gedanken. Ein junger Mann auf einem hellblauen Motorroller sauste im hohen Tempo auf den Bahnsteig. Sabine griff nach ihrem Koffer und machte gerade noch rechtzeitig einen Satz zurück, bevor er an ihr vorbeidonnerte. Entsetzt blickte sie ihm nach. Auf dem hinteren Teil der Sitzbank hockte eine junge Frau, die sich ein Kopftuch um das blonde Haar geschlungen hatte. Als der Fahrer anhielt, stieg sie vom Roller, gab ihm einen Kuss auf die Wange und huschte schnell in den Zug. Der Mann warf ihr eine Kusshand hinterher und wartete mit laufendem Motor neben der Bahn.

Er wandte Sabine den Rücken zu und schien gar nicht mitbekommen zu haben, dass es fast zu einem Unfall gekommen wäre. Ihr Herz klopfte bis zum Hals. Wo hatte der denn seine Augen gehabt? Am liebsten wollte sie zu ihm gehen, um ihm gehörig den Marsch zu blasen. Ein Bahnsteig war doch keine Straße, auf der man mit einem Motorroller fahren konnte. Doch dann besann sie sich eines Besseren.

Der junge Mann kannte sich bestimmt gut in Sankt Peter aus, wenn er mit einem Roller unterwegs war. Vielleicht konnte er ihr sagen, wie sie zum Amselweg gelangte. Sie atmete einmal kurz ein und wieder aus, dann ging sie entschlossen auf ihn zu. Die Bahn setzte sich wieder in Bewegung und verließ langsam den Bahnhof.

Der junge Fahrer winkte dem auslaufenden Zug hinterher. Als Sabine neben ihm zum Stehen kam, tippte sie ihm auf die Schulter. Als er ihr den Kopf zuwandte, blickte Sabine in die frechsten moosgrünen Augen, die ihr jemals untergekommen waren. Einen Moment lang vergaß sie alles um sich herum.

»Moin, das junge Fräulein«, sagte er über das Motorengeräusch hinweg mit einem kecken Grinsen und zog eine Augenbraue hoch.

Sabine schaute ihn sprachlos an. Wie alt mochte er sein? Vielleicht neunzehn oder gar zwanzig Jahre?

»Einen Moment.« Er stellte den Motor aus. »Entschuldigung, wie unhöflich von mir.« Sein Lächeln war wirklich charmant.

Sabine hatte sich wieder einigermaßen gefangen, wenngleich sie Herzklopfen hatte. »Können Sie mir vielleicht sagen, wie ich zu dieser Adresse komme?« Sie zeigte ihm die Notiz ihrer Mutter.

Er warf einen kurzen Blick darauf und nickte. »Aber selbstverständlich. Der Amselweg ist im Ortsteil Dorf.«

»Wie komme ich am besten dort hin?«

Er blickte erst auf den Koffer und dann sie skeptisch an. »Zu Fuß?«

»Zu Fuß«, bestätigte Sabine. »So weit kann es ja nicht sein. Sankt Peter ist bestimmt nicht so groß.«

»Täuschen Sie sich mal nicht, mein Fräulein. Sankt Peter mag nicht so groß wie eine Stadt sein, doch weitläufig genug, dass junge Damen nicht mit einem schweren Koffer vom Bahnhof aus überallhin laufen können.«

»Oh!«, sagte Sabine enttäuscht. »Fährt vielleicht eine Straßenbahn dorthin?«

»Eine Straßenbahn in Sankt Peter?« Er musterte sie belustigt. »So etwas gibt es hier nicht.«

»Oh!«, wiederholte sie und kam sich ein bisschen dumm vor. »Dann gibt es vielleicht einen Bus? Oder wissen Sie, wo ich ein Taxi bekommen könnte?«

»Ich bin nicht Sie. Ich bin Tom.« Selbstbewusst streckte er ihr seine Hand hin.

»Angenehm.« Sie lächelte und schüttelte seine Hand. »Ich heiße Sabine.«

»Ja, fein. Dann wäre das geklärt. Ein Taxi steht direkt vor dir, Fräulein Sabine.«

Sie wusste im ersten Moment nicht, was sie sagen sollte. »Du meinst, du würdest mich dorthin fahren?«

»Sogar bis vor die Haustür.«

»Oh!«, sagte sie zum dritten Mal. »Das ist aber wirklich nett.«

»Mit der Vespa sind wir in ein paar Minuten da.« Er stieg von dem Motorroller und griff nach ihrem Koffer, um ihn auf dem kleinen Klappgepäckträger festzuschnallen. Danach setzte er sich wieder auf das Gefährt und startete den Motor. »Setz dich einfach hinter mich und halte dich gut an mir fest.«

Sabine zögerte einen Augenblick. Bisher war sie noch nie auf einem Motorroller mitgefahren, und dann sollte sie sich auch noch an Tom festhalten. Vor zehn Minuten hatte sie ihn noch gar nicht gekannt. Im Grunde genommen war er ein

Fremder – wenn auch ein sehr charmanter, das musste sie zugeben. Schickte es sich denn für ein junges Mädchen wie sie, sich auf solch ein Angebot einzulassen? Und was würde Tante Ebba sagen, wenn sie eng umschlungen mit einem Fahrer auf einem Motorroller vor ihrem Haus hielt? Plötzlich meinte sie, im Geiste Rita lachen zu hören, und wusste genau, was sie zu ihr sagen würde. »Er wird dich schon nicht beißen!«

Tom schien ihr Zögern bemerkt zu haben. »Keine Sorge! Ich fahre langsam, sonst würde sich meine kleine Schwester auch nicht von mir kutschieren lassen.«

»War das Mädchen mit den blonden Haaren und dem Kopftuch also deine Schwester?«

Er nickte. »Gut beobachtet. Sie hat zu lange getrödelt und musste unbedingt noch den Zug nach Husum erreichen. Deswegen habe ich sie gefahren.«

»Also gut.« Sabine gab sich einen Ruck. »Ich vertraue dir.« Jemand, der seine Schwester zum Zug fuhr, konnte nicht allzu verkehrt sein.

Sie stieg hinter Tom auf und setzte sich auf den überhängenden Stoff ihres Rocks, damit der Fahrtwind sie nicht entblößte. Dann legte sie zaghaft ihre Arme um seinen Oberkörper. Als er losfuhr und auf eine Straße bog, merkte sie, dass es nötig war, sich festzuhalten. Dabei kam sie ihm so nah, dass der Fahrtwind ihr seinen Geruch in die Nase wehte. Er roch nach einer Mischung aus Meersalz, einem Hauch von Karamell, einer frischen vanillig süßlichen Nuance mit einem Quäntchen Kokosaroma. Sabine tippte darauf, dass Tom Haarpomade benutzte, denn einen ähnlichen Geruch kannte sie aus dem Salon Inge. Diese besondere Mischung löste gleich ein heimisches, fast schon vertrautes Gefühl in ihr aus.

Tatsächlich fuhr Tom sehr umsichtig, sodass sie sich mit jedem zurückgelegten Meter zunehmend entspannte und die

Fahrt genoss. Ein paar Minuten später bog er in eine kleine Straße ein und hielt dort vor einem Haus.

»Da wären wir«, verkündete er und stellte den Motor ab.

Sabine stieg von der Vespa und lächelte. Sie fühlte sich beschwingt und abenteuerlustig. »Das ging wirklich fix.«

Er löste ihren Koffer vom Gepäckträger. »Mit dem Roller ja, zu Fuß auf keinen Fall.«

Sabine griff nach ihrem Koffer. »Herzlichen Dank für deine Hilfe. Ohne dich würde ich vermutlich noch immer ratlos auf dem Bahnsteig stehen.«

Er winkte ab. »Da nicht für. Habe ich doch sehr gerne gemacht.«

»Vielleicht sehen wir uns mal zufällig wieder in Sankt Peter.«

»Bestimmt sogar. Wenn du am Strand bist, halte ruhig Ausschau nach mir. Mein Freund Fiete und ich kümmern uns um die Strandkörbe. An schönen Tagen sind wir meistens von morgens bis abends dort.«

»Das werde ich«, versprach Sabine. »Nochmals vielen Dank, Tom.«

»Wir sehen uns bald«, erwiderte er, als wäre es eine fixe Sache, und startete wieder den Motor.

Sabine winkte ihm hinterher, bis sie ihn nicht mehr sah. Dann nahm sie ihren Koffer und ging auf Tante Ebbas Reetdachhaus zu.

Die Begrüßung ihrer Tante fiel herzlicher aus, als Sabine gehofft hatte. Den Brief ihrer Mutter hatte sie tatsächlich noch nicht erhalten. Somit war die Überraschung umso größer, als ihre Nichte plötzlich vor der Tür stand.

»Dich schickt der Himmel, mein Mädchen«, sagte sie immer wieder und schaute dabei dankbar zur Decke. »Nun habe ich aber gar keinen Kuchen gebacken, um dich gebührend willkommen zu heißen. Ich kann dir höchstens einen Kaffee kochen. Du musst ja denken, dass deine alte Tante sehr unhöflich ist.«

»Ach, gar nicht, liebe Tante.« Sabine legte ihre Hand auf die ihrer Tante. »Einen Kaffee trinke ich gerne. Ich freue mich, dass ich bei dir willkommen bin, und hoffe, dir helfen zu können.« Das war noch nicht einmal gelogen.

Nachdem sie in der kleinen Küche des Reetdachhauses Kaffee getrunken hatten, öffnete Tante Ebba sämtliche Schranktüren und Schubladen, um Sabine zu zeigen, wo sich alles befand.

»Die meisten Speisen bewahre ich hier auf.« Sie zeigte ihr einen Wandschrank, in dem sich allerhand Lebensmittel befanden. »Allerdings warte ich noch auf den Anschluss für fließendes Wasser. Deswegen muss jeden Tag frisches Wasser vom Brunnen geholt werden.«

»Du hast wirklich kein fließendes Wasser?«, fragte Sabine verwundert. Sie konnte sich kaum vorstellen, wie das war.

»Nein. Das ändert sich aber bald«, erwiderte Tante Ebba zuversichtlich. »Einige Häuser in Sankt Peter wurden schon an die Wasserversorgung angeschlossen. Besonders die Kureinrichtungen und Hotels wurden zügig mit fließendem Wasser versorgt. Bald sind auch die Häuser im Amselweg an der Reihe.«

»Bei uns im Ruhrgebiet ist es ganz selbstverständlich, dass das Wasser aus dem Hahn kommt. In unserer alten Wohnung hatten wir noch kein eigenes Bad, aber seit wir in der Deichsiedlung wohnen, haben wir sogar eine Badewanne und einen Boiler für warmes Wasser«, erzählte Sabine.

Tante Ebba lachte. »Davon träume ich nachts.«

»Bestimmt hast du auch bald ein eigenes Bad. Groß genug ist dein Haus ja.« Insgeheim fragte sich Sabine, wie ihre Tante ohne fließendes Wasser überhaupt zurechtkam. Im Sommer konnte sie es sich noch vorstellen, das Wasser von einem Brunnen zu holen. Aber wie mochte es im Winter sein, wenn es eisig kalt war und alles zufror?

»Das wäre wirklich schön.« Sie strich sich eine graue Haarsträhne aus dem Gesicht und wirkte dabei ein wenig verlegen. »Ich hoffe, du kommst damit zurecht, dass es in Sankt Peter etwas altmodischer als im Ruhrgebiet zugeht.«

»Ich bin nicht besonders anspruchsvoll«, erwiderte Sabine beruhigend.

»Das kommt mir sehr entgegen. So lange du hier bist, wirst du dir mit mir den Schuppen im Garten teilen müssen. Alle Zimmer im Haus sind mit Gästen belegt.«

Sie führte Sabine zu einem Holzverschlag im Garten und öffnete die Tür. »Es ist sicherlich nicht so groß und gemütlich, wie du es gewohnt bist, aber wenigstens regnet es nicht rein.«

Sabine schluckte, als sie den schmalen, dunklen Holzschuppen betrat. Die wenigen Möbel standen dicht an dicht. Auf einer Leine hingen ein paar Kleidungsstücke, und ganz hinten entdeckte sie eine Feldpritsche und eine weitere Schlafmöglichkeit, die nach einem schmalen Bett aussah.

»Du kannst dir aussuchen, wo du schlafen möchtest«, sagte Tante Ebba bescheiden.

»Danke, mir reicht das Feldbett.« Sabine stellte ihren Koffer auf der Pritsche ab. Für sie kam es überhaupt nicht infrage, ihrer alten Tante das Bett abzusprechen. Sie würde sich schon zu behelfen wissen. Immerhin war sie nur für kurze Zeit hier und hätte zur Not auch auf dem Boden geschlafen.

»Die andere Schlafgelegenheit ist aber viel bequemer«, merkte Tante Ebba an.

»Für mich reicht es.« Sabine lächelte tapfer. »Was gibt es für mich zu tun?«

Kurz darauf war Sabine auf der Pestalozzistraße mit Tante Ebbas Rad unterwegs. An beiden Griffen baumelten zwei Blecheimer, die sie am Brunnen auf dem Marktplatz mit Wasser befüllen sollte. Ihre Tante hatte ihr den Weg dorthin erklärt und auch den Hinweis gegeben, dass sie mit vollen Eimern das Rad zurückschieben müsste.

Obwohl Sabines Ankunft in dem Küstenort keine zwei Stunden zurücklag, war ihr jetzt schon klar, dass das alltägliche Leben in Sankt Peter im Vergleich zu dem im Ruhrgebiet viel mühsamer war. Sie konnte verstehen, dass Tante Ebba dringend Hilfe brauchte, und fragte sich, wie sie es überhaupt bis jetzt ohne Unterstützung geschafft hatte. Erfüllt von dem Wunsch, ihrer Tante so gut zu helfen, wie sie konnte, trat Sabine in die Pedale.

Trotz der ungewohnten Lebensumstände genoss sie die Fahrt mit dem Rad durch den Ortsteil Dorf. Sie fuhr an reetgedeckten Friesenhäuschen vorbei und roch das Salz in der Luft. Hier und da vernahm sie den Ruf einer Möwe oder ein »Moin!«, mit dem die Leute sich in Sankt Peter begrüßten.

Bisher war sie noch nie am Meer gewesen, doch eins war für sie jetzt schon gewiss: Sie würde an den Strand gehen, dabei ihren Bikini tragen und sich im Nordseewasser abkühlen. Und sie würde Ausschau nach Strandkörben halten – und nach Tom und seinen moosgrünen Augen. Vielleicht würde es doch eine schöne Zeit in Sankt Peter werden. Sabine beschloss, das Beste aus der Situation zu machen. Aber nächstes Jahr, da war sie sich sicher, würde sie an den Gardasee fahren. Mit Rita, ihrem Bruder und Gino.

KAPITEL 7

Juli 1959, einige Tage darauf in Tante Ebbas Kapitänshaus im Amselweg

»Guten Morgen, Frau und Herr Bohnsack! Darf ich Ihnen noch etwas Bohnenkaffee nachschenken?« Sabine stand neben einem der Tische im Frühstücksraum, der außerhalb der Urlaubssaison eigentlich Tante Ebbas Wohnzimmer war. In einer Hand hielt sie eine Kaffeekanne aus Porzellan, die zarte Blaublüten zierten, in der anderen eine Serviette für den Fall, dass sie etwas verschüttete.

»Im Urlaub darf es für meinen Mann und mich auch eine zweite Tasse sein«, beschloss Frau Bohnsack und nickte ihr freundlich zu.

»Sehr gerne!« Sabine füllte die Kaffeetassen.

»Dass Sie Ihrer Tante so tatkräftig unter die Arme greifen, ist wirklich einmalig!«, lobte Herr Bohnsack sie.

»Dafür hat man schließlich Familie«, erwiderte Sabine leichthin mit einem Lächeln.

Es hatte nicht lange gedauert, bis sie sich in den täglichen Ablauf der Gästebetreuung eingefunden hatte. Sie stand sehr früh auf und machte sich mit dem Fahrrad auf den Weg zum Bäcker. Dort besorgte sie frisches Brot oder gelegentlich auch Brötchen, machte auf dem Rückweg meistens noch am Kolonialwarenladen Jöns halt und kaufte weitere Dinge, die ihre Tante zuvor auf einem Zettel notiert hatte. Bevor sie wieder zurück zum Amselweg fuhr, schaute sie bei einem Nachbarn ihrer Tante vorbei, der ein gutes Dutzend Hühner hielt und dem sie im Sommer jeden Tag welche abkaufte, um sie den Gästen anzubieten. Zusammen mit ihrer Tante bereitete sie dann das Frühstück vor und half beim Servieren. Im Anschluss, wenn alle Gäste das Haus verlassen hatten, kehrte sie die Zimmer, räumte auf und wusch das dreckige Geschirr ab. Zu guter Letzt fuhr sie zweimal zum Brunnen, um frisches Wasser zu holen. Die Quelle suchte sie dreimal täglich auf, manchmal auch öfter. Je nachdem, wie viel Wasser benötigt wurde. Einige Gäste waren dazu übergegangen, sich selbst um frisches Wasser zu kümmern. Mit ihren Autos war der Transport für sie wesentlich weniger beschwerlich.

Sabine machte die Arbeit in Tante Ebbas Kapitänshaus nicht viel aus. Sie hatte Freude am Umgang mit den Gästen, und für sie war es das größte Lob, wenn alles zur Zufriedenheit geregelt war. Meistens hatte sie bis mittags sämtliche Aufgaben erledigt und dann noch genügend Zeit, um Sankt Peter mit dem Rad zu erkunden, was ihr viel Freude bereitete.

Nachdem Sabine den Abwasch erledigt und die Zimmer gekehrt hatte, kam ihre Tante zu ihr. »Lass dich mal drücken«, sagte sie unvermittelt und presste Sabine tatsächlich auch sofort an sich. »Was würde ich nur ohne dich machen, Sabine?«

Sabine spürte die Kraft ihrer kleineren Tante, löste sich aus der Umarmung und zuckte lächelnd die Schultern. »Dann hätte Mutti zu dir kommen müssen, um zu helfen.«

»Ach, deine Mutter!«, winkte Tante Ebba ab. »Sie ist das letzte Mal in Sankt Peter gewesen, als sie frisch mit deinem Vater verheiratet war.«

»Das ist aber schon lange her.«

»Über zwanzig Jahre, da lebte mein Mann noch. Kurz darauf war sie dann schwanger mit deinem Bruder. Die Zeit vergeht wie im Flug, Sabinchen. Gestern war ich noch ein Backfisch, und heute bin ich eine alte Frau.«

»Ach, Tante, so alt bist du doch noch gar nicht!«

»Alt genug, um nicht mehr alleine klarzukommen.« Sie steckte die Hände in die Taschen ihrer Schürze. »Für nächstes Jahr muss ich mir etwas anderes überlegen. Schließlich kann ich nicht von dir verlangen, dass du mir dann wieder unter die Arme greifst.«

»Es ist ja keine richtige Arbeit, sondern fast wie Urlaub. Gerade erst Mittag, und ich bin mit allen Aufgaben fertig.«

»Was hast du denn an diesem schönen Sommertag vor?«, erkundigte Ebba sich.

»Im Dorf bin ich schon ausgiebig unterwegs gewesen und kenne mich gut aus. Nun möchte ich endlich das Meer sehen. Zum ersten Mal in meinem Leben! Ich habe es mir für einen so schönen sonnigen Tag wie heute aufgehoben.«

»Oh, ich bin auch eine ganze Weile nicht am Meer gewesen. Der Weg zum Meer ist in Sankt Peter etwas länger als in anderen Küstenorten. Du musst über den Deich und dann durch die Salzwiesen. Erst dann gelangst du auf die Sandbank. Bei Ebbe wirst du auch dort noch ein Stück weiter laufen müssen, bis du an die Wasserkante gelangst«, erklärte Tante Ebba.

»Wie komme ich zum Deich?«

»Geh die Pestalozzistraße einfach bis zum Nordseegymnasium entlang und halte dich dann westwärts. So wirst du den Seedamm nicht verfehlen können. Und weiter auf linker Hand gelangst du zum Leuchtturm.«

»Oh! Ein Leuchtturm? Wirklich?«, fragte Sabine mit glänzenden Augen.

Tante Ebba nickte. »Ein recht kleiner zwar, aber er hat bisher jedem Sturm getrotzt.«

»Wie aufregend! Ich habe noch nie einen gesehen.«

»Dann wird es Zeit, das zu ändern.« Tante Ebba strich ihr lächelnd durchs Haar. »Weißt du, du erinnerst mich ein bisschen an mich, als ich in deinem Alter gewesen bin. Damals hatte ich die Haare auch kurz. Aber nicht so schick. Eine Freundin und ich haben uns die Haare gegenseitig geschnitten, das sah nicht immer danach aus, als hätte der Friseur sein Fach beherrscht.« Bei der Erinnerung lachte sie laut auf, und Sabine stimmte in ihr Lachen ein. In diesem Augenblick wirkte Tante Ebba so jung. Sabine konnte sich ungefähr vorstellen, wie sie als junge Frau gewesen sein musste. In ihrer Fantasie sah sie ein etwa gleichaltriges Mädchen vor sich, mit dem man Pferde stehlen konnte, das obendrein lustig war und das Leben tatkräftig anpackte.

Sabine hatte sich genau an Tante Ebbas Wegbeschreibung gehalten. Schließlich gelangte sie auf einen Pfad, der zum Deich führte. Als sie auf dem Seedamm stand, schirmte sie mit einer Hand die helle Sonne ab, um besser sehen zu können. Rita hätte für diesen Zweck garantiert eine Sonnenbrille dabeigehabt, aber solch einen Sonnenschutz besaß Sabine nicht.

Hier oben wehte eine angenehme leichte Brise, die sich herrlich warm anfühlte. Einen Moment lang schloss Sabine die Augen und genoss die sanfte Berührung des Windes auf der Haut. Ob am Gardasee auch ein laues Lüftchen wehte?

Rolf und Gino mussten bereits in Italien angekommen sein. Bestimmt genossen sie ihre Zeit dort in vollen Zügen.

Sabine verstand immer noch nicht, welch ein Zufall am Werk gewesen war, dass ausgerechnet kurz vor der geplanten Abreise Tante Ebbas Brief zu Hause in Gelsenkirchen angekommen war. Hätte Tante Ebba nur einige Tage später geschrieben, wäre sie selbst längst in Italien gewesen und hätte erst nach ihrer Rückkehr die Reise nach Norddeutschland antreten können. Mittlerweile war sie nicht mehr allzu traurig und hatte Ritas Worte verinnerlicht: Der Gardasee würde ihnen nicht weglaufen. Sie hätte auch ein viel zu schlechtes Gewissen gehabt und sich kaum in Italien amüsieren können, während ihre Tante in Sankt Peter verzweifelt gewesen wäre. Es schien alles gut zu sein, wie es gekommen war, obwohl es am Anfang nicht danach ausgesehen hatte.

Sie öffnete die Augen wieder und ließ den Blick über das saftige Gras der Wiesen streifen. Es hatte dieselbe Farbe wie Toms Augen. Ein Lächeln stahl sich auf ihr Gesicht. Dachte sie an ihn, konnte sie nicht anders, als zu lächeln. Wo waren nur diese Strandkörbe, von denen er erzählt hatte? Vielleicht wusste Tante Ebba darüber Bescheid? Sabine beschloss, sie bei nächster Gelegenheit danach zu fragen. Doch nun schlug sie den Weg linker Hand ein, um den Leuchtturm zu besuchen, von dem ihre Tante erzählt hatte.

Der robuste Ziegelsteinturm war bloß wenige Gehminuten entfernt. Er stand mitten auf dem Deich. Sabine blieb vor dem Bauwerk stehen und schaute an ihm empor. Besonders hoch war er nicht, doch offenbar ausreichend, um Schiffen einen sicheren Weg zu weisen.

Sie drehte um und blickte wieder auf das sich vor ihr erstreckende Marschland, durch das Wasserfurchen mäanderten. In der Ferne glitzerte es. Das musste das Meer sein!

Gelöst stieg Sabine vom Deich hinab und folgte einem Trampelpfad, der durch die Salzwiesen führte. Am Ende des Weges wurde es zunehmend sandiger, und schließlich erreichte sie den Strand.

Sie erblickte auf Stelzen gebaute Häuser, die in einiger Entfernung voneinander standen. Interessiert begutachtete sie die hölzernen Bauwerke. Hier wehte es noch stärker als zuvor auf dem Deich, und die Möwen über ihrem Kopf kreischten immerzu. Außer ihr waren noch weitere Leute unterwegs. Ein paar Erwachsene bauten mit Kindern Sandburgen, vier Jungen spielten mit einem Ball, ein älteres Ehepaar ging Richtung Meer, und zwei Frauen liefen in Badeanzügen an ihr vorbei.

Dahin, wohin sie liefen, wollte sie auch. Deswegen folgte sie ihnen im gebührenden Abstand. Je näher sie der Nordsee kam, umso intensiver roch es nach Salz und Algen. Das Ehepaar vor ihr spazierte barfuß und trug die Schuhe in Händen. Die beiden Frauen hatten sich längst in die Wellen gestürzt.

Da ihr das Laufen im Sand schwerfiel, zog Sabine ihre Sandalen aus. Jetzt kam sie viel schneller voran, und die Vorfreude ließ ihr Herz schneller schlagen. Noch ein paar Schritte, und das Meer lag in seiner schieren Endlosigkeit vor ihr. Die kühle Brandung schäumte über ihre Füße und spülte Sand über die Zehen.

Sabine entdeckte ein paar Muscheln zu ihren Füßen. Eine davon hob sie auf. Sie hatte noch nie eine Muschel in ihrer Hand gehalten und befühlte sie ausgiebig. Diese wollte sie aufbewahren, als besondere Erinnerung an diesen Moment.

Vorsichtig krempelte sie ihre Hose ein Stück höher, um etwas weiter ins Meer gehen zu können. Als das Wasser ihr bis zu den Waden reichte, blieb sie stehen. Da sie nicht schwimmen konnte, wollte sie kein Risiko eingehen.

Fasziniert schaute sie zum Horizont, wo Meer und Himmel scheinbar miteinander verschmolzen. Bis zum Meer hatte sie es also geschafft. Nun musste sie nur noch die Strandkörbe ausfindig machen.

Als Sabine am Nachmittag zurück in den Amselweg kam, war das Fahrrad ihrer Tante fort. Normalerweise stand es griffbereit neben der Haustür. Sie schien einige Erledigungen zu machen. Da Sabine nichts weiter vorhatte, beschloss sie, sich mit ein wenig Gartenarbeit nützlich zu machen.

Sie trank zunächst ein großes Glas Wasser, um sich zu erfrischen, und begann dann in einem Gemüsebeet Unkraut zu zupfen. Als sie mit ungefähr der Hälfte fertig war, fuhr Tante Ebba auf dem Rad am Gartenzaun vorbei. Vor der Pforte stieg sie ab und schob das Rad an seinen Platz.

»Guten Tag, Tante Ebba! Hier bin ich!« Sabine winkte ihr zu.

»Ach, du bist ja wirklich ein fleißiges Lieschen. Hast du das Meer gefunden?«

Sie nickte. »Bis zu den Waden habe ich mich reingetraut, und eine Muschel habe ich mitgenommen.« Sabine griff in ihre Hosentasche und zeigte ihrer Tante die Schale.

»Nach einem Sturm findet man richtig viele Muscheln am Strand. Und manchmal sogar Bernstein. Vielleicht erlebst du sogar einen hier. Wobei die richtige Sturmzeit erst im Herbst beginnt. Aber an der Nordsee weiß man nie so genau. Das Wetter ist immer für Überraschungen gut.«

»Ich habe mich nach Strandkörben umgesehen, aber leider keine gefunden. Vielleicht entdecke ich beim nächsten Strandbesuch welche«, erzählte Sabine. »Wo bist du denn mit dem Rad gewesen? Habe ich vergessen, etwas zu besorgen?«

»Aber nein.« Tante Ebba schüttelte den Kopf. »Ich habe meiner Freundin Lotte Jessen in Ording einen Besuch abgestattet. Sie betreibt dort ein Strandcafé in einem Pfahlbau. In Ording gibt es nebenbei bemerkt auch Strandkörbe.«

»Aha.« Sabine horchte auf.

»Lotte und ich haben uns übrigens über dich unterhalten«, eröffnete ihre Tante ihr.

»Über mich?« Sabine war erstaunt. »Was gibt es denn über mich zu reden? Außer dass ich dir helfe?«

»Genau darüber habe ich mit ihr gesprochen. Dass du so eine große Hilfe für mich bist und darüber, wie flink du alles bewältigst. Und dass ich zu arm bin, um dir dafür etwas zu zahlen.« Tante Ebba wirkte unglücklich, nachdem sie den letzten Satz gesagt hatte.

Sabines Herz wurde schwer. Zweifellos hatte es ihre Tante Überwindung gekostet, die Worte auszusprechen. »Aber Tante, ich helfe dir doch gerne. Gräme dich deswegen nicht. Wir sind doch eine Familie und müssen zusammenhalten.«

»Das ist richtig, doch bekümmert es mich trotzdem, dir nichts dafür geben zu können.« Sie hob den Blick und lächelte. »Doch nun bietet sich eine Möglichkeit, dass du dir etwas verdienen kannst!«

»Das klingt gut. Was soll ich tun?«

»Wie gesagt, ich habe vorhin mit meiner Freundin Lotte gesprochen. Sie hat mich zu Kaffee und Kuchen eingeladen, und so sind wir ins Reden gekommen. Dabei habe ich ihr erzählt, dass du meistens schon am Mittag mit allem fertig bist. Lotte hat mich gebeten, dich zu fragen, ob du dir vorstellen könntest, im Strandcafé auszuhelfen. Sie hat so viel zu tun und kann noch eine Bedienung brauchen. Sie zahlt dir dafür auch etwas, und von den Gästen kommt das Trinkgeld hinzu.«

»Warum nicht?« Sabine überlegte einen Moment. »Das wäre gar nicht mal übel, denn ich bin ja Hauswirtschafterin. Ab September habe ich ja eine Arbeit in der Polizeikantine in Buer.« Sabine versuchte sogleich den Gedanken an Frau Eppmann zu verdrängen. Insgeheim ärgerte es sie, dass ihre künftige Vorgesetzte es schaffte, ihr jedes Mal die gute Laune zu vermiesen, sobald sie nur an sie dachte.

»Das wäre sicherlich eine gute Vorbereitung auf deine Stelle«, fand Tante Ebba.

»Von mir aus helfe ich deiner Freundin gerne aus. Etwas Geld zu verdienen und dabei Erfahrungen zu sammeln, kann nicht schaden.«

»Also gut. Dann ist es abgemacht. Lass uns morgen zusammen nach Ording fahren.«

Sabine blickte zu Ebbas Fahrrad. »Und wer von uns bekommt den Platz auf dem Gepäckträger?«

Tante Ebba lachte auf. »Niemand. Wir fahren selbstverständlich mit dem Bus!«

KAPITEL 8

Juli 1959, am nächsten Tag im Strandcafé in Ording

Sabine lehnte sich über die Brüstung der Veranda und ließ den Blick über den schier endlosen Strand und das Meer schweifen. In der Ferne erhob sich ein rot-weißer Leuchtturm. Die Sonne stand hoch am Himmel, und die Tische auf der Terrasse des Pfahlbaus waren alle besetzt. Zwei Kellnerinnen bedienten die Gäste im Akkord. Auf ihren Tabletts balancierten sie geschickt etliche Kännchen Kaffee und große Tortenstücke, einige mit einer großzügigen Portion Schlagrahm versehen.

Nachdem sie tief durchgeatmet und die salzige Luft ausgekostet hatte, wandte Sabine sich zu ihrer Tante und deren Freundin um. »So ein hübsches Café habe ich noch nie gesehen. Die Lage über dem Meer ist ein Traum, und die Aussicht einfach unbeschreiblich.« Sie schaute einer Kellnerin nach, die geschickt vier Tortenteller trug. »Backen Sie den Kuchen selbst?«

Lotte Jessen lachte. »Na, und ob! Ich stehe jeden Morgen mit den Hühnern auf, damit am Mittag frische Torten in der Glasvitrine stehen.«

»Wunderbar! Es gibt bestimmt nichts Schöneres, als bei einer Tasse Kaffee und einem Stück Torte die gute Nordseeluft zu genießen.« Sabine streckte ihr Gesicht der Sonne entgegen.

»Da kannst du Gift drauf nehmen«, pflichtete Tante Ebba gut gelaunt bei.

»Könnten Sie sich denn vorstellen, für uns zu arbeiten?«, erkundigte sich Lotte Jessen. »Natürlich erst, wenn Sie mit der Arbeit bei Ebba fertig sind.«

Sabine hatte keinen Zweifel daran, dass sie sich bei der Arbeit hier wohlfühlen würde, und nickte. »Liebend gerne, Frau Jessen!« Dann sah sie zweifelnd zu den Bedienungen, die dunkle Kleider mit hellem Kragen und weißen Schürzen trugen. »Nur leider habe ich kein schwarzes Kleid mit Spitzenkragen.«

»Machen Sie sich darüber keine Sorgen. Das ist das geringste Problem.« Lotte Jessen musterte sie. »Tragen Sie Größe 36?«

Sabine nickte. »Ganz genau.«

»Dann habe ich sogar ein passendes Kleid für Sie in unserem Personalraum. Eine ehemalige Kellnerin hat es getragen, bis sie vor einem Monat ihre Arbeit aufgegeben und geheiratet hat. Wenn Sie möchten, können Sie es gleich mal anprobieren. Es ist frisch gewaschen und gebügelt.«

Keine zehn Minuten später trat Sabine aus der Tür des Personalraums hinter der Theke. »Es sitzt wie angegossen.« Sie drehte sich vor ihrer Tante.

Tante Ebba nickte zufrieden. »Als hätte das Kleid nur auf dich gewartet.«

»Also, liebes Fräulein Kurowski, ab wann darf ich Sie denn für unser Café berücksichtigen?«, erkundigte sich Lotte Jessen.

»Von mir aus gerne gleich ab morgen. Und bitte, Frau Jessen, sagen Sie doch einfach Sabine zu mir. So alt bin ich doch noch nicht.«

»Also schön. Dann nenne ich Sie wegen der Höflichkeit aber Fräulein Sabine. Das mache ich mit all meinen Bedienungen, und außerdem gehört sich es ja auch so.«

»Einverstanden, Frau Jessen.« Fröhlich sah Sabine sich um. Die Gäste schienen alle sehr zufrieden zu sein. Und obwohl viel los war, gerieten ihre künftigen Kolleginnen nicht in Stress. In der Vitrine waren vier Torten ausgestellt, reich an Obst oder Butterkrem.

Hier hätte sie liebend gern einen Arbeitsvertrag für ein Jahr bekommen. Ein Jammer, dass sie hier nur vorübergehend aushelfen sollte. Doch sie war dankbar für die Möglichkeit.

Eine Woche später hatte sich Sabine im Ordinger Strandcafé eingearbeitet und fühlte sich fast schon heimisch. Jeden Mittag fuhr sie mit Tante Ebbas Rad ins nördliche Ording und kam erst zum Abendbrot wieder zurück nach Sankt Peter-Dorf. Manchmal blieben am Ende des Tages ein paar Stücke Torte übrig, die dann unter den Kellnerinnen aufgeteilt wurden.

»Es soll ja nichts verkommen, und zum Wegwerfen ist die Torte viel zu schade«, sagte Lotte Jessen jedes Mal. Ihr Mann stand meist neben ihr und schmunzelte. Ihn sah Sabine nicht oft. Und wenn er sich im Café zeigte, saß er meist an einem Tisch und widmete sich der Buchhaltung.

Sabine genoss das Ambiente direkt am Meer sehr und mochte die Arbeit zwischen Kaffeekochen und Servieren, hielt gerne auch mal einen Plausch mit den Gästen und freute sich darüber, auch ihr hauswirtschaftliches Wissen einbringen zu können. Häufig steckten die Urlauber ihr einen Groschen zu, manchmal sogar zwei. Hatte sie Zeit für eine kurze Pause, blickte sie sehnsuchtsvoll zu den Strandkörben hinüber, die in einiger Entfernung auf dem Ordinger Strand standen. Bisher war sie Tom nicht wieder begegnet. Doch das, das stand für sie fest, würde sich sicher bald ändern. In letzter Zeit hatte sie kaum an Gino gedacht. Was verwunderlich war, denn zu Hause in Gelsenkirchen war fast keine Minute vergangen, ohne dass er in ihren Gedanken gewesen war.

Wahrscheinlich lag es daran, dass sie in Sankt Peter viel mehr zu tun hatte als sonst. Sie war auch noch nicht dazu gekommen, Rita zu schreiben. Bestimmt wartete ihre Freundin längst auf Nachricht von ihr. Sabine nahm sich vor, vor dem Schlafengehen wenigstens ein paar Zeilen an sie zu Papier zu bringen, damit der Brief bald fertig werden konnte.

Sabine stand neben der Kaffeemaschine und fächelte sich etwas Luft mit einem Schreibblock zu. Es war ein überaus heißer Sonntag, jeder Platz im Café war besetzt. Die Leute standen bereits an, bis wieder Plätze frei wurden.

»Die Torte reicht nie bis heute Nachmittag«, jammerte Lotte Jessen. »Könnte ich doch einfach in die Küche gehen und neue backen! Aber ich muss mich um einen reibungslosen Ablauf der Bestellungen kümmern. Deswegen backe ich immer, bevor wir öffnen.«

Sabine goss Kaffee in ein Kännchen. »Wenn Sie möchten, kann ich backen. Ein oder zwei Obsttorten sind schnell zubereitet und schmecken bei dem warmen Wetter sicher herrlich erfrischend.«

»Das ist ein wunderbarer Vorschlag!« Lotte Jessen klatschte hocherfreut in die Hände. »Fräulein Inken und Fräulein Maria müssen in der Zwischenzeit etwas schneller laufen.«

»Ich spute mich, Frau Jessen«, versprach Sabine.

»Dann wollen wir keine Zeit verlieren.« Die Caféinhaberin lotste Sabine in die Küche und zeigte ihr, wo alles stand. Als Nächstes deutete sie auf ein dickes Buch. »Darin sind allerhand Rezepte. Und alle Zutaten finden sich hier.« Sie öffnete eine Schranktür. »Verschiedene Obstsorten sind in der Schale. Gut, dass mein Mann mehr eingekauft hat als gewöhnlich. Manchmal glaube ich, er hat den sechsten Sinn.«

Sabine verschaffte sich kurz einen Überblick und nickte

zuversichtlich. »Überlassen Sie nur alles mir. Zusammen mit meiner Mutter habe ich schon immer viel gebacken, und ich kenne etliche Rezepte auswendig.«

»Ebba hat mir wirklich einen Engel geschickt.« Sie lächelte dankbar, bevor sie die Küche verließ.

Sabine machte sich sogleich ans Werk. Zuletzt hatte sie den Kirschkuchen für Frau Eppmann gebacken. Jetzt würde sie Lotte Jessen und all ihre Gäste von ihrem Können überzeugen. Obsttorten mit Rührteig gingen halbwegs flott. Nachdem Sabine zwei Tortenböden in den Ofen geschoben hatte, nahm sie sich den Inhalt der Obstschale vor. Darin lagen Heidel- und Stachelbeeren, ein paar Aprikosen und sogar ein roter Apfel. Damit ließ sich etwas anfangen.

Als Sabine eine halbe Stunde später mit den Obsttorten aus der Küche kam, hielt Lotte Jessen sofort die Vitrine auf, damit sie sie hineinstellen konnte. »Die Torten sehen sehr ansprechend aus. Gut mit Obst belegt. So hätte ich es auch gemacht, Fräulein Sabine«, lobte sie.

»Vielen Dank, Frau Jessen. Meine Mutter sagt immer, auf einen Kuchen oder eine Torte gehört ordentlich was drauf. Am Belag sollte man nicht sparen.« Sabine band sich die Schürze, die sie stets beim Bedienen trug, wieder um.

»Recht hat die Frau Mama.« Frau Jessen schloss die Vitrine wieder und sah Sabine nachdenklich an. »Nur schade, dass Sie nur vorübergehend bei Ihrer Tante sind. Ich würde Sie sonst sofort einstellen.«

Instinktiv senkte sie den Blick. So viel Lob war sie nicht gewöhnt. »Das ist sehr nett von Ihnen, Frau Jessen. Ich würde auch sehr gern im Strandcafé weiterarbeiten, wenn ich in Sankt Peter bleiben würde.«

»Besteht dazu denn keine Möglichkeit?«, forschte Frau Jessen nach.

Sie schüttelte den Kopf. »Ich fange am ersten September eine Arbeit in Gelsenkirchen an.«

»Wirklich jammerschade. Mein Mann hat gestern noch zu mir gesagt, dass wir jemanden wie Sie dringend als feste Arbeitskraft bräuchten.«

Und wenn sie einfach bliebe? Die Idee geisterte Sabine immer wieder durch den Kopf, als sie nach Feierabend am Meer entlangspazierte. Tante Ebbas Rad hatte sie am Pfahlbau des Strandcafés stehen gelassen. Sie war an diesem Tag so viel hin und her gelaufen, dass ihre Füße dringend eine Abkühlung brauchten, bevor sie die Rückfahrt zum Amselweg antreten würde.

Gedankenverloren tat sie einen Schritt nach dem nächsten und ging so weit ins Meer, bis das Wasser ihre Fußknöchel umspülte. Bevor sie nach Sankt Peter gekommen war, hätte sie es nicht für möglich gehalten, einfach eine Arbeit weit weg von zu Hause anzunehmen. Sie war so traurig gewesen, als ihre Eltern sie zu Tante Ebba geschickt und ihr damit die Italienreise genommen hatten. Doch nun, knapp vierzehn Tage später, hatte sich alles anders gefügt.

Sie mochte Tante Ebba und ihre Arbeit bei Lotte Jessen im Strandcafé. Dass sie ihrer Tante half, war für sie längst keine Arbeit, sondern eine Selbstverständlichkeit. Sogar an das Feldbett und die nächtlichen Geräusche außerhalb des Schuppens hatte sie sich inzwischen gewöhnt.

Und insgeheim genoss sie den Freiraum, den Tante Ebba ihr gewährte. Durch die Tätigkeit im Café blühte sie regelrecht auf, das entging ihr nicht. Denn zum ersten Mal im Leben hatte sie das Gefühl, wichtig zu sein, und konnte zeigen, was in ihr steckte.

Und dann waren da noch der schier endlose weiße Strand und das Meer, dessen Anblick ein Gefühl von Freiheit in ihr auslöste, wie sie es nie zuvor verspürt hatte. Die Weite der Landschaft, die See mit ihren unbändigen Kräften, die gute Luft und die Sonne – Sabine wusste nicht genau, woher es rührte, das alles schien einen ungekannten Mut in ihr geweckt zu haben. Sie hatte Freude daran, Verantwortung für sich und ihr Leben zu übernehmen.

Sie ertappte sich dabei, wie sie sich ausmalte, für immer hier zu leben und sich das neue Lebensgefühl zu erhalten. Ihre Eltern würden ihr niemals erlauben, länger bei Tante Ebba zu bleiben. Sie erwarteten von ihr, dass sie pünktlich die Stelle in der Polizeikantine Buer antrat.

Seufzend ging Sabine weiter und beobachtete die Bewegungen des Meerwassers. Wäre Frau Eppmann doch nur ein bisschen so wie Lotte Jessen. Wehmut stieg in ihr auf. Im nächsten Augenblick schaute sie auf und blieb stehen. Ihr war, als hätte sie die leisen Klänge einer Gitarre vernommen. Vielleicht war es auch nur der Wind.

Sie blickte zum Strand. An einer Düne meinte sie zwei Personen auszumachen. Als sie genauer hinschaute, erkannte sie zwei junge Männer. Sie hatte sich nicht getäuscht. Einer von ihnen spielte die Gitarre. Sabines Herz machte einen Satz. Es war Tom!

Was sollte sie nun tun? Ihn aus der Ferne anstarren, bis ihm womöglich ihre Blicke auffielen? Nein, unmöglich! Oder abwarten und hoffen, dass er sie bemerkte? Wieder hörte sie im Geiste das Lachen ihrer besten Freundin. »Geh doch einfach zu ihm!«, würde Rita sagen, das wusste Sabine genau. Denn Rita scherte sich nicht darum, ob es sich für ein Mädchen schickte, auf einen Jungen zuzugehen.

Durch ihre unkonventionelle Art hatte Rita im letzten Sommer Klaus im Freibad kennengelernt. Er hatte sich mit seinen Freunden am Rand des Schwimmbeckens unterhalten und gelacht. Da er Rita nicht bemerkt zu haben schien, war sie zur Tat geschritten. Sie hatte Anlauf genommen und war direkt neben ihm mit einer Arschbombe ins Wasser gesprungen. Dabei hatte sich eine große Wasserfontäne über Klaus und seine Freunde ergossen. Als Rita aus dem Wasser wieder aufgetaucht war, genoss sie Klaus' volle Aufmerksamkeit und erntete seine anerkennenden Blicke. Sabine hatte ihre Freundin in dem Moment sehr bewundert. Die Liebelei hielt jedoch bloß bis zum Ende des Sommers. Dafür konnte Rita von sich sagen, schon mal von einem Jungen geküsst worden zu sein.

Sie dagegen hatte bisher immer nur den schönen Gino aus der Ferne angehimmelt und konnte nur davon träumen, Hand in Hand mit ihm spazieren zu gehen. Und Gino war jetzt weit weg in Italien. Tom aber saß keine hundert Meter entfernt ... »Geh zu ihm!«, schien Rita ihr in Gedanken wieder zuzurufen.

Also gut, dachte Sabine und setzte sich in Bewegung. Auf eingebildete Stimmen zu hören war sicherlich höchst verrückt, und deswegen würde sie mit niemandem darüber sprechen. Überhaupt musste ja niemand erfahren, dass sie auf Tom zugegangen war und nicht andersherum.

Bevor sie die Düne erreichte, bemerkte Tom sie. Er unterbrach sein Spiel sofort und stand auf. »Fräulein Sabine!«, rief er und winkte ihr lächelnd zu.

Nun hat er doch den ersten Schritt gemacht, dachte Sabine erleichtert. »Guten Tag, Tom«, sagte sie, als sie bei ihm und seinem Freund ankam.

»Und ich dachte schon, ich hätte mir unsere Begegnung nur eingebildet.« Er lachte sie offen an.

Sabine musste auch lachen. »Nein, ich stehe leibhaftig vor dir, in Fleisch und Blut.«

Er schaute zu seinem Freund. »Fiete hier hat mich schon

aufgezogen und mir unterstellt, ich hätte mir das Fräulein Sabine bloß ausgedacht.«

Sein Freund wirkte etwas jünger als Tom. Er grinste. »Zuzutrauen wäre es dir.«

Sie winkte ab. »Es ist alles meine Schuld. Ich hatte so viel zu tun mit den Gästen meiner Tante, und dann habe ich noch eine Arbeit im Strandcafé angenommen. Bis heute hatte ich keine Gelegenheit, nach den Strandkörben Ausschau zu halten.«

»Im Strandcafé bei den Jessens?«, fragte Fiete.

Sie nickte. »Als Kellnerin am Nachmittag.«

»Mein Vater erzählte mir kürzlich, dass viel in dem Pfahlbau los sei«, bekannte Tom und strich sich über das blonde Haar. »Herr Jessen kann sich wegen eines Kriegsleidens nicht gut bewegen. Deswegen bleibt die meiste körperliche Arbeit an seiner Frau hängen.«

»Oh, ich wusste nicht, dass Herr Jessen ein Kriegsleiden hat«, sagte Sabine ein wenig pikiert, weil sie es bisher nicht bemerkt hatte. »Er arbeitet meistens an einem Schreibtisch …«

»Es ist sein Bein«, erklärte Fiete hilfreich. »Langes Stehen und Laufen fallen ihm schwer.«

»Jetzt, wo du es sagst, fällt mir auf, dass ich einen Gehstock neben seinem Arbeitsplatz gesehen habe.« Sabine schaute stirnrunzelnd in die Richtung des Cafés und kam sich dumm vor. »Wie unaufmerksam von mir. Es hätte mir gleich auffallen sollen.«

»Meine Pause ist vorbei«, sagte Fiete in das Schweigen hinein, das vielleicht nur Sabine auffiel, und erhob sich nun ebenfalls.

Tom klopfte ihm auf die Schulter. »Gehe ruhig vor. Ich komme gleich nach.«

»Bis bald einmal, Sabine.« Fiete winkte ihr im Laufen zum Abschied.

Sie erwiderte den Gruß. »Müsst ihr heute noch viel arbeiten?«

Tom zwinkerte ihr zu. »Die Strandkörbe müssen um ein paar Meter nach hinten verschoben werden, weil bald die Flut kommt. Sonst schwimmen sie morgen in der Nordsee herum.«

»Oje, das wäre nicht gut. Ich möchte dich nicht von der Arbeit abhalten. Gehe ruhig und hilf Fiete.«

Der tiefe Blick aus seinen grünen Augen schien sie zu durchdringen. Tom legte den Kopf schräg. »Und wann sehe ich dich wieder?«

Sie hob die Schultern. »Ich habe morgen um die gleiche Zeit Feierabend im Café.«

»Und ich spiele dann wieder in den Dünen auf meiner Gitarre«, versprach er. »Wir könnten schwimmen gehen. Die Tage sind so lang, und es ist abends noch warm genug, um ins Meer zu gehen.«

Sabine holte schon Luft, um Toms Angebot dankend abzulehnen, fand jedoch nicht die richtigen Worte. »Einverstanden«, sagte sie stattdessen schlicht. »Morgen um die gleiche Zeit?«

»Ich werde hier auf dich warten.« Sein Lächeln war umwerfend. »Hoffentlich hast du keine Angst vor Krebsen.«

Sie zog die Augenbrauen hoch. »Vor Krebsen?«

»Die zwicken gerne mal die Badegäste mit ihren Scheren in die Zehen«, foppte er sie.

Belustigt hob sie das Kinn. »Dann zwicke ich sie zurück«, erwiderte sie keck und war über ihre eigene Schlagfertigkeit überrascht.

»Bis morgen, Sabine.« Er klemmte sich die Gitarre unter den Arm und trat einen Schritt zurück.

»Bis morgen, Tom.«

Sie schaute ihm nach und sah, dass er sich noch einmal nach ihr umdrehte. Kurz darauf ging sie beschwingt zurück zum Pfahlbau, um Tante Ebbas Fahrrad zu holen.

Während der gesamten Fahrt zum Amselweg jubelte ihr Herz. Sie hatte eine Verabredung mit Tom! Gut, dass sie auf Ritas Rat gehört und ihren Bikini eingepackt hatte. Dass sie keinen Zug schwimmen konnte, würde sie wohl oder übel am nächsten Tag zugeben müssen. Doch das störte sie kaum. Allein die Tatsache, dass er sie wiedersehen wollte, beschleunigte ihren Herzschlag.

Nach dem Abendbrot fuhr Sabine noch einmal zum Brunnen am Marktplatz, um zwei Eimer Wasser zu holen. Danach setzte sie sich in Tante Ebbas Küche und schrieb endlich den überfälligen Brief.

Liebe Rita,
sicherlich hast Du längst einen Brief von mir erwartet. Bitte sei mir nicht böse, dass ich erst jetzt schreibe. Es hat mehr Arbeit auf mich in Sankt Peter gewartet, als ich anfangs vermutet habe. Ich helfe nicht nur meiner Tante mit den Gästen in ihrem Kapitänshaus, sondern habe auch eine Arbeit als Kellnerin im Ordinger Strandcafé angenommen, wo ich sogar Geld verdiene.

Am Anfang hat es mich einige Gewöhnung gekostet, um mich mit dem Leben in Sankt Peter zu arrangieren. Stell Dir vor, meine Tante hat kein fließendes Wasser. Ich muss mehrmals am Tag zum Brunnen am Marktplatz fahren, um frisches Wasser zu holen. Glücklicherweise soll aber bald auch ihr Haus an die Wasserversorgung angeschlossen werden.

Wie Du lesen kannst, ist das Leben hier viel mühsamer als bei uns in Gelsenkirchen. Aber dafür ist der Küstenort wunderschön. Könntest Du doch nur den unglaublich weiten Strand und das Meer sehen! Es ist einmalig und mit nichts zu vergleichen. Ich glaube, am Gardasee kann es nicht schöner sein. Inzwischen bin ich auch gar nicht mehr allzu traurig, nicht mitgefahren zu sein.

Stell Dir vor, ich habe einen Jungen kennengelernt. Tom heißt er, und er arbeitet am Strand. Er kümmert sich dort mit einem Freund um die Strandkörbe. Viel weiß ich noch nicht über ihn, bloß dass er Gitarre spielen kann und einen Motorroller fährt.

Doch, eigentlich weiß ich alles über ihn, was ich wissen muss. Du müsstest seine Augen sehen! Ich habe noch nie so schöne grüne Augen gesehen. Morgen treffen wir uns am Strand. Er hat mich gefragt, ob wir im Meer schwimmen gehen. Ob du es glaubst oder nicht, ich habe einfach Ja gesagt. Vielleicht war es närrisch von mir, doch das stört mich nicht. Den Bikini kann ich nun gut gebrauchen. Bestimmt bekomme ich heute Nacht kein Auge zu vor Aufregung. Ach, Rita! Ich wünschte mir, Du wärst jetzt hier. Bestimmt hättest Du gute Ratschläge für mich parat, damit bei der ersten Verabredung alles rundläuft. So bin ich auf mich allein gestellt und hoffe, nichts falsch zu machen.

Sobald ich weiß, wann ich wieder zurück nach Gelsenkirchen fahre, schreibe ich es Dir. Aber ich hoffe, es wird noch eine Weile dauern! Ich hätte nie für möglich gehalten, dass ich mich in Sankt Peter so wohlfühlen würde.

Aber wie geht es eigentlich Dir? Wie läuft die Arbeit im Salon? Warst Du mal wieder im Freibad?

Schreib mir bitte schnell zurück. Ich erwarte mit großer Freude Deine Antwort.

Viele liebe Grüße aus Sankt Peter!

Deine Freundin

Sabine

KAPITEL 9

Juli 1959, am nächsten Tag am Strand in Ording

Es war ein schwüler Sommernachmittag. Die trockene Hitze des Vortags hatte sich zu einer unangenehmen Wärme mit Temperaturen knapp über dreißig Grad entwickelt und lag nun brütend über dem Küstenort.

Wie sie es sich erhofft hatte, saß Sabine mit Tom in einem der Strandkörbe und blickte aufs Meer. Sie hatte zu ihrer Verabredung zwei Stücke Obsttorte mitgebracht, die an diesem Tag im Strandcafé übrig geblieben waren.

»Wirklich vorzüglich! Ich wusste gar nicht, dass der Kuchen im Strandcafé so gut ist.« Tom aß mit gutem Appetit.

Sabine lächelte. Es freute sie ungemein, dass es ihm so schmeckte. Außerdem war sie heilfroh, bisher einen guten Eindruck bei ihm gemacht zu haben. Er sollte nicht merken, dass es sich um ihre allererste Verabredung mit einem Jungen handelte. »Frau Jessens Torten sind freilich ein Gedicht. Diesen Obstkuchen habe ich in ihrem Auftrag gebacken.«

»Wirklich?« Tom sah sie verwundert an. »Ja, hast du etwa Bäckerin gelernt?«

Geschmeichelt schüttelte sie den Kopf. »Ich war auf einer Frauenfachschule. Mein großer Bruder Rolf ist aber Bäcker. Meine Mutter hat mir schon als kleines Mädchen gezeigt, wie man Torten und Kekse backt. Deswegen fällt es mir nicht besonders schwer. Obstkuchen sind erfrischend an heißen Sommertagen und liegen nicht so schwer im Magen wie eine Butterkremtorte.«

»Bleibt abzuwarten, wie lange die Hitze sich noch halten wird.«

Verwundert musterte sie sein Gesicht, den auffälligen Mund und die Grübchen seiner Wangen. »Was meinst du?«

»Da braut sich was zusammen«, sagte Tom und deutete auf die dunklen Wolken, die schon am Horizont erkennbar waren.

Sie nickte. »So lange ich in Sankt Peter bin, gab es nur Sonnenschein. Ich habe mal gehört, an der Nordseeküste regnet es öfter. Das scheint wohl nicht zu stimmen.«

»Normalerweise schon. Dieser Sommer fällt ein wenig aus dem Rahmen … in jeglicher Hinsicht.« Er grinste frech und schaute ihr dabei in die Augen.

Sabine konnte seinem Blick nicht standhalten und blickte verlegen zur Seite. »Fast wäre ich an den Gardasee gefahren. Wenn meine Tante keine Hilfe gebraucht hätte, wäre ich heute nicht hier.«

»Da hast du aber Glück gehabt, dass es dich stattdessen an unseren schönen Strand verschlagen hat.« Tom wischte sich die Finger an einer Serviette ab, die Sabine aus dem Café mitgebracht hat. »Wenn wir noch schwimmen wollen, sollten wir uns sputen, bevor die Wolken das Festland erreichen.«

Er sprang auf und zog seine knielange Hose aus, unter der er eine Badehose trug.

»Ist gut.« Sabine hatte ebenfalls vorgesorgt. Sie trug den Bikini schon unter ihrem Kleid. Sorgsam legte sie den Rest ihres Kuchens auf dem Teller ab und knöpfte das Kleidungsstück auf.

Derweil entledigte sich Tom seines Hemdes. »An so einem heißen Tag kann das Meer gar nicht kühl genug sein«, sagte er und lief im nächsten Moment auf die Brandung zu.

Sabine beeilte sich, aus ihrem Kleid zu schlüpfen, das sie achtlos auf die Sitzfläche des Strandkorbs warf. »Warte auf mich!«, rief sie ihm übermütig nach.

Tom hatte bereits das Meer erreicht und sich in die Wellen gestürzt. Zu gern hätte Sabine es ihm gleichgetan, doch als ihr das Wasser bis zu den Hüften reichte, blieb sie stehen und watete nur vorsichtig weiter. »Wie herrlich erfrischend das Wasser ist!«

»Los! Komm zu mir!«, rief Tom ihr zu. Er schwamm ein paar Meter von ihr entfernt bereits im Wasser. »Hier ist es sogar noch kühler.«

Sabine musste es ihm nun sagen, es führte kein Weg daran vorbei. Sie nahm ihren ganzen Mut zusammen, sah ihm aber nicht ins Gesicht. »Würde ich ja gerne, aber ich kann nicht schwimmen.«

»Sag das doch gleich!« Tom wirkte nicht sonderlich erstaunt, sondern kam einfach mit zwei kräftigen Zügen zu ihr zurückgeschwommen. Sein schlanker Oberkörper tauchte aus dem Wasser auf. »Entschuldige bitte, dass ich einfach davon ausgegangen bin. Ich vergesse häufig, dass nicht jeder am Meer aufgewachsen ist und früh schwimmen gelernt hat. Wie dumm von mir.«

Erleichtert atmete sie auf und spürte, wie ihr unter seinem freundlichen Blick warm wurde. »Es ist ja nicht so, dass wir keine Möglichkeiten zum Schwimmen im Ruhrgebiet hätten«, erklärte sie offen. »Aber ich habe bisher die Gelegenheit verpasst, es endlich zu lernen.«

»Wenn du möchtest, bringe ich es dir bei«, bot er ihr an.

»Du willst mir wirklich das Schwimmen beibringen?« In dem Fall müsste sie sich öfter mit ihm treffen. Die Idee gefiel ihr.

»Warum denn nicht?« Tom lachte sie an. Dabei perlten einige Wassertropfen von seinem dunklen Haar.

Wieder spürte sie ein warmes Gefühl in sich aufsteigen. Was war Tom doch für ein netter Kerl! Und hübsch war er obendrein, wie er sie anlächelte und seine grünen Augen dabei funkelten. »Ich weiß gar nicht, was ich dazu sagen soll.«

»Sag einfach Ja. Von mir aus können wir gleich mit dem Schwimmunterricht beginnen.«

»Na schön! Wer weiß, sonst lerne ich es vielleicht nicht mehr in diesem Leben.«

Tom hob einen Zeigefinger. »Das Wichtigste ist, dass du keine Angst vor dem Wasser hast. Das Meer ist dein Freund, und im Salzwasser schwimmt es sich eh leichter.«

Das Meer mein Freund! Sabine lachte und schüttelte den Kopf. »Was du alles weißt.«

»Ach, ich habe Amelie, meiner jüngeren Schwester, auch das Schwimmen beigebracht.«

»Wahrscheinlich war sie da jünger als ich …«

»Sie war sechs. Aber das Meer hat sich seitdem nicht verändert.« Er beugte die Knie und breitete seine Arme unter der Wasseroberfläche aus. »Leg dich mit dem Rücken auf meine Arme.«

»Was soll ich tun?« Erschrocken wich sie zurück.

»Keine Angst, ich halte dich. Du wirst nicht untergehen. Aber so kannst du dich an das Wasser gewöhnen und erste Schwimmbewegungen machen. Du wirst feststellen, dass es ganz einfach ist.«

»Hm«, machte Sabine und blickte argwöhnisch auf seine Arme. Sie waren zweifellos stark, und sie so nah zu spüren – eine Herausforderung ganz anderer Art. »Ich weiß nicht …«

»Vertrau mir«, ermunterte er sie abermals. »Dir kann gar nichts passieren. Außerdem geht dir das Wasser bloß bis zur Taille.«

Sabine atmete einmal tief ein und wieder aus. »Also fein. Ich vertraue dir.«

»Du wirst es nicht bereuen«, sprach er ihr Mut zu.

Sie kam sich ungelenk vor, als sie seinen Oberarm umfasste und sich dann langsam rücklings auf seine Hände legte. Dann blickte sie in den blauen Himmel und spürte Toms Arme unter ihrem Rücken. Er hielt sie tatsächlich. Nach einer Weile bekam sie ein Gefühl für die ungewohnte Position und ließ vorsichtig seinen Oberarm los. Sie lag auf dem Wasser und spürte die Bewegung der Wellen um sich herum.

»Wie ist es?«, fragte er.

»Eigentlich … schön.«

»Sehr gut«, lobte Tom sie. »Und nun mach mal Paddelbewegungen mit den Armen und den Beinen gleichzeitig.«

Sie tat, wie ihr geheißen, und musste plötzlich lachen. »Ich komme mir vor wie ein Frosch. Gut, dass mich hier niemand außer dir kennt.«

»Da wäre ich mir nicht so sicher. Ein hübsches Mädchen wie du fällt in Sankt Peter schnell auf«, entgegnete er.

Auf das Kompliment war Sabine nicht gefasst gewesen. Sie bemühte sich, nicht rot anzulaufen, und schaute an Toms anziehendem Gesicht vorbei. »Oh! Die Sonne ist auf einmal weg.«

Er warf einen prüfenden Blick über die Schulter. »Ja, eine dunkle Wolke hat sich vor die Sonne geschoben, und weitere ziehen auf. Wir sollten den Schwimmunterricht für heute besser beenden, bevor es kracht.«

Sabine fühlte sich seltsam enttäuscht, als sie wieder den sicheren Boden unter den Füßen spürte. »Schade, aber du hast recht.«

Nebeneinander wateten sie aus dem Meer und gingen zurück zum Strandkorb. Dort zogen sie sich die Kleidungsstücke über, die sie dort gelassen hatten.

Tom knöpfte sein Hemd zu. »Wenn das Wetter morgen schön ist, können wir gerne weiter schwimmen üben.«

»Ja, ich würde mich freuen.« Sabine schaute ihn von der Seite an, während sie mit einem Kamm durch ihr Haar fuhr. »Hoffentlich lerne ich das Schwimmen ähnlich gut wie deine Schwester.«

Er lachte auf. »Amelie war kein Naturtalent. Sie hat zwei Sommer gebraucht, bis sie sich einigermaßen über Wasser halten konnte. Aber ich gebe dir gerne genauso lange Unterricht, wenn du willst.«

Sabine musste grinsen. »Vielleicht schaffe ich es innerhalb eines Sommers.«

»Bestimmt. Niemand braucht so lange wie meine Schwester.« Tom schlüpfte in seine Hose. »Soll ich dich mit dem Roller zum Amselweg bringen? Es fängt bestimmt gleich an zu regnen.«

»Danke, aber ich bin mit dem Rad da.« Sie blickte zu einem Strandkorb, der näher am Meer stand. »Oh, da ist ja Fiete. Musst du ihm heute nicht helfen?«

Tom versenkte seine Hände in den Hosentaschen und nickte. »Ich helfe ihm gleich. Wie jeden Tag.«

Lächelnd schulterte sie ihre Tasche und erlaubte sich vor dem Abschied einen langen Blick in seine grünen Augen. »Dann vielleicht bis morgen?«

»Gleiche Stelle und Uhrzeit«, bestätigte er.

»Der Schwimmunterricht hat mir wirklich Spaß gemacht!«, rief sie ihm im Gehen über die Schulter zu. Dann eilte sie zu ihrem Rad. Tante Ebba wartete sicherlich schon auf sie.

Ein paar Tage später fuhr Sabine mit dem Rad durch die Pestalozzistraße. Sie hatte in der nunmehr vierten Schwimmstunde mit Tom sogar drei Schwimmzüge ohne seine Hilfe geschafft. Stolz durchflutete sie.

»Du bist jetzt schon viel besser als Amelie«, hatte er verkündet und ihr damit das schönste Kompliment gemacht.

Als sie in den Amselweg einbog, stand Tante Ebba am Gartenzaun und schnitt ein paar Rosen ab. »Da ist ein Brief für dich gekommen«, verkündete sie und zog einen Umschlag aus der Tasche ihrer Schürze hervor.

Sabine lehnte das Rad an die Hauswand und ging zu ihr hinüber. »Bestimmt hat Mutti geschrieben.«

»Nein.« Tante Ebba übergab ihr den Umschlag. »Du warst schon mit dem Fahrrad auf dem Weg nach Ording, als die Post kam.«

Sabine warf einen Blick auf den Absender und freute sich sehr. »Der ist von meiner Freundin Rita!«

»Briefe von Freundinnen zu bekommen ist doch was Feines«, fand Tante Ebba und wandte sich wieder den Rosen zu.

Sabine setzte sich auf eine Holzbank, die in unmittelbarer Nähe eines Apfelbaums stand. Hastig öffnete sie das Kuvert und entfaltete das darin liegende Papier.

Liebe Sabine,
wir haben uns schon Sorgen um Dich gemacht. Zweimal war ich bei Deinen Eltern und habe gefragt, ob sie einen Brief von Dir bekommen hätten. Beide Male haben sie meine Frage verneint. Deine Mutter war sehr in Sorge, da sie weder von dir noch von deiner Tante ein Lebenszeichen bekommen hat. Heute war ich ein drittes Mal bei ihnen, um Bescheid zu geben, dass Du noch lebst und es Dir in Sankt Peter gut gefällt.

Meine Güte, Sabine! Ich habe mir auch Sorgen um Dich gemacht und wirklich mit einer früheren Nachricht von Dir gerechnet. Du schreibst, wie wunderbar es in Sankt Peter ist. Du erzählst mir vom Meer, dem Strand,

Deiner netten Tante und der Arbeit im Strandcafé. Und dann lernst Du auch noch Tom kennen. Das passiert alles ohne mich, wie gemein!

Als ich Deinen Brief zu Ende gelesen hatte, habe ich mir gewünscht, ich könnte bei Dir in Sankt Peter sein. Deswegen bin ich gleich zu meinen Eltern gegangen und habe ihnen gesagt, dass ich unbedingt zu Dir nach Sankt Peter reisen muss. Da im Salon eh gerade Saure-Gurken-Zeit ist, haben sie es mir erlaubt! Ich bin gleich zum Hauptbahnhof gefahren und habe mir eine Fahrkarte gekauft. Ich komme also am Donnerstag um Viertel nach vier in Sankt Peter an. Solltest Du den Brief vor meiner Ankunft erhalten, würde ich mich freuen, wenn Du mich am Bahnhof in Empfang nimmst. Ansonsten werde ich als Überraschungsgast bei deiner Tante klingeln.

Ach, ich freue mich schon so auf Dich und Sankt Peter. Wir werden eine wunderbare Zeit haben!

Liebste Grüße von deiner Freundin
Rita

Sabine ließ den Brief sinken.

»Sind es gute Nachrichten?« Tante Ebba trat zu ihr und musterte sie kritisch.

»Rita kommt nach Sankt Peter – und zwar schon morgen.« Ein breites Lächeln stahl sich auf ihr Gesicht.

Tante Ebba wischte sich über die Stirn. »Aha! Dann müssen wir überlegen, wo sie unterkommen kann. Im Schuppen passt kein drittes Bett rein, und die Zimmer im Haus sind noch bis Ende August ausgebucht.«

»Ich hatte keine Ahnung, dass sie vor hat herzukommen …« Sabine presste den Brief an die Brust. »Aber eigentlich hätte ich es mir denken können.«

»Gleich morgen spreche ich mit einer Freundin. Vielleicht hat sie noch einen Schlafplatz für Rita.« Tante Ebba legte die Rosen neben ihr auf der Bank ab. »Als ich so alt war wie du, hatte ich auch mal eine Freundin, die war eine richtig verrückte Nudel. Mit ihr war es mir nie langweilig, und wir sind durch dick und dünn gegangen.«

Aufmerksam sah sie Tante Ebba an und forschte im Blau ihrer Augen. »Du sagst, du hattest mal diese Freundin. Was ist mit eurer Freundschaft passiert?«

Tante Ebba hob eine der Rosen und betrachtete sie einen Moment. »Fanny hat sich verliebt. In einen Amerikaner. Über dreißig Jahre ist es nun her, dass sie mit dem Zug nach Hamburg gereist ist und dort ein Schiff bestiegen hat, um nach New York zu fahren.«

»Wie aufregend! Hat sie dir geschrieben, wie es ihr in Amerika ergangen ist?«

Tante Ebba seufzte schwer. »Nein. Seitdem habe ich nie wieder etwas von ihr gehört.« Dann zuckte sie die Schultern. »Damals lebte ich noch in Gelsenkirchen, dann kam der Krieg. Heute wüsste Fanny nicht einmal, wo ich wohne. Und ich weiß nicht, ob sie überhaupt noch lebt.«

Sabine sah sie an. »Rita und ich, wir wollen immer befreundet bleiben. Das haben wir uns fest versprochen.«

Ihre Tante nickte. »So soll es auch sein. Du wirst sehen, wir werden eine schöne Unterkunft für deine Freundin finden.« Sie lächelte noch einmal aufmunternd, bevor sie die Rosen nahm und ins Haus ging.

Sabine war der Schmerz in den Augen ihrer Tante über den Verlust ihrer Freundin nicht entgangen. Das würde ihr nie passieren. Sie schwor sich, dass Rita und sie sich niemals aus den Augen verlieren würden.

KAPITEL 10

August 1959, am nächsten Nachmittag auf dem Bahnsteig von Sankt Peter

Sabine reckte den Hals. In der Ferne stieg Dampf auf, und kurze Zeit später wurde in der Ferne eine Lokomotive sichtbar. Auf der Uhr, die vor dem Sankt Peteraner Bahnhofsgebäude angebracht war, war es genau Viertel nach vier, als der Zug vor dem Bahnsteig hielt. Sabine reckte wieder ihren Hals, um zwischen den ein- und aussteigenden Fahrgästen ihre Freundin auszumachen. An einem Ausstieg des zweiten Waggons hob ein Mann einen mittelgroßen Koffer auf den Bahnsteig, danach stieg Rita aus dem Zug. Sabine lief auf sie zu und fiel ihr um den Hals. »Rita!«

»Erdrück mich nicht«, brachte Rita lachend hervor. »Da ist mein Brief ja doch rechtzeitig angekommen.«

»Ist er«, bestätigte Sabine. Sie strahlte ihre Freundin an. Rita sah aus wie aus einem Modemagazin entsprungen. Jede einzelne ihrer aufgedrehten Locken war tadellos frisiert, ihre Schuhe harmonierten farblich wunderbar mit dem zitronengelben Sommerkleid. »Du siehst sehr schick aus!«

»Na, hör mal! Ich konnte ja schlecht im Friseurkittel herreisen.« Rita lachte und schaute hoch zum blauen Himmel. »Und ich dachte, an der Nordsee schauert es ständig.«

»Mitnichten. Seit meiner Ankunft ist nicht ein Regentropfen gefallen.« Sabine griff nach Ritas Händen. »Es ist so schön, dass du hier bist. Was für eine wunderbare Überraschung!«

Rita lächelte und sah sich um. »Nach dem, was du mir geschrieben hast, musste ich einfach herkommen, um mir das sagenumwobene Sankt Peter mit eigenen Augen anzusehen.«

»Wie lange bleibst du?«

»Eine Weile. Ich habe alle Urlaubstage genommen, die ich hatte. Wo ist denn nun das Meer?«

Sabine musste lachen. »Das ist nicht weit von hier. Aber lass uns zuerst zum Haus meiner Tante gehen. Sie kocht uns einen Kaffee. Danach zeige ich dir, wo du unterkommen kannst.«

Sie gingen zu dem Fahrrad, das Sabine neben dem Bahnhofsgebäude abgestellt hatte. Zusammen hievten sie den Koffer auf den Gepäckträger. Sabine schob das Fahrrad, während Rita den Koffer festhielt.

»Ich dachte mir, vielleicht kann ich auch im Strandcafé mithelfen? Dann hätte ich etwas Geld für eine Unterkunft bei deiner Tante.«

Sabine warf ihr einen Blick über die Schulter zu. »Die Zimmer meiner Tante sind ausgebucht. Ich teile mir mit ihr einen kleinen Schuppen im Garten, da ist leider kein Platz mehr. Sie hat aber heute früh mit einer Freundin gesprochen. Du kannst bei ihr und ihren Töchtern schlafen. Sie wohnen in einer Nissenhütte.«

»Du meinst eine Baracke, wie sie bei uns in der Nähe der Bismarckstraße stehen?«, fragte Rita verdutzt.

Sabine nickte. »Wie ich dir geschrieben habe, das Leben in Sankt Peter ist nicht mit dem im Ruhrgebiet zu vergleichen. Ich weiß, dass du was Besseres gewöhnt bist, aber auf die Schnelle konnte meine Tante keine andere Unterkunft organisieren.«

»Ach was! Ein Dach über dem Kopf zu haben, das ist das Wichtigste.« Rita schien den ersten Schreck überwunden zu haben. »Ich werde schon klarkommen. Hauptsache, wir sind wieder zusammen und ich lerne bald den geheimnisvollen Tom kennen.« Sie lachte.

Nachdem sie in Tante Ebbas Garten Kaffee getrunken hatten, waren Sabine und Rita zum Heideweg aufgebrochen.

»Es ist kein Palast«, sagte Grete Schröder entschuldigend. »Sie können entweder im Etagenbett oder auf dem Feldbett schlafen.«

»Und was ist mit Ihnen, Frau Schröder? Sie können doch unmöglich auf dem Boden nächtigen.« Rita hatte ihren Koffer neben sich abgestellt und sich in der kärglich möblierten Stube umgesehen. Ihr war gleich aufgefallen, dass sich eine Schlafgelegenheit zu wenig im Raum befand.

»Machen Sie sich keine Sorgen, für mich ist gesorgt. Ich bekomme nachher noch ein Feldbett von einem Nachbarn ausgeliehen.«

»Wir Sankt Peteraner sind nicht so verwöhnt«, fügte Tante Ebba mit einem Augenzwinkern hinzu.

»Das bin ich auch nicht«, meinte Rita leicht gekränkt. »Das Feldbett möchte ich dann gerne nehmen. Und sagen Sie doch bitte alle Rita zu mir. Sonst fühle ich mich fremd.«

»Du hast so schöne Locken«, platzte es aus Dörte heraus. Das Mädchen hatte Rita angestarrt, seit sie das Grundstück betreten hatte.

Ihre Schwester Marga stellte sich neben sie. »Dein Haar glänzt wie Seide.«

»Danke sehr!« Rita ging zu den beiden Mädchen und warf einen Blick auf ihr glattes Haar. »Schöne Locken könntet ihr auch haben. Wenn ihr möchtet, frisiere ich euch welche.«

»Dürfen wir, Mutti?« Dörte warf Grete Schröder einen flehentlichen Blick zu.

»Ich bin Friseurin«, erklärte Rita, bevor Frau Schröder etwas erwidern konnte. »Wenn Sie mich schon so nett bei sich aufnehmen, kann ich Ihnen und Ihren Töchtern wenigstens die Haare machen. Meine Schere und weitere Utensilien habe ich dabei.«

Grete Schröder fasste sich lächelnd ins Haar. »Ja, wenn das nicht zu viel verlangt ist …«

»Das ist doch das Mindeste!«

Am nächsten Mittag fuhren Sabine und Rita nach Ording.

»Ich habe in gewisser Weise ein schlechtes Gewissen. Erst nimmt mich Frau Schröder so selbstlos bei sich und ihren Töchtern auf, und nun hat sie mir noch ihr Fahrrad geliehen«, erzählte Rita.

»Das hat sie bestimmt gern gemacht. Dafür hast du ihr und ihren Töchtern tolle Frisuren verpasst. Frau Schröder sieht mit dem neuen Haarschnitt um Jahre jünger aus!«

»Wäre sie zu uns in den Salon gekommen, hätte ich ihr noch die Haare gefärbt. Sie hat viele graue Strähnen, dabei ist sie doch nicht älter als meine Mutter.«

»Bestimmt hat sie viele Sorgen«, meinte Sabine. »Ganz allein mit zwei Töchtern. Das stelle ich mir nicht einfach vor.«

»Damit magst du recht haben.«

Als sie den Ordinger Deich erreichten, bremste Sabine ab. »Ab hier müssen wir die Räder bis zum Pfahlbau schieben. Frau Jessen wird staunen, dass ich dich als Verstärkung mitbringe.«

»Solange ich mithelfen darf und nicht darauf warten muss, bis du Feierabend hast, bin ich sicher, dass es herrlich wird.«

Amüsiert winkte Sabine ab. »Das wird nicht passieren. Frau Jessen hat erst vor ein paar Tagen zu mir gesagt, dass es genügend Arbeit für eine weitere Kellnerin gibt.«

Vor ihnen erstreckte sich die beinahe endlose Weite des Strandes. »Du meine Güte!« Rita blieb stehen und staunte. »Das ist ja wie in der Wüste.«

Sabine lachte. »Nur dass es in der Wüste kein Meer gibt.« Sie blickte zu den Strandkörben. »Da vorne sind Tom und Fiete«, sagte sie und winkte ihnen zu.

Rita schaute interessiert zu den jungen Männern. »Von Weitem gar nicht schlecht.«

Sabine rollte mit den Augen. »Du bist unmöglich, Rita!«

»Ich weiß«, erwiderte sie grinsend. »Ich glaube, sie kommen zu uns.«

Sie warteten, bis Tom und Fiete bei ihnen angekommen waren.

»Guten Tag, die Damen.« Tom deutete eine Verbeugung an.

»Guten Tag, ihr zwei. Das ist meine Freundin Rita. Sie ist gestern Nachmittag angekommen und bleibt ein paar Tage in Sankt Peter.«

»Herzlich willkommen.« Fiete gab Rita die Hand.

Tom tat es ihm gleich. »Hoffentlich gefällt es dir bei uns.«

»Da bin ich mir sicher«, erwiderte Rita gut gelaunt und lächelte Fiete an. Er schien ihr zu gefallen.

»Seid ihr auf dem Weg zum Café?«, fragte Tom.

»Sind wir. Ich werde Frau Jessen fragen, ob Rita mithelfen kann.«

»Ach, dann bist du bestimmt auch eine Hauswirtschafterin mit besonderem Talent zum Tortenbacken«, vermutete Tom.

Rita schüttelte den Kopf. »Leider nicht. Ich kann nur Haare schneiden. Ein Kuchen wäre bei mir wohl ungenießbar.«

»Du kannst wirklich Haare schneiden?« Fiete schien den Blick nicht von Ritas Gesicht lösen zu können.

»Als Friseurin muss ich das können.«

Die beiden verständigten sich wortlos, bevor sie Sabine und Rita erwartungsvoll anschauten. »Eigentlich wollten wir Bescheid sagen, dass wir heute Abend Musik in der Loreley in Sankt Peter-Bad machen«, sagte Tom. »Kommt doch auch, das wird bestimmt eine Schau.«

»Spielst du Gitarre?«, fragte Sabine.

»So ist es. Außerdem singe ich, und Fiete sitzt hinter dem Schlagzeug.«

»Dann kommen noch unsere Freunde Piet am Bass und Georg am Klavier dazu. Zusammen sind wir die Tom Cats«, erklärte Fiete.

»Oh, eine richtige Musikgruppe!«, rief Sabine begeistert. »Was spielt ihr für Lieder?«

»Na, Rock 'n' Roll, was sonst?«

»Vor eurem Auftritt braucht ihr aber dringend einen gescheiten Haarschnitt«, meinte Rita mit Kennerblick.

Fiete grinste. »Da sagen wir nicht Nein.«

»Wir sind um sechs in der Loreley, und um sieben spielen wir. Kommt doch auch eher«, schlug Tom vor.

Sabine und Rita nickten einander zu. »Das machen wir. Bis später.«

Lotte Jessen wirkte zunächst überrumpelt, als Sabine zusammen mit Rita im Strandcafé aufgetaucht war. Doch dann war sie hocherfreut über die unverhoffte Verstärkung. »In dieser Saison ist wirklich der Teufel los. Scheinbar zieht es halb Deutschland an die Nordseeküste. Sie sind bei uns herzlich willkommen, Fräulein Brosch. Möchten Sie gleich anfangen?«

»Von mir aus kann es sofort losgehen, Frau Jessen.«

Rita fand sich schnell im Café ein. Ihr kam die Berufserfahrung im Laden ihrer Eltern zugute. An Kundengespräche war sie gewöhnt, und Freundlichkeit war eine Selbstverständlichkeit für sie. War sie unsicher, schaute sie einfach, was Sabine oder die anderen Kellnerinnen machten, oder fragte nach.

Nach Feierabend beeilten sich die Freundinnen, zurück nach Sankt Peter-Dorf zu kommen. Sabine fuhr noch einmal zum Brunnen auf dem Marktplatz, um frisches Wasser zu holen. Als sie zurückkehrte, wartete Rita bereits in Ausgehrobe auf sie. Über dem Arm trug sie ein hübsches Sommerkleid, und in der Hand hielt sie eine Tasche.

»Probier das Kleid mal an«, forderte sie Sabine auf. »Das ist passend für einen Tanzabend.«

»Passend für den Abend vielleicht, aber doch nicht für meine Figur! Ich bin immer noch ein bisschen anders gebaut als du.«

»Der Stoff wird sich deiner Figur anpassen.« Rita duldete keinen Widerspruch und drückte ihr das Kleidungsstück in die Hand.

»Wenn du meinst.« Kopfschüttelnd ging Sabine in den Schuppen, während Rita auf der Bank neben dem Apfelbaum auf sie wartete. Erstaunt strich sie an sich hinunter, als sie kurz darauf den Verschlag verließ. »Es passt wirklich!« Sie drehte sich einmal um sich selbst, damit ihre Freundin das knielange sonnengelbe Sommerkleid mit einem passenden Gürtel an ihr begutachten konnte.

»Habe ich dir doch gesagt.« Zufrieden begutachtete Rita sie. »Jetzt fehlt noch ein bisschen Haareschneiden und etwas Farbe ins Gesicht, und schon bist du eine flotte Biene.«

»Habt einen amüsanten Abend, ihr lieben Mädchen«, wünschte Tante Ebba ihnen, nachdem sie den Weg zur Loreley erklärt hatte. Sie winkte ihnen nach, als sie mit den Rädern aufbrachen.

Der Fahrtwind wirbelte ihre gerade erst gerichtete Frisur durcheinander. Doch das störte Sabine nicht. »Was bin ich aufgeregt! Mein erster Tanzabend. Wenn das meine Eltern wüssten …«

»Sie werden es nie erfahren«, rief Rita lachend. »Wir werden ganz viel Spaß haben!«

Um kurz nach sechs kamen sie an dem Lokal an. Sabines Herz schlug ihr vor Aufregung bis zum Hals. Die Wirtsleute ließen sie hinein und schickten sie in den hinteren Teil der Gaststätte, wo Tom und Fiete mit zwei weiteren jungen Männern ihre Instrumente stimmten. Sie trugen alle vier feine Anzüge und wirkten sehr konzentriert.

»Guten Abend!«, sagte Rita.

Sogleich wurden sie herzlich von Tom und Fiete begrüßt und mit den anderen Musikern bekannt gemacht. »Das ist meine Schwester Amelie«, stellte Tom ihnen zum Schluss ein Mädchen vor, das ein wenig abseits stand und die Szene beobachtet hatte.

»Seid ihr die Friseurinnen?«, fragte sie.

»Ich bin die Friseurin«, entgegnete Rita.

»Ich finde es bewundernswert, wenn man Haare schneiden kann. Ich wünschte, ich könnte es auch«, redete Toms Schwester los.

»Kannst du in Sankt Peter denn nicht Friseurin lernen?«, erkundigte sich Rita.

»Das würde mein Vater mir nie erlauben«, sagte Amelie. »Er hat andere Pläne für mich …«

»Das kenne ich.« Sabine nickte verständnisvoll. Amelies Vater schien auch eine »glückliche Hausfrauenehe« für seine Tochter vorzusehen.

Bevor sie das Gespräch vertiefen konnten, trat Tom zu ihnen. »Unsere Instrumente sind gestimmt. Dann könnten jetzt die Haare drankommen.«

»Von mir aus gerne.« Rita holte eine Schere und einen Kamm aus ihrer Tasche.

»Darf ich zusehen?«, fragte Amelie voller Vorfreude.

Rita nickte. »Natürlich.«

Während Rita modische Haarschnitte verpasste, sah sich Sabine den Tanzraum genau an. Tische und Stühle waren an die Seite geschoben worden, sodass sich in der Mitte genügend Platz zum Tanzen befand. Es roch ein wenig muffig, als wäre schon länger nicht gelüftet worden, aber das störte sie nicht. Sie wollte sich möglichst alles genau einprägen, damit sie die Erinnerung an diesen besonderen Abend möglichst lange bewahren konnte. Ob er wirklich besonders werden würde, wusste sie natürlich nicht, doch fühlte es sich für sie bereits jetzt so an.

Um sieben Uhr war der Saal des Lokals rappelvoll. Die ganze Jugend aus Sankt Peter und den umliegenden Ortschaften schien sich zu dem Tanzabend eingefunden zu haben. Sabine stand neben Rita an einem Tisch in der Nähe der Bühne und konnte gar nicht aufhören zu lächeln.

Tom trat ans Mikrofon. »Schön, dass ihr alle da seid, meine Freunde. Wir sind die Tom Cats, und ihr tanzt heute Abend zu unserer Musik.« Er drehte sich um, zählte kurz an, und dann erklangen die Instrumente mit solch einer Wucht, dass es Sabine fast umgehauen hätte.

Mit offenem Mund starrte sie Rita an und fasste sich an den Brustkorb. »Das ist grandios!«, rief sie ihrer Freundin zu.

»Komm, komm!« Rita zog sie begeistert auf die Tanzfläche, wo bereits mehrere Gäste verzückt tanzten.

Als Toms Stimme auf Englisch durch das Mikro erklang, war es um Sabine endgültig geschehen. Ihr wurde heiß und kalt, und sie wollte für immer seine Stimme im Ohr haben. Den anderen Mädchen im Raum schien es ähnlich zu ergehen. Sie umschwärmten Tom und den Rest der Musikgruppe regelrecht. Als Sabine kurz verschnaufen musste und zu ihrem Tisch ging, um einen Schluck Wasser zu trinken, bemerkte sie ein Mädchen, das ganz nah vor Tom tanzte und ihm schöne Augen machte.

»Das ist Silke.« Plötzlich war Amelie neben ihr. Sie hatte ihren Blick aufgefangen und erklärte: »Sie ist bei jedem Auftritt meines Bruders dabei.«

»Ist sie seine Freundin?«, fragte Sabine über die Musik hinweg.

Amelie schüttelte den Kopf. »Das wäre sie gerne. Sie ist die Tochter des Inhabers der hiesigen Drogerie Leyrich. Unsere Väter sind befreundet. Nach dem Willen unserer Eltern sollen beide mal heiraten, aber Tom möchte nicht. Er sagt, dass sie nur eine Freundin ist.«

»Was tuschelt ihr denn so?« Rita gesellte sich zu ihnen und umfasste lachend Sabines Hände. »Tanzen sollt ihr!«

»Das machen wir jetzt auch wieder«, stimmte Amelie zu und ging mit ihnen.

»Meine Güte! Was ist mir heiß!« Sabine trat aus der Loreley. Frische Abendluft umfing sie und kühlte ihre erhitzten Wangen.

»Drinnen ist es heiß wie unter einer Trockenhaube«, pflichtete Rita ihr bei und fächelte sich mit einer Hand Luft zu.

»Was war das für ein toller Tanzabend!« Sabine drehte eine Pirouette und lächelte dabei selig. »Ich fühle mich leicht wie eine Feder.«

»Hast du auch so einen starken Durst?«

»Und wie! Meine Kehle ist staubtrocken.«

»Ich hole uns noch eine Erfrischung. Möchtest du Zitronenlimonade?«, fragte Rita.

»Oh ja! Bitte ein großes Glas!« Sabine lehnte sich an die Hauswand und schloss einen Moment die Augen. Sie konnte Tom vor sich sehen. Tom mit der Gitarre. Tom, wie er ins Mikro sang. Sie hatte seine Stimme im Ohr. Sie wollte nie wieder eine andere Stimme hören.

»Sabine«, sagte er zu ihr.

Als sie die Augen aufriss, blickte sie geradewegs in seine grünen Augen. »Tom! Ich habe gar nicht mitbekommen, dass du rausgekommen bist.«

Er lächelte sein lebendiges Lächeln, das ihr so gut gefiel. »Hat dir unsere Musik gefallen?«

»Gefallen ist gar kein Ausdruck! Es war fantastisch. Ich habe noch nie so gute Musik gehört. Eigentlich müsstest du mit deiner Musikgruppe berühmt sein.«

Tom grinste schief. »In Sankt Peter sind wir schon bekannt, kann man sagen. Vielleicht schaffen wir es auch noch in Tating.«

Sabine sah, wie er sich das verschwitzte Haar aus der Stirn strich, und widersprach: »Ganz Deutschland muss euch kennenlernen. Im Radio müssen eure Lieder gespielt werden.«

»Davon träume ich.« Wieder lächelte er.

»Tom?«, hörten sie eine weibliche Stimme rufen.

»Schnell!«, sagte er und zog Sabine in den nächsten Hauseingang, um nicht entdeckt zu werden.

Sabine wollte verwundert nachfragen, doch er machte »Psst!« und legte einen Finger auf ihre Lippen. Dabei kam er ihr ganz nah. Ihr Herz klopfte nun so schnell, als wäre sie den Weg von Tante Ebba bis zum Strandcafé gerannt.

»Tom!«, erklang die Stimme wieder.

Er schloss die Augen und verzog sein Gesicht zu so einer ulkigen Grimasse, dass Sabine fast losgelacht hätte.

Nach einer Weile lugte er um die Ecke. »Die Luft ist wieder rein. Das war Silke. Hätte sie mich entdeckt, hätte sie mich für den Rest des Abends in Beschlag genommen.«

»Du bist eben ein umschwärmter Musiker«, stellte Sabine fest und empfand es als Verlust, als er einen Schritt zurücktrat.

»So schlimm ist es nun auch wieder nicht.« Er verdrehte die Augen. »Aber du, du siehst heute wunderschön aus. Nicht dass du sonst nicht wunderschön aussehen würdest, aber heute Abend ganz besonders.«

Sie zog die Schultern hoch und lächelte verlegen. »Danke schön.« Aus seiner Frisur hatte sich erneut eine Strähne gelöst. Ohne nachzudenken, streckte Sabine die Hand aus und strich sie zurück. »Deine Haare rebellieren.«

Sanft hielt er ihre Hand fest und schaute Sabine nur in die Augen. Sie hatte das Gefühl, als würden ihre Blicke miteinander verschmelzen. Als seine Lippen ihre berührten, schien alles um sie herum stillzustehen. In dem Moment spürte sie ein regelrechtes Feuerwerk in ihrem Bauch und seine Lippen, seine wunderschönen Lippen auf ihren. Instinktiv schlang sie die Arme um seinen Nacken und erwiderte den Kuss. Sie wusste nicht, woher sie das konnte, doch sie wusste genau, was zu tun war.

»Sabine?«, hörte sie ihre Freundin wie von fern fragen.

Vorsichtig löste sie sich von ihm und zuckte entschuldigend mit den Schultern. »Rita hat uns was zum Trinken besorgt.«

Tom lächelte. »Guter Einfall von Rita. Ich könnte auch eine Erfrischung vertragen.« Er schloss seine warme Hand um ihre

Finger, zog Sabine aus der Hausecke und ging mit ihr auf Rita und Fiete zu. Das tat er mit einer solchen Selbstverständlichkeit, als wäre es nie anders gewesen. Sabine fühlte sich in dem Moment besonders. Sie fühlte sich das erste Mal wie eine Frau.

KAPITEL 11

August 1959, an der Badestelle Bad in Sankt Peter

Rita schwamm mit kräftigen Zügen auf Sabine zu. Es war kurz nach Sonnenaufgang, und es versprach wieder ein herrlicher Sommertag zu werden. Außer ihnen war niemand am Strand.

»Schade, dass ich wieder abreisen muss.« Rita ließ sich auf dem Rücken von den Wellen treiben.

»Kannst du nicht doch noch bleiben?«, hakte Sabine nach.

»Nein. Ich muss zurück und im Salon helfen. Bärbel hat Urlaub eingereicht, wenn ich wiederkomme, und ohne eine weitere Friseurin wäre meine Mutter im Damensalon alleine. Außerdem habe ich die Fahrkarte doch längst gekauft.« Rita hatte sich gewünscht, noch einmal im Meer schwimmen zu gehen, bevor sie die Rückreise nach Gelsenkirchen antrat.

»Du wirst mir fehlen«, bekannte Sabine und spritzte Wasser auf ihre Freundin.

Rita lächelte. »Du hast doch Tom.«

»Trotzdem werde ich dich vermissen.«

»Wann kommst du denn zurück nach Hause?«

»Nächste Woche. Ich darf gar nicht daran denken …« Sabine seufzte. »Dann wird mir die Zeit in Sankt Peter wie ein schöner Traum vorkommen.«

Rita drehte sich vom Rücken auf die Füße. »Wie soll es denn mit dir und Tom weitergehen? Denkst du, ihr habt eine Zukunft?«

»Es kann nicht weitergehen.« Sabine hörte sich selbst die Verzweiflung an.

Rita sah sie an. »Weiß er denn schon, dass du nächste Woche abreist?«

Sie biss sich auf die Lippe. »Nein. Was sollte es auch bringen?«

Tröstend strich Rita ihr über den Oberarm. »Kopf hoch! Es wird alles gut werden.«

Obwohl sie nicht recht daran glauben konnte, nickte sie tapfer.

»Ach, Sabine. Irgendwann sind auch die schönsten Ferien vorbei. Jetzt muss ich wohl langsam aus dem Wasser, wenn ich den Zug bekommen möchte.«

Sie schwammen noch einige Züge, dann kehrten sie zurück an den Strand.

»Hast du dich eigentlich von Fiete verabschiedet?«, fragte Sabine, während sie zu ihren Sachen gingen, die in einem Strandkorb lagen. Rita und er hatten sich angefreundet. Zwar hatte er sie nicht geküsst, doch dass sie einander sympathisch waren, war nicht zu übersehen gewesen.

Rita nickte. »Gestern schon. Wir wollen uns schreiben.« Sie zog sich ihr Kleid über den Kopf.

»Ich werde dir auch schreiben«, versprach Sabine. »Jeden Tag, bis ich wieder zurückkomme. Ich werde dir berichten, was in Sankt Peter passiert, wie es im Strandcafé ohne dich läuft … Wo es dann auch bald ohne mich weitergehen muss …«

»Nun wollen wir aber kein Trübsal blasen«, erklärte Rita entschlossen. »Wir sind ja nicht aus der Welt, und Sankt Peter auch nicht.«

Auf dem Weg zum Bahnhof stießen Grete Schröders Töchter zu ihnen. Die Mädchen hatten Rita in ihr Herz geschlossen und in den vergangenen Tagen einiges über Haarpflege und Frisuren von ihr gelernt.

Rita umarmte die Schwestern zum Abschied. »Ich schreibe euch. Grüßt mir bitte eure Mutter. Wir sehen uns bestimmt mal wieder.«

Dann schloss sie Sabine in die Arme. »Dann bis nächste Woche. Und mach keinen Quatsch ohne mich!« Sie zwinkerte ihr zu, bevor sie ihren Koffer anhob.

Nachdem sie in den Zug gestiegen war, entdeckten sie sie an einem Fenster, hinter dem sie ihnen winkte.

»Auf Wiedersehen, Rita!«, rief Sabine über das Pfeifen der Lokomotive. Die Schwestern und sie winkten so lange, bis der Zug nicht mehr zu sehen war.

Die Tage nach Ritas Abreise verflogen regelrecht, sodass Sabine entgegen ihrer Ankündigung kaum Zeit zum Schreiben fand. Sie wollte jede Minute auskosten, die ihr an der Nordsee blieb, und traf Tom noch einmal, stellte neue Obsttorten für das Café her und half Tante Ebba im Garten. Dann kam der Tag, an dem auch Sabine ihre Sachen zurück in ihren Koffer legen musste. Am nächsten Tag würde sie Sankt Peter verlassen.

»Ich weiß gar nicht mehr, wie es ohne dich gewesen ist. Mir kommt es vor, als wenn du schon immer bei mir gewohnt hättest«, sagte Tante Ebba. »Ein Jammer, dass ich nie eigene Kinder hatte. So eine Tochter, wie du es bist, hätte mir gefallen.«

»Ach, Tante. Ich komme dich besuchen. Ganz bestimmt!«, versprach Sabine. »Doch demnächst muss ich erst mal meine Arbeitsstelle antreten.«

»Gewiss musst du das. Und ich muss auch alleine klarkommen. Das wird schon gehen. Dörte und Marga wollen mir zur Hand gehen, wenn du weg bist. Das zu wissen ist schon eine große Erleichterung für mich.«

Sabine nickte. »Frau Schröders Töchter sind sehr nett. Ich bin froh, dass sie dir ihre Hilfe angeboten haben.«

»Was hast du denn an deinem letzten Tag in Sankt Peter vor?«, fragte Tante Ebba.

Sie zuckte die Schultern. »Nichts anderes als an den anderen Tagen auch. Ich helfe gleich beim Frühstück, kehre dann die Zimmer, danach hole ich Wasser, mache den Abwasch. Mittags wartet Frau Jessen auf mich. Danach möchte ich gerne noch einmal im Meer schwimmen gehen.«

Sabine hatte das gleiche Bedürfnis wie Rita. Sie wollte noch einmal die Wellen spüren, den salzigen Geschmack auf den Lippen kosten und das Meer riechen. Wer wusste schon, wann sie dies wieder tun konnte oder ob es ihr überhaupt noch mal vergönnt sein würde … Und sie hoffte, dass Tom ebenfalls am Strand sein würde.

Nachdem Sabine sich bei Frau Jessen und ihrem Mann bedankt und sich das Gehalt hatte auszahlen lassen, schlenderte sie wie an so vielen Tagen des vergangenen Monats zu einem Strandkorb.

Dort entledigte sie sich ihrer Arbeitskleidung und rannte kurz darauf im Bikini ins Wasser. Die Nordsee war angenehm kühl, so wie sie es kannte. Inzwischen konnte sie gut schwimmen, Rolf und ihre Eltern würden staunen, wenn sie sie im Freibad sahen. Irgendwann hatte es geklappt, und sie hatte die Angst vor dem Wasser komplett verloren. Wohlgemerkt nicht den Respekt, den sich auch der beste Schwimmer bewahren sollte. Im Meer zu schwimmen, ohne eine gewisse Ehrfurcht vor den Naturgewalten, konnte gefährlich werden. Das hatte ihr Tom erklärt, und sie hatte verstanden, was er gemeint hatte.

Tom … Bisher hatte sie ihn nicht am Strand entdeckt. Doch sie wollte sich nicht bekümmern, sondern die Zeit an der See einfach noch bis zum letzten Augenblick auskosten. Sabine legte sich auf den Rücken und machte leichte Schwimmbewegungen. Sie blickte in den herrlich blauen Himmel und konnte sich kaum vorstellen, dass sie dies bald nicht mehr tun könnte. Ihre Abreise erschien ihr unwirklich, das Leben im Ruhrgebiet war so anders als alles, was sie in Sankt Peter erlebt hatte. Was hätte sie darum gegeben, noch etwas länger zu bleiben!

Mit einem Mal wurde sie von zwei Armen umschlungen, und Tom tauchte neben ihr aus dem Wasser.

»Ich habe dich schon gesucht«, raunte er in ihr Ohr.

»Und du hast mich gefunden«, erwiderte Sabine und küsste ihn.

»Hast du heute schon was vor?«, fragte er.

Ein Anflug von schlechtem Gewissen befiel sie, doch sie wollte ihm immer noch nichts verraten, sondern einfach die schöne Zeit mit ihm genießen. »Nichts Besonderes«, erwiderte sie leichthin. »Wieso fragst du?«

»Das trifft sich gut, denn ich wollte dir was zeigen.« Er lächelte verheißungsvoll.

»Das klingt geheimnisvoll. Was ist es denn?«

»Lass dich überraschen.« Tom zog sie mit sich aus dem Wasser. »Ein kleiner Spaziergang liegt vor uns.«

Nachdem Sabine sich ihre Kleidung übergeworfen hatte, ließ sie sich von Tom führen. Sie folgte ihm auf einer Straße am Deich, stieg mit ihm an einer Stelle Treppen zum Seedamm hinauf und ging danach durch Dünen, bis sie auf einem weiten Strand stand. Außer ihnen schien niemand hier zu sein. Bloß das Licht des Westerhever Leuchtturms blitzte in der Ferne auf.

»Das ist mein Lieblingsplatz«, vertraute Tom ihr an. »Hierher komme ich immer, wenn ich die Natur genießen will oder Ruhe suche.«

»Wie kann das sein, dass hier niemand außer uns ist?« Überrascht blickte Sabine sich um. Sie war umgeben von weißem Sand und Dünen; blickte sie nach vorn, lag das offene Meer vor ihr, und auf der rechten Seite erhob sich der rot-weiße Leuchtturm.

»Es gibt hier ja keine Pfahlbauten. Ich schätze, die meisten Leute machen sich nicht die Mühe, bis hierherzulaufen. Wir sind am nördlichsten Punkt von Ording. Von hier aus geht es nur noch ins Meer.«

»Und wenn du alleine hier bist, was machst du dann?«, fragte Sabine und betrachtete ihn von der Seite. Er strahlte so viel Stärke und Lebensfreude aus, so viel Mut und Lebendigkeit. Sie fühlte sich unwiderstehlich zu ihm hingezogen.

Er schürzte die Lippen. »Ich setze mich vor meine Lieblingsdüne und beobachte die Sonne, wie sie langsam untergeht.«

»Das klingt wunderschön. Ich würde solch einen Sonnenuntergang auch gerne erleben.« Bevor ich wieder nach Hause fahre, fügte sie in Gedanken hinzu.

Er nahm wieder ihre Hand und drückte sie sanft. »Lass es uns gemeinsam erleben.«

Schweigend gingen sie so zu seiner Düne. Dort setzten sie sich in den Sand, Schulter an Schulter, und beobachteten die Sonne, wie sie immer tiefer sank. Die ganze Zeit hielt Tom ihre Hand. Nicht mehr. Erst als die Sonne fast ganz versunken war, küsste Tom sie. Sabine sank auf den weichen Dünensand. Tom, dachte sie. Sie zog ihr Kleid aus. Wieder dachte sie: Tom!

Sie fühlte ihn überall und empfand keinerlei Scheu. Es gab keinen Zentimeter ihres Körpers, den er nicht berührte. Sie spürte die glühende Hitze der Sonne in ihr, und dann sah sie ein Feuerwerk, das in ihrem Körper zündete und sich über den ganzen Nachthimmel ergoss.

»Bist du so weit?«, rief Tante Ebba.

»Ich komme gleich!« Sabine wischte sich eine Träne aus dem Augenwinkel. Es war noch früh. Sehr früh. Doch sie hatte eine Fahrkarte für den ersten Zug nach Husum.

Am Nachmittag würde sie wieder in Gelsenkirchen sein. Viel zu früh, nachdem sich ihre ganze Welt am vergangenen Abend verändert hatte. Nein, sie durfte nicht an ihren letzten Abend denken. Der einsame Strand, der herrliche Sonnenuntergang, das alles musste sie in sich verschließen, aufbewahren und bloß nicht daran denken. Sonst könnte sie nie abreisen. Sie durfte nicht an Tom denken und die Erlebnisse, die sie geteilt hatten. Nein, all das musste sie vergessen. Denn ihre junge Liebe war ohne jede Zukunft.

»Sabine! Du musst dich beeilen, sonst verpasst du noch deinen Zug!«, rief Tante Ebba aufgeregt.

»Ich komme!« Sabine verschloss ihren Koffer und warf noch einen letzten Blick zurück auf das schmale Feldbett, das in den letzten Wochen ihr Schlafplatz gewesen war. Selbst das würde sie vermissen. Bevor ihr die Tränen kommen konnten, straffte sie die Schultern und trat aus dem Schuppen.

Wenig später saß sie im Zug. Ihre Tante stand auf dem Bahnsteig. Dann sah Sabine sie nicht mehr.

»Grüß deine Mutter und deinen Vater«, hatte Tante Ebba gesagt. »Und komm bald wieder!« Sabine hatte sich mit aller Kraft gegen die aufsteigenden Tränen wehren müssen. »Ich komme wieder«, hatte sie tapfer geantwortet. Als der Zug sich in Bewegung gesetzt hatte, hatte Tante Ebba wild gewunken. Schon bald war sie nur noch ein Punkt auf dem Bahnsteig gewesen und kurz darauf ganz aus ihrem Blickfeld verschwunden. Sankt Peter entfernte sich so schnell wie ein Traum kurz nach dem Aufwachen.

Sabine blickte starr aus dem Fenster.

»Sehen wir uns morgen?«, hatte Tom am vergangenen Abend gefragt.

»Natürlich sehen wir uns«, hatte sie geantwortet.

Er hatte sie geküsst und ihr eine gute Nacht gewünscht, bevor sich ihre Wege getrennt hatten.

Was hätte sie ihm anderes sagen sollen? So hatte sie ihm und sich einen großen Schmerz erspart. Ein Abschied ohne Lebewohl war erträglicher. Nun konnte sie abschließen und vergessen. Sie musste vergessen. Ihn vergessen. Es blieb ihr keine andere Wahl.

»Langsam musst du dich mal mit wichtigen Dingen beschäftigen. Du kannst nicht den ganzen Tag am Strand zwischen Strandkörben verbringen!«, presste Christian Hansen streng hervor. »Ich erwarte von dir, dass du dich mehr im Hotel einbringst. Du bist neunzehn Jahre alt. In deinem Alter habe ich schon das Haus geführt und meinen Vater entlastet.«

Tom lehnte sich im Sessel zurück und legte seinen Kopf auf das Polster. Er blickte zur Decke. »Das erzählst du mir jedes Mal. Aber ich möchte mich gar nicht einbringen.« Er warf seinem Vater einen genervten Blick zu. »Frag doch Amelie. Sie wartet nur darauf.«

Sein Vater winkte unwirsch ab. »Deine Schwester ist nicht in der Position, ein Hotel zu führen. Sie wird mal in eine andere Familie einheiraten und dort eine gewisse Stellung einnehmen, das weißt du alles ganz genau.«

Tom richtete seinen Oberkörper wieder auf. »Hast du mal Amelie gefragt, was sie will? Oder hast du mal mich gefragt, was ich will?«

Schon polterte die Faust auf den massiven Holztisch des Geschäftszimmers. »Mich hat auch nie jemand gefragt, was ich möchte. Es gibt Pflichten, die zu erfüllen sind. Das gilt auch für dich. Basta!«

Tom sprang auf. »Es sind deine Pflichten, aber ich habe damit nichts zu tun. Begreife es endlich, Vater! Ich will nicht so leben wie du. Du kannst mich nicht zwingen, deine Erwartungen zu erfüllen. Ich liebe die Musik und möchte nicht in einem Hotel in Sankt Peter versauern!«

»Musik«, spuckte sein Vater aus. »Das ist eine brotlose Kunst, mit der du keinen vollen Magen bekommen wirst.«

»Und wenn schon! Es ist nicht dein leerer Magen«, gab Tom trotzig zurück.

»Willst du deiner Mutter und mir wirklich so eine Schande machen, Junge? Du machst uns zum Gespött der Leute. Ist dir das bewusst?«

»Siehst du! Es geht immer nur um dich! Was mit mir ist, das interessiert dich einfach nicht.« Tom verschränkte die Arme vor der Brust.

»Jetzt reiß dich gefälligst am Riemen und komm zur Vernunft«, polterte Christian Hansen. »Unser Strandhotel hat eine lange Tradition, und du kannst dich nicht einfach so aus der Verantwortung stehlen! Es geht um das Ansehen und das Werk deiner Familie, lieber Sohn!«

»Da irrst du dich. Ich bin ein freier Mensch und kann tun und lassen, was ich möchte. Ich lasse mir von dir nicht vorschreiben, welchen Beruf ich zu ergreifen habe und wen ich lieben darf.«

Aufgebracht verließ Tom den Geschäftsraum seines Vaters. Er hatte es im Guten versucht, aber sein Vater wollte immer noch nichts von den Herzenswünschen seines Sohns hören. Dabei stand Toms Entschluss längst fest. Er würde Musiker werden und Sabine endlich seine Liebe gestehen. Bisher war ihm eine Liebesbekundung nicht über die Lippen gekommen, doch das wollte er sofort ändern. Er hätte ihr gestern schon sagen müssen, dass er sie liebte.

Am Empfang standen zwei Vasen mit frischen Schnittblumen. Tom griff nach beiden Sträußen. Er überhörte die Einwände des Hotelangestellten und verließ kurzerhand das Haus.

Neben dem Eingang stand sein Motorroller. Er startete den Motor und fuhr los.

Es war noch früh, als er am Amselweg eintraf. Keine halbe Stunde nach neun. Sicherlich war Sabine noch mit dem Frühstück für die Gäste beschäftigt, da wollte er nicht hineinplatzen.

Tom parkte vor dem Kapitänshaus und stellte den Motor ab. Vielleicht sollte er noch eine halbe Stunde warten. In der Zeit konnte er sich überlegen, was er ihr sagen wollte. *Ich liebe dich.* Mehr war es eigentlich nicht. Oder doch. *Bitte bleibe bei mir in Sankt Peter.* Nein, er wollte es ihr gleich sagen. Er konnte einfach nicht mehr länger damit warten.

Tom ging zum Hauseingang und klingelte.

Ebba Freese öffnete die Tür. Ihr Blick fiel sofort auf den Strauß in seiner Hand. »Moin! Sind die Blumen etwa für mich?«

Peinlich berührt erwiderte er: »Die Höflichkeit hätte geboten, dass ich Ihnen auch einen Strauß mitgebracht hätte, Frau Freese. Doch in diesem Fall sind die Blumen für Sabine. Ist sie da?« Er versuchte, an ihr vorbei ins Haus zu schauen.

»Sabine? Nein. Meine Nichte ist vorhin abgereist. Hat sie Ihnen das nicht gesagt?«, fragte sie verwundert.

Abgereist. Tom ließ den Strauß sinken. »Oh … ja, natürlich. Da habe ich wohl etwas durcheinandergebracht.« Er zwang sich zu einem Lächeln, obwohl ihm eher zum Heulen zumute war. »In diesem Fall sind die Blumen natürlich doch für Sie.« Er drückte ihr den Strauß in die Hände und drehte sich schnell um. »Einen schönen Tag noch, Frau Freese!«

»Schönen Tag!«, rief sie ihm hinterher und schloss die Tür wieder.

Tom stieg auf seinen Roller und gab Gas. Zweifellos hatte er sich viel mehr erhofft, als Sabine je im Sinn gehabt hatte. Wie hatte er sich nur derart täuschen können?

Teil 2

KAPITEL 12

September 1959, Gelsenkirchen, an der Haltestelle Bahnhof Zoo

Die Straßenbahn bewegte sich mit einem Ruckeln auf die Haltestelle zu. Unter den Füßen spürte Sabine ein leichtes Beben, das sich verstärkte, je näher die Bahn kam. Als sie hielt, hob Sabine den Kopf und ging zu einer der Türen. Sie ließ mehrere Fahrgäste aussteigen, bevor sie einen Fuß auf die Einstiegsstufe setzte. Sie hatte es nicht gerade eilig. Am liebsten wäre sie ohnehin ganz woanders gewesen.

Sie setzte sich auf einen freien Platz im hinteren Teil der Straßenbahn und stellte ihre Tasche auf dem Schoß ab, worin sie unter anderem ihre Schürze aufbewahrte. Es war Freitag, ihr vierter Arbeitstag. Doch es fühlte sich an, als hätte sie mindestens zwei Wochen am Stück gearbeitet.

Ihre Befürchtungen hatten sich schneller bewahrheitet als gedacht. Gleich am ersten Arbeitstag hatte Frau Eppmann ihr klargemacht, was sie von ihr neben Pünktlichkeit und akkurater Arbeitskleidung erwartete: Sie hatte nur zu sprechen, wenn sie gefragt wurde. Neben der Zubereitung der Speisen gehörte auch die Essensausgabe zu ihren Aufgaben. Außerdem hatte sie dafür Sorge zu tragen, dass kein benutztes Geschirr im Speisesaal herumstand und die Tischplatten stets tadellos sauber waren.

Außer der Köchin und Frau Eppmann war nur noch eine

weitere Angestellte in der Kantine tätig. Dabei gab es genug Arbeit für mindestens fünf – und das merkte Sabine besonders nach Feierabend, wenn ihr die Füße von der vielen Lauferei wehtaten und ihr Kopf schmerzte.

In der Kantine herrschte im wahrsten Sinne des Wortes dicke Luft, was den vielen Zigaretten- und Zigarrenrauchern geschuldet war, die dort ihr Essen zu sich nahmen. Während der Arbeitszeit brachte Sabine selbst keinen Bissen hinunter, und auch das Frühstück ließ sie ausfallen, weil ihr der Gedanke an ihre Vorgesetzte zu schwer im Magen lag.

Wäre es nach ihr gegangen, hätte sie sich sofort nach einer anderen Stelle umgesehen. Doch das hätte sicherlich Berti brüskiert, da er sich im Vorfeld für sie bei Frau Eppmann eingesetzt hatte. Ganz zu schweigen von dem Missmut, den die Entscheidung bei ihren Eltern ausgelöst hätte. In der Polizeikantine zu arbeiten, das war schließlich etwas Vernünftiges. Für eine junge Frau ohne Erfahrung allemal. Dafür sollte Sabine dankbar sein und ihren Mund halten.

Wie sehr sie Elisabeth Winkler beneidete! Sie hatte ebenfalls die Frauenfachschule abgeschlossen, arbeitete jetzt aber im Restaurant des Westfalenkaufhauses auf der Bahnhofstraße. Dort ging es nicht nur freundlich unter den Kollegen zu, sondern es spielte auch eine Tanzkapelle für die Gäste. Sogar Modenschauen fanden dort regelmäßig statt, und die Leute gaben den Bedienungen gerne ein Trinkgeld.

Sabine seufzte auf. Wehmütig dachte sie an das Strandcafé in Ording zurück – und an Tom! Sie war hin- und hergerissen zwischen der Überzeugung, die richtige und vor allem vernünftige Entscheidung getroffen zu haben, und dem Gefühl, einen großen Fehler gemacht zu haben. In diesen Momenten bereute sie inständig, dass sie Sankt Peter verlassen hatte, ohne sich von ihm zu verabschieden. Von ihm und ihrer gemeinsamen Zeit konnte sie nur noch träumen und sich insgeheim für ihr Verhalten schämen.

Sabine huschte in den Personalraum. »Guten Morgen.« Sie nickte ihrer Arbeitskollegin Lene zu, die gerade vor einem Spiegel ihre Schürze richtete.

»Guten Morgen. Du bist knapp dran. Spute dich lieber, sonst ziehst du den Groll von der Eppmann auf dich.« Sie lächelte ihr zu, bevor sie eilig den Raum verließ.

Sabine seufzte. Sie wusste, dass Lene recht hatte. Hastig band sie sich ihre Schürze um und befestigte eine weiße Servierhaube in ihrem Haar. Dann beeilte sie sich, in die Küche zu kommen. Dort wurde sie schon von dem strengen Blick ihrer Vorgesetzten erwartet.

»Fräulein Kurowski, Sie sind zu spät«, stellte Frau Eppmann fest, nachdem sie auf die Uhr an der Wand geblickt hatte. »Zwei Minuten.«

Sabine schlug das Herz bis zum Hals. Sie spürte, wie ihr Gesicht heiß wurde. »Entschuldigung, Frau Eppmann. Es wird bestimmt nicht wieder vorkommen«, sagte sie und schlug den Blick nieder.

Ihre Vorgesetzte kam auf sie zu und musterte sie prüfend. Dann zeigte sie auf ihre Schürze. »Und eine Falte haben Sie in Ihrem Vorbinder«, sagte sie schmallippig, ohne sich jegliche Mühe zu geben, die Missachtung zu verbergen, die sicher persönlich war.

»Oh!« Sabine sah erschrocken an sich herab und strich die entsprechende Stelle glatt. »Entschuldigen Sie bitte.«

»Sie wiederholen sich, Fräulein Kurowski«, bemerkte Frau Eppmann scharf. »Zuerst kommen Sie zu spät, und dann sind Sie auch noch schlampig gekleidet. Solch ein Verhalten lasse ich nicht durchgehen. Für heute können Sie gehen. Betrachten

Sie die Rüge als eine Abmahnung.« Ohne ein weiteres Wort zu verlieren, verließ sie die Küche.

Sabine schluckte die aufsteigenden Tränen der Demütigung hinunter und lief aus der Küche hinaus und durch die Kantine.

In Windeseile zog sie sich um und hastete aus dem Gebäude. Erst als sie in der Linie 1 der Straßenbahn saß, beruhigte sie sich langsam wieder.

Nicht dass sie sich darum gerissen hätte, auch nur eine Minute länger an dem ihr so verhassten Ort in der Nähe von Frau Eppmann zu bleiben. Doch sie wusste, dass dieser Vorfall Kreise ziehen würde. Zuallererst würde sich ihre Mutter wundern, wenn sie weit vor der Mittagszeit zu Hause auftauchen würde. Natürlich könnte sie sich die Zeit bis zum eigentlichen Feierabend bei einem Bummel durch die Geschäfte der Stadt vertreiben oder auch bei Rita im Salon Inge vorbeischauen, aber was half das am Ende? Sabine rechnete damit, dass Frau Eppmann sich über sie beschweren würde, und zwar zuallererst bei Berti und seiner Familie. Es würde nicht lange dauern, bis es sich zu ihren Eltern herumgesprochen hätte, und spätestens dann käme sie in Erklärungsnot.

Ihr blieb nichts anderes übrig, als ihrer Mutter reinen Wein einzuschenken und zu ihren Fehlern zu stehen.

Als Sabine zu Hause eintraf, bereitete ihre Mutter gerade Gemüse für einen Eintopf vor.

»Sabine? Was machst du denn schon so früh wieder hier?«, fragte sie verwundert.

Daraufhin beichtete Sabine ihr beschämt, was geschehen war. Ihre Mutter hörte kopfschüttelnd zu.

»Und dann hat sie dich einfach nach Hause geschickt? Gibt es dort denn kein Glätteisen?«, fragte sie verständnislos.

Sabine zuckte bloß mit den Schultern. »Ich weiß es nicht. Habe aber auch nicht danach gefragt.«

»Dann scheinen sie ja gut ohne dich zurechtzukommen, wenn eine zweiminütige Verspätung und eine Falte in der Schürze ausreichen, um dich wieder nach Hause zu schicken. Ich hätte dich nicht gehen lassen.«

»Bist du denn gar nicht böse auf mich?«, fragte Sabine und war froh, dass ihre Mutter sich auf ihre Seite stellte.

Ihre Mutter runzelte die Stirn. »Böse auf dich? Nein. Du kannst mir aber bei der Suppe helfen, wenn du jetzt schon wieder da bist.« Sie hielt Sabine eine Stange Lauch entgegen. »Und dann beginnt nun erst einmal das Wochenende. Am Montag nimmst du eine Bahn früher und achtest darauf, dass die Schürze sauber und faltenfrei ist.« Damit war das Thema für sie erledigt.

Sabine atmete auf. Ein Glück! Mehr als Frau Eppmanns Groll hätte ein enttäuschter Blick ihrer Mutter sie getroffen.

Doch sie lächelte sie verständnisvoll an. »Schneid den Lauch in dünne Scheiben«, sagte sie, bevor sie sich wieder auf das Putzen der Möhren fokussierte.

Es war fast sechs Uhr, als sich Sabine seitlich auf eine Stufe vorm Salon Inge setzte. Von innen drangen das Geräusch eines Föhns und Stimmen an ihr Ohr. Ihre Armbanduhr zeigte Punkt sechs, als das Türglöckchen erklang, und die letzte Kundin verließ den Friseurladen mit einwandfrei toupierten Haaren.

Es dauerte nicht lange, bis Rita auf der Stufe neben ihr erschien.

Sabine erhob sich und lächelte ihre Freundin an. »Hast du Feierabend?«

Bedauernd schüttelte Rita den Kopf. »Noch nicht ganz.

Aber in ungefähr zehn Minuten. Der Boden muss noch gekehrt und gewischt werden. Danach können wir aufbrechen.«

»Ist gut. Ich warte hier.«

Rita drehte sich noch einmal zu Sabine um, bevor sie zurück in den Salon ging. »Ich habe übrigens Post bekommen.« Aus einer Kitteltasche zog sie einen Briefumschlag und lächelte verschwörerisch.

»Von wem denn?«, tat Sabine ahnungslos, obwohl sie es sich denken konnte und ihr Herz schneller schlug.

Rita verdrehte die Augen. »Von wem schon? So viele Leute schreiben mir doch nicht.«

Sabine nickte. »Was schreibt er denn?«

»Erzähle ich dir nachher, wenn ich fertig bin«, versprach Rita und drückte die Tür zum Salon auf.

Geduldig wartete Sabine auf ihre Freundin und verbot es sich, neugierig nachzufragen. Auf dem Weg zur Straßenbahn plauderten sie über das Wetter und über die Frage, ob sie lieber einen Doppelrock oder einen Petticoat tragen würden. Schließlich nahmen sie nebeneinander in Fahrtrichtung Platz.

»Wie war es denn heute mit Frau Eppmann?«, erkundigte sich Rita.

»Frag lieber nicht.« Sabine stöhnte leise auf und erzählte, was am Morgen vorgefallen war.

Rita blickte sie entgeistert an. »Deswegen hat sie dich nach Hause geschickt?«

Sabine hob die Schultern. »Meine Mutter hat das auch nicht verstanden.«

»Du hättest besser Friseurin lernen sollen«, schlussfolgerte Rita. »Auf eine Falte im Kittel kommt es da nicht an, und zwei Minuten … herrje … als ob davon die Welt unterginge.«

Sabine nickte und schüttelte dann den Kopf. »Lass uns lieber von was anderem reden.« Endlich gestattete sie sich nachzufragen. »Du wolltest mir doch erzählen, was Fiete schreibt.«

»Stimmt.« Lächelnd holte Rita den Umschlag aus ihrer Handtasche. »Eigentlich schreibt er nichts Aufregendes. Trotzdem ist es ein sehr netter Brief.« Sie faltete das Blatt Papier auseinander und überflog den Inhalt. »Er erzählt, dass der Sommer fast vorbei ist und nun weniger Gäste nach Sankt Peter kommen. Letzte Woche sind die Tom Cats bei einer Veranstaltung im Kursaal aufgetreten.«

Bei dem letzten Satz horchte Sabine auf. »Den Saal kenne ich. Das ist in der Nähe der Seebrücke, soweit ich mich erinnern kann.«

»Das schreibt Fiete auch. Es waren viele Leute dort, sogar ein Engländer, der auch Musiker ist und zurzeit in Tönning als Krabbenfischer arbeitet.«

»Was schreibt er noch?«, fragte sie und hoffte inständig darauf, dass Tom ihr vielleicht Grüße hatte ausrichten lassen oder dass Fiete einfach so etwas über Tom preisgab.

»Nur noch, dass sie im nächsten Monat die Strandkörbe einholen und er dann eine Arbeit finden muss, mit der er über den Winter kommt.« Rita ließ das Papier sinken.

»Tom braucht dann auch eine bis zum Frühling«, überlegte Sabine laut. »Die beiden arbeiten doch zusammen am Strand.«

»Wahrscheinlich hast du recht.«

»Ich frage mich, ob sie in Sankt Peter eine Arbeit finden werden. So viele Möglichkeiten bietet der Ort nicht. Schon gar nicht im Winter.«

Rita klatschte in die Hände. »Ich kann Fiete schreiben, dass er und Tom notfalls nach Gelsenkirchen kommen können. Auf dem Pütt werden doch immer Leute gesucht! Das wäre zu schön, oder?«, meinte sie. »Einen schönen Gruß von dir kann ich auch ausrichten, wenn du willst.«

»Nein! Bloß nicht!« Sabine fasste Rita erschrocken am Unterarm. »Erwähne meinen Namen unter keinen Umständen, hörst du?«

»Schon gut, beruhige dich. Ich schreibe nichts, was du nicht möchtest. Aber findest du es nicht angebracht? Wenigstens ein kurzer Gruß?«

Sabine schüttelte entschieden den Kopf. »Ich habe mich doch unmöglich gemacht, weil ich ohne Abschied aus Sankt Peter abgefahren bin. Sicherlich legen Fiete und Tom keinen Wert auf einen Gruß von mir. Wie könnten sie auch?« Sie spürte, wie ihr Herz bei den Worten schwer wurde. Die Scham war einfach zu groß.

»Vielleicht liegst du falsch mit deiner Vermutung«, wandte Rita nachdenklich ein. »Vielleicht wartet Tom sogar auf ein Lebenszeichen von dir.«

»Vielleicht aber auch nicht. Dann mache ich mich zum Gespött von ganz Sankt Peter. Nein, Rita, das könnte ich nicht ertragen.«

»Na schön, wie du möchtest.« Rita steckte den Brief zurück in ihre Tasche. »Wenigstens können wir ins Lorenzo gehen.«

Sabine war froh über den Themenwechsel. »Natürlich können wir das.«

»Obwohl Bianca dort arbeitet?«, hakte Rita nach. Bianca hieß Ginos Freundin, die er aus Italien mitgebracht hatte und die nun als Bedienung im Eissalon De Lorenzo neben der Sparkasse am Bahnhofsvorplatz arbeitete.

Sabine nickte. »Damit habe ich nicht das geringste Problem.«

»Wirklich nicht?« Rita erhob sich von ihrem Platz, da die Straßenbahn sich ihrem Ziel näherte.

Sabine stand ebenfalls auf und folgte Rita zum Ausstieg. »Sie scheint sehr nett zu sein. Ich meine, unterhalten konnte ich mich zwar bisher nicht richtig mit ihr, weil sie noch kein Deutsch kann, aber trotzdem scheint sie freundlich zu sein. Gino macht jedenfalls einen sehr verliebten Eindruck, wenn er mit ihr zusammen ist.«

»Nicht auszudenken, wenn wir zum Gardasee gefahren wären, und du dir hättest ansehen müssen, wie Gino und Bianca sich ineinander verliebt haben!«

Sabine lachte auf. »Ein Glück ist es anders gekommen. Rolf hat mir erzählt, dass Gino und Bianca sich schon länger kennen und über ein Jahr Briefe geschrieben haben. Er hätte sich wohl nie in mich verliebt.«

Als sie ausgestiegen waren, hakte Rita sich bei ihr unter. »Auf diese Erkenntnis spendiere ich gleich die erste Scheibe aus der Musikbox.«

Der Eissalon war erwartungsgemäß gut besucht. Besonders am Wochenende war das De Lorenzo ein beliebter Treffpunkt von Menschen in ihrem Alter. Dort konnte man sich bei einem Eis oder einem Kaffee ungezwungen begegnen, ohne von den gestrengen Eltern beobachtet zu werden.

»Per favore.« Mit einem Lächeln stellte Bianca zwei große Eisbecher mit Früchten und Sahne vor Sabine und Rita auf den Tisch.

»Danke sehr«, sagte Sabine und erwiderte das Lächeln.

Rita schaute der schlanken Italienerin bewundernd nach, die wieder zur Eistheke in der Nähe des Eingangs ging. »Sie hat wirklich schönes dunkles Haar. So dick und kräftig, alles ganz natürlich.«

»Ginos Mutter hat ähnliche Haare. Muss an Italien liegen«, meinte Sabine und beförderte ein Stück Ananas auf ihren Löffel. »Guck doch nicht so auffällig zu ihr. Sonst denkt sie noch, dass wir über sie tuscheln«, bat sie Rita, da sie immer noch zur Theke blickte.

»Ach, ich schaue gar nicht nach Bianca ... Wir bekommen Besuch.« Sie zog die Augenbrauen hoch.

Nun folgte auch Sabine ihrem Blick und bemerkte den Neuankömmling in der Eisdiele. »Oh nein.«

»Oh doch.« Rita schob sich einen vollen Löffel Eis in den Mund.

Engelbert Müller bahnte sich seinen Weg durch den schmalen Gang, grüßte einige Leute an einem Tisch weiter vorne und wechselte mit ihnen ein paar Worte. Dann hob er die Hand und winkte Sabine und Rita zu. Mit hocherfreuter Miene kam er zu ihnen.

»Guten Abend, die Damen«, grüßte er förmlich, als er an ihrem Tisch angekommen war. Er trug einen Anzug mit einer Krawatte, seine Haare waren zu einem akkuraten Seitenscheitel gekämmt.

»Guten Abend, Berti.« Sabine lächelte höflich. Rita, die noch mit ihrem Eis beschäftigt war, tat es ihr gleich.

»Darf ich mich zu euch setzen?«, fragte er.

»Selbstverständlich.« Was hätte Sabine auf seine Frage auch anders erwidern sollen?

Sogleich zog er einen freien Stuhl vom Nachbartisch heran und setzte sich. »Eure Eisbecher sehen sehr appetitlich aus. So einen werde ich mir auch gönnen. Falls ihr noch etwas möchtet, bestellt gerne. Die nächste Runde geht auf mich.«

Obwohl Sabine und Rita sein Angebot abwehrten, ließ er es sich nicht nehmen, sie auf einen italienischen Kaffee einzuladen.

»Habt ihr schon gehört, dass nächste Woche ein Tanzball im Hans-Sachs-Haus stattfindet?«, fragte er.

»Ich habe davon nichts mitbekommen. Du etwa, Rita?«, fragte Sabine.

Rita nickte. »Eine Kundin hat mir vor ein paar Tagen davon erzählt. Sie meinte, auf dem Ball würde eine sehr gute Tanzkapelle spielen.«

»So ist es«, bestätigte Berti. »Wollt ihr vielleicht auch hingehen?«

»Wollen schon, aber wie ich hörte, bekommt man keine Karten mehr. Der Ball ist ausverkauft.« Rita verzehrte den Rest Eis in ihrem Glas.

»Wie schade. Zu einem Tanzball wollte ich schon immer gerne mal.« Sabine trank einen Schluck von ihrem Kaffee. »Es ist bestimmt ein schönes Erlebnis.«

»Ich habe zwei Karten übrig«, trumpfte Berti auf. »Ein Arbeitskollege kann mit seiner Verlobten nicht hingehen, weil ihnen etwas dazwischengekommen ist. Wenn ihr wollt, nehme ich euch mit.« Er schaute sie erwartungsvoll an.

Sabine warf Rita einen Blick zu. »Ich müsste erst meine Eltern fragen …«

»Meine werden nichts dagegen haben«, befand Rita.

Berti fasste sich lächelnd an seine Krawatte. »Wenn ich euch begleite, werden deine Eltern bestimmt auch nichts einzuwenden haben«, sagte er zu Sabine und legte dann kurz seine Hand auf ihre.

Sabine lächelte höflich, wenngleich sie seinen neuen Annäherungsversuch keineswegs als angenehm empfand. Von Bertis fürsorglicher Art fühlte sie sich zusehends in die Enge gedrängt. Sicherlich handelte er aus den besten Absichten heraus, so viel war Sabine klar. Aber sie wusste, dass sie in seiner Schuld stehen und ihm zum Dank verpflichtet sein würde, wenn sie das Angebot annahm. Was von ihm dann womöglich als Einverständnis zum Handhalten oder Umarmen verstanden würde.

»Wir werden sehen, was meine Eltern dazu sagen«, meinte sie ausweichend. Dass sie kein passendes Kleid für solch eine Veranstaltung hatte, erwähnte sie nicht. Womöglich wäre Engelbert noch auf den Einfall gekommen, ihr ein passendes Kleid zu kaufen – was er dann nicht nur bezahlen, sondern im Endeffekt auch auswählen würde. Innerlich schüttelte es Sabine bei dem Gedanken.

Engelbert schien nichts von ihrem inneren Disput zu bemerken, sondern strahlte sie gut gelaunt an. »Wie gefällt es dir denn auf der Arbeit? Wir haben uns ja noch gar nicht richtig gesprochen, seit du in der Polizeikantine angefangen hast.«

Sabine setzte erneut ein Lächeln auf. »Wunderbar«, log sie.

Berti quittierte ihre Antwort mit einem zufriedenen Nicken. »Habe ich mir auch nicht anders denken können.«

»Aber jetzt ist doch Wochenende. Über die Arbeit können wir am Montag wieder sprechen«, mischte sich Rita hilfreich in das Gespräch. »Lasst uns lieber schauen, welche Lieder in der Musikbox sind.«

»Eine gute Idee.« Sabine erhob sich von ihrem Stuhl.

Bianca brachte Bertis Eisbecher, deswegen blieb er am Tisch sitzen, während die Freundinnen zu dem beleuchteten Automaten gingen.

Rita las die Titel auf den kleinen Schildern. »Wir sollten unbedingt zu dem Ball gehen. Solch eine Gelegenheit bekommen wir nicht alle Tage.«

»Dann denkt sich Berti doch wieder wer weiß was«, gab Sabine zu bedenken.

»Das denkt er sich auch so«, konterte Rita.

»Außerdem fehlt mir ein geeignetes Kleid für den Anlass.«

»Na und? Ich leihe dir eins von mir. Mein ganzer Schrank ist voll mit Kleidern. Da wird schon ein passendes für dich dabei sein.« Rita nahm eine Münze aus ihrem Portemonnaie.

Sabine hatte kein gutes Gefühl dabei. »Ich weiß nicht, ob das richtig wäre.«

»Sei doch kein Schaf, Sabine. Lass uns zum Ball gehen und Spaß haben. Das Hans-Sachs-Haus ist groß genug. Berti wird dir schon nicht die ganze Zeit am Rockzipfel hängen.« Rita warf die Münze in den Schlitz, drückte auf die Taste neben dem Titel *Sugar-Baby* von Peter Kraus und begann, im Takt zu wippen.

KAPITEL 13

September 1959, eine Woche später in der Gelsenkirchener Altstadt

Es war einer der spätsommerlichen Abende, an denen die Mücken durch die Luft tanzten und die lauen Temperaturen es erlaubten, ohne Jacke unterwegs zu sein. Etliche Spaziergänger flanierten über die Einkaufsstraße und guckten in die Auslagen der Geschäfte. Auf dem Weg zum Tanzball im Hans-Sachs-Haus kamen Sabine und Rita beim Juwelier Wiehmeyer vorbei. Sie blieben vor dem großen Schaufenster stehen und betrachteten die verschiedenen Schmuckstücke und Uhren.

»Schau mal. Das sind ja hübsche Ohrringe!« Rita zeigte auf ein Paar Perlenohrringe mit goldenen Steckern. »Solche Ohrstecker wünsche ich mir schon sehr lange.«

Sabine schaute genauer hin. Die Ohrringe lagen auf einem purpurfarbenen Samtkissen vor einer verspiegelten Säule. »Ja, wirklich! Sie sind wunderhübsch«, stimmte sie zu.

Plötzlich sah sie Bertis Gesicht in der Fensterscheibe. Er hatte sich hinter sie gestellt und schaute nun interessiert zwischen ihren Köpfen hindurch auf die Auslage.

»Oh, guten Abend, Engelbert.« Es war unübersehbar, dass er sich für den Tanzball ganz besonders herausgeputzt hatte. Seine schwarzen Schuhe glänzten, als hätte er sie mit einer Speckschwarte eingerieben, und zur Feier des Tages hatte er zu seinem Anzug eine farblich passende Fliege umgebunden.

Sabines Eltern hatten ihr wie erwartet erlaubt, zum Ball ins Hans-Sachs-Haus zu gehen, nachdem sie gehört hatten, dass Berti sie begleitete. Natürlich. Sogar höchst erfreut waren sie darüber gewesen.

»Mit Engelbert Müller an deiner Seite kommst du rum«, hatte ihre Mutter zufrieden verkündet. »Er hat Kontakte bis in die besten Kreise der Stadt. So einen Mann solltest du dir warmhalten.«

»Ein junger Mann mit Format und Manieren. Als Staatsdiener bei der Post verdient er obendrein gutes Geld. Damit kann er ohne Probleme eine Familie mit mehreren Kindern versorgen«, hatte ihr Vater hinzugefügt.

Sabine hatte ihnen nicht widersprochen, da jeglicher Protest zwecklos gewesen wäre. Ihre Eltern hatten in der Vergangenheit bereits keinen Zweifel daran gelassen, dass Engelbert Müller der richtige Mann für sie wäre. Einer Hochzeit mit ihm würden sie sicherlich zustimmen, ohne mit der Wimper zu zucken. Was Sabine darüber dachte oder welche Pläne sie für ihre Zukunft hatte, stand dabei nicht zur Diskussion.

Ihr Lebensweg war festgelegt, ob sie es wollte oder nicht. Für sie vorgesehen waren eine Heirat, die korrekte Haushaltsführung und natürlich die Mutterrolle. Daran gab es nichts zu rütteln. Rita hingegen stellte eine rühmliche Ausnahme dar. Sie hatte es besser getroffen, denn ihre Eltern hatten weitaus weniger strikte Vorstellungen und gewährten ihrer Tochter viel Freiraum bei ihrer persönlichen Entfaltung. Außerdem würde Rita einmal in die Selbstständigkeit gehen und den Salon Inge übernehmen. Allein dadurch war sie auf keinen Ernährer angewiesen. Das war eine nicht zu unterschätzende Tatsache, die ihr in Sabines Augen eine unbezahlbare Freiheit verschaffte.

In dem frisch geputzten Glas konnte sie ihr Spiegelbild erkennen. Sabine wandte den Blick von den Schmuckstücken ab und begutachtete stattdessen ihre Garderobe. Rita hatte ihr ein hübsches knielanges Kleid in einem hellen Blauton geliehen, das glockig fiel und einen Carmen-Ausschnitt hatte. Ihre Mutter hatte ihr eine silberne Kette mit einem grünen Stein geliehen, ein Familienerbstück, das Sabines Urgroßmutter gehört hatte. Dazu trug sie eine leichte Strickjacke, die sie im letzten Frühjahr im Angebot gekauft hatte, und ein Paar flache Schuhe. Der Schnitt des Kleides machte eine schöne Figur. Fast konnte man meinen, sie hätte ebensolche Kurven wie Rita.

Was hätte sie darum gegeben, wenn Tom sie zum Ball begleitet hätte statt Engelbert Müller. Sie dachte wehmütig an den letzten Abend in den Dünen zurück, der ihr eine völlig neue Welt eröffnet hatte. Einen Moment war ihr, als könnte sie seine grünen Augen sehen und die salzige Luft der Nordsee riechen.

»Meinst du, die Ohrringe würden mir stehen?«, fragte Rita sie erwartungsvoll.

Sabine erwachte aus ihrem Tagtraum und schaute wieder zu den Perlensteckern. »Bestimmt sogar.« Ihr Blick fiel auf eine filigrane goldene Armbanduhr. »Oh, ist das aber eine hübsche Uhr.«

»Eine hübsche Uhr mit noch einem hübscheren Preis«, stellte Rita fest.

Sabine nickte. »So eine ähnliche hat die Tochter einer Nachbarin zur Verlobung geschenkt bekommen.«

»Besondere Stücke haben eben einen höheren Preis«, schaltete sich Berti ein und sah genauer hin. »Die Verarbeitung sieht überaus aufwendig aus, vielleicht ist der Preis dadurch gerechtfertigt.«

Rita zog die Augenbrauen hoch. »Trotzdem. Wer soll das denn bezahlen? Oder hast du etwa vor, dich zu verloben?« Sie zwinkerte Sabine zu.

»Bis jetzt nicht.« Sabine lachte. »Ich werde sie mir von meinem eigenen Geld zusammensparen. Schließlich gehe ich nun arbeiten und kann einen Teil vom Monatslohn auf mein Sparbuch einzahlen. In ein paar Monaten kann ich sie mir vielleicht leisten.«

»Du bist so viel disziplinierter als ich, Sabine!« Rita seufzte schwer. »Wann immer ich mir vornehme zu sparen, verwerfe ich es spätestens dann, wenn ich ein neues Kleid sehe, das mir gefällt. Gerade gestern habe ich wieder eins im Katalog entdeckt. Der Versandhandel verdient sich an mir eine goldene Nase.«

Berti sah demonstrativ auf seine Armbanduhr. »Ich möchte euch nicht unterbrechen, aber wir müssen uns beeilen, wenn wir pünktlich zur Veranstaltung kommen wollen.«

»Ach, du grüne Neune!«, rief Sabine, als das Hans-Sachs-Haus an der Ebertstraße in Sichtweite war. Vor dem Rathaus mit der expressionistischen Backsteinfassade hatte sich eine lange Schlange gebildet. Die jungen Frauen und Männer hatten sich ebenfalls für die Veranstaltung gehörig in Schale geworfen. Es wurde getuschelt und gelacht, niemand zog eine missmutige Miene. Die Vorfreude auf den Abend mit Musik stand allen Wartenden ins Gesicht geschrieben.

»Der Tanzabend ist ausverkauft«, wiederholte Berti das Offensichtliche.

Sie reihten sich in die Schlange ein und rückten langsam vor.

Rita drehte sich irgendwann fröhlich zu ihnen um. »Ich finde es herrlich, dass hier so viel los ist. Viel besser, als wenn bloß zwanzig Männeken da wären. Und ich spüre schon das Kribbeln in meinen Tanzbeinen. Bestimmt habe ich nachher lauter Blasen an den Füßen.«

Sabine lachte ihre Freundin an. »Gut, dass ich bequeme Schuhe angezogen habe. Zur Not ziehe ich sie aber aus und tanze barfuß.«

»Dann kann der Abend ruhig lang werden.« Rita schaute zu Berti. »Tanzt du auch?«

»Ich?« Ihre Frage schien ihn unvorbereitet zu treffen. »Also, das kommt ganz drauf an«, antwortete er vage.

»Worauf denn?«, erkundigte Sabine sich.

Da sie inzwischen an der Abendkasse angekommen waren, blieb Berti ihnen die Antwort schuldig. Er zeigte die Eintrittskarten vor, während Sabine und Rita ins Foyer gingen und dort vor einem Plakat stehen blieben, auf dem der Ball beworben wurde.

»Für Musik sorgt die Tanzkapelle The Bop Tones«, las Rita vor und klatschte begeistert in die Hände. »Das wird ein launiges Vergnügen!«

»Kennst du die Musikgruppe etwa?«, fragte Sabine.

»Na, und ob! Zwei der Musiker sind Kunden in unserem Laden. Mein Vater schneidet Herbert und Paul die Haare.«

Berti kam zu ihnen. »Seid ihr bereit, euch in das Getümmel zu stürzen?«

»Und ob wir bereit sind!« Rita hakte den überraschten Berti von einer Seite unter und bedeutete Sabine, es ihr nachzutun. Mit ihm in der Mitte ging es in den ehemaligen Konzertsaal, der ungefähr tausendfünfhundert Personen Platz bot. Seit dem Umbau vor einigen Jahren fanden dort Theateraufführungen und Tanzveranstaltungen statt. Etliche Tanzhungrige warteten in der Nähe der Bühne darauf, dass es endlich losging.

»Hier ist es ja mindestens genauso trubelig wie draußen!«, meinte Berti.

Sie blieben neben der Getränketheke stehen. Rita fächelte sich mit einer Hand etwas Luft zu. »Ziemlich stickig ist es obendrein. Dabei hat der Abend noch gar nicht richtig begonnen.«

Sabine reckte den Hals, um einen Blick auf die Bühne zu erhaschen, auf der die Musiker später spielen würden. Die Instrumente waren bereits aufgebaut. Auf dem Schlagzeugfell prangte der Name der Tanzkapelle.

Sie dachte an den Abend in der Loreley in Sankt Peter zurück und daran, wie Tom sie geküsst hatte. Sicherlich hätte es Tom gefallen, wenn er mit den Tom Cats bei diesem Ball hätte auftreten können. Verglichen mit der Größe des Publikums im Hans-Sachs-Haus, wirkte der Auftritt in der Loreley fast wie eine kleine geschlossene Gesellschaft.

»Wie wäre es mit Getränken?«, fragte Berti.

»Für mich gerne. Was kostet denn eine Zitronenbrause?« Sabine nahm ihre Geldbörse aus der Handtasche.

Berti winkte ab. »Die erste Runde geht auf mich. Möchtet ihr ein Sektchen?«

»Oh, Sekt?«, wiederholte sie überrascht. Bisher hatte sie kaum Erfahrung mit alkoholischen Getränken gemacht, doch der Anlass schien ihr angemessen, Bertis Angebot anzunehmen. »Gerne.«

»Zu einem Gläschen Prickelwasser sage ich nicht Nein«, meinte Rita gut gelaunt. »Ich müsste mir aber vorher kurz die Nase pudern.«

Sabine steckte ihre Geldbörse zurück in die Tasche. »Ich komme mit.«

»Geht nur. Währenddessen besorge ich den Sekt.« Berti rückte mit einer Hand seine Fliege zurecht.

»Wir sind gleich wieder da«, versicherte Sabine ihm und folgte Rita, die zielstrebig vorging. »Warst du schon mal hier?«

»Einige Male sogar. Mit meinen Eltern zu Friseurpräsentationen und auch bei einer Modenschau.« Ritas Miene hellte sich plötzlich auf. »Herbert!« Sie hob die Hand und winkte einem blonden Burschen im feinen Zwirn zu, der mit drei ebenfalls schick gekleideten Männern zusammen vor einer Treppe stand und rauchte.

»Was für eine Überraschung! Ich wusste nicht, dass du zum Tanzball gehst«, sagte er und blies Zigarettenrauch in die Luft.

»Das wusste ich bis vor einigen Tagen auch noch nicht. Wir wurden eingeladen«, erklärte Rita und lächelte den jungen Mann neben Herbert an. »Guten Abend, Paul.«

»Guten Abend, die Damen.« Er nickte ihr und Sabine zu. »Hätten wir das gewusst, hätten *wir* natürlich Karten für dich und deine Freundin organisiert.«

»Hauptsache, es hat überhaupt geklappt. Wann spielt ihr denn?«, wollte Rita wissen.

»In ungefähr einer Viertelstunde«, antwortete Herbert mit Blick auf eine Wanduhr.

»Erst werden wir ein paar Schlager zum Warmwerden spielen, aber danach kommt richtige Musik.« Paul zwinkerte Rita zu.

»Fein!« Rita rieb sich vor Begeisterung die Hände. »Ich hatte schon befürchtet, es könnte langweilig werden. Aber als ich vorhin gelesen habe, dass ihr spielt, wusste ich, es kann nur ein famoser Abend werden.«

»Ich hoffe, ihr werdet auch tanzen?«, fragte einer der anderen zwei.

»Aber sicher!«, meldete Sabine sich zu Wort. »Dafür sind wir doch hier.«

»Dann sehen wir euch später auf der Tanzfläche«, meinte Herbert.

»Der Paul hat dich aber angelächelt«, sagte Sabine zu Rita, während sie sich die Hände an einem Waschbecken im WC-Raum einseifte.

Rita stand neben ihr und kämmte sich vor dem großen Spiegel das Haar. »Das macht Paul immer.«

»Ich glaube, er kann dich gut leiden.« Sabine drehte den Wasserhahn zu.

»Das glaube ich auch«, sagte Rita, während sie mit einem Lippenstift ihren Mund nachzeichnete. »Letzten Monat hat er mich gefragt, ob ich mit ihm ausgehen möchte.«

Sabine zog die Augenbrauen zusammen. »Davon hast du mir gar nichts erzählt.«

Rita zuckte bloß mit den Schultern. »Ich habe ja auch Nein gesagt. Es gab also nichts zu erzählen.«

Sabine putzte sich die Hände ab. »Warum eigentlich? Ich hatte vorhin den Eindruck, dass du Paul gut leiden könntest.«

»Kann ich ja auch.«

»Dann verstehe ich noch weniger, warum du ihn abgewiesen hast.«

»Paul ist Musiker.«

Sabine blickte sie verständnislos an. »Was bedeutet das genau?«

»Paul ist *Musiker*«, wiederholte Rita.

»Das hast du jetzt schon zum zweiten Mal gesagt.«

Rita verdrehte die Augen. »Manchmal bist du wirklich ein Schaf, Sabine! Jungs, die in einer Tanzkapelle spielen, haben doch an jedem Finger mindestens drei Mädchen.«

»Meinst du?« Erschrocken fragte sie sich, ob das auch auf Tom zutreffen mochte.

Rita holte Luft, wollte bereits zu einer Antwort ansetzen, doch dann besann sie sich offenbar eines Besseren. »Jetzt schau mich doch nicht so entsetzt an. Das muss ja nicht für jeden Musiker gelten. Fiete und Tom sind da bestimmt rühmliche Ausnahmen. Paul ist es leider nicht. Ich sehe ihn jede

Woche mit einer anderen im Arm, und ich möchte keines dieser Mädchen sein.«

»Das verstehe ich.«

Der Gedanke ließ Sabine trotzdem nicht los. Was war, wenn Tom keine Ausnahme war und sie für ihn auch bloß eines dieser Mädchen gewesen war? Es war doch richtig, dass Rita sie mit keiner Silbe in ihren Briefen an Fiete erwähnt hatte.

Sie schluckte die aufkommende Traurigkeit hinunter und lächelte Rita tapfer an. »Dich und mich bekommt man nur ganz oder gar nicht.«

In der Zwischenzeit hatten sich zu Berti eine Frau und ein Mann gesellt. Vor ihm standen drei Gläser Sekt auf einem Tisch. Eines war bereits zur Hälfte leer getrunken. Er unterhielt sich angeregt mit dem Mann, sodass er ihr Kommen nicht gleich bemerkte. Die Frau wirkte gelangweilt. In den Händen hielt sie eine Tasche, und mit reserviertem Blick musterte sie die vorbeigehenden Leute.

»Da seid ihr ja wieder!«, rief Berti, als er Sabine und Rita bemerkte, und schob ihnen die Gläser zu. »Darf ich vorstellen, mein Arbeitskollege Arno Platzeck und seine Frau Thea. Das sind Sabine und Rita.«

Arno Platzeck grinste sie breit und fast ein wenig anzüglich an. »Das ist ja nett, gleich zwei so reizende Damen als Begleitung zu haben.« Sofort kassierte er einen eisigen Blick von seiner Ehefrau, den er nicht zu bemerken schien.

Entschlossen griff Thea Platzeck nach der Hand ihres Mannes. »Wir werden dann mal weitergehen. Komm, Arno.«

»Bis später mal«, sagte er und klopfte auf den Tisch, bevor er ging.

»Haben wir die beiden etwa verjagt?«, erkundigte Rita sich besorgt.

»Bestimmt nicht. Thea wollte ohnehin zurück zu ihrer Schwester, da kamt ihr wahrscheinlich gerade gelegen«, erklärte Berti. »Gleich gibt es Musik.«

The Bop Tones betraten die Bühne und bekamen spontanen Applaus von den Anwesenden. Wenige Augenblicke später erklang der Schlager *Mal seh'n, Kapitän* von Caterina Valente. Sogleich drehten sich die ersten Paare auf der Tanzfläche. Berti schnipste begeistert mit den Fingern und wippte im Takt mit dem Oberkörper.

»Tolles Lied!«, rief er Sabine zu.

Sie nickte und trank einen Schluck lauwarmen Sekt. Sogar bei der Vorliebe für Musik gingen ihre Geschmäcker auseinander. Nein, so nett Berti auch war, sie würde ihn auf keinen Fall heiraten.

»Du hast mir vorhin gar nicht auf die Frage geantwortet, ob du auch tanzt«, erinnerte Rita ihn.

»Ich kann tanzen«, sagte Berti nicht ohne einen gewissen Stolz. »Aber nur Standardtänze. Falls ein Wiener Walzer gespielt werden sollte, fordere ich dich gerne auf.«

Rita musste lachen. »Abgemacht! Allerdings ist Walzer nicht mein Steckenpferd. Ich würde dir dabei bloß auf die Füße treten.«

»Ich auch!«, bekannte Sabine. »Ich habe noch nie einen Walzer oder einen anderen Standardtanz getanzt.«

Sie beobachteten die Leute auf der Tanzfläche, die sich vergnügt durch den Raum schwangen. Die Röcke der Frauen drehten sich schwungvoll, die Männer hatten die obersten Hemdknöpfe geöffnet.

Paul hatte Rita zweifellos entdeckt und versuchte, bei ihr mit einem lässigen Gitarrenspiel Eindruck zu schinden. Ab und an zwinkerte er ihr zu. Sabine bemerkte, dass auch Rita sich ein Lächeln nicht verkneifen konnte. Charmant war er schon, der Paul, das musste sie zugeben. Als die Bop Tones *Shake, Rattle & Roll* von Elvis Presley anstimmten, zog Rita sie auf die Tanzfläche.

Sabine spürte gleich, wie durch die Musik und die Bewegungen ihr Blut in Wallung kam. Die Klänge ließen sie fast über den Boden schweben. Ganz leicht kam sie sich dabei vor. So leicht hatte sie sich das letzte Mal im Sommer gefühlt ... Sie schloss die Augen und ließ sich von der Melodie davontragen. Sie stand wieder bis zu den Waden im Meer und konnte die Kraft der Brandung spüren. Das Geschrei der Möwen drang an ihre Ohren. In der Ferne zog ein Krabbenkutter vorbei. Der Wind strich sachte durch ihr Haar, und sie schmeckte das Salz auf ihren Lippen.

Ach, Tom!, dachte sie wehmütig und schlug die Augen auf. Was würde ich dafür geben, nur noch einmal in deinen Armen zu liegen.

KAPITEL 14

Oktober 1959, frühmorgens am Ordinger Strand

Nachts hatte es kräftig geregnet, und noch am Morgen hingen dicke graue Wolken am Himmel. Aus manchen ergossen sich weitere kurze, ergiebige Schauer. Der Herbst hatte ganz Einzug in Sankt Peter gehalten und die Sommerfrische für dieses Jahr vertrieben – mit ihr auch die Scharen von Badegästen. Nun lagen die Strandkörbe auf der Sandbank verlassen vor ihnen. Tom steuerte einen Traktor, dessen Reifen Abdrücke im nassen Sand hinterließen. An der Zugmaschine hing ein Anhänger mit einer großen Ladefläche. Neben ihm hockte Fiete, der trotz der kühlen Temperaturen bloß eine kurze Hose und keine Schuhe trug. Lediglich einen dicken Strickpullover hatte er sich angezogen. »Wir haben doch noch keinen Winter«, hatte er gesagt, als Tom ihn gefragt hatte, ob er seine Schuhe vergessen habe.

Die aufgewühlte Nordsee sah ungemütlich aus. Wellen mit Schaumkronen brandeten an den Strand, der Strandhafer raschelte im böigen Wind. Tom hielt neben einer Gruppe von Strandkörben.

»Auf geht's in den Winterschlaf«, sagte Fiete und sprang vom Trecker.

Tom tat es ihm gleich. »Nun ist es wirklich vorbei mit Sommer, Sonne und Strand. Dabei hatte ich mich gerade erst an die warme Jahreszeit gewöhnt und war froh, eine triftige Ausrede zu haben, um nicht den ganzen Tag im Hotel bei meinen Eltern verbringen zu müssen.«

»Die Strandkörbe hätte ich zur Not auch alleine zurückgezogen und gedreht, das weißt du«, meinte Fiete selbstbewusst. »Aber jetzt hilf mir mal lieber.« Er fasste an einer Seite des Strandkorbs an, Tom an der anderen. So hievten sie die sperrige Sitzgelegenheit auf die Ladefläche des Hängers. »Den muss ich reparieren«, sagte Fiete und zeigte auf ein lockeres Scharnier.

»Aber davor erst einmal ordentlich reinigen. Die Körbe sind so sandig, da kommt bestimmt am Ende eine kleine Düne zusammen.«

Sie gingen zurück und brachten sich vor dem nächsten Strandkorb in Position.

»Mir soll es recht sein. Hauptsache, ich habe noch für eine Weile Arbeit. Ohne deinen Vater würde es mir und meiner Familie dreckig gehen. Von den Pachteinnahmen unserer Scheune und den Erzeugnissen unserer Schafe werden wir nicht satt. Der Winter ist lang in Sankt Peter, und so kann ich wenigstens etwas Geld verdienen.«

»Mach dir darüber keine Gedanken. Sobald du mit den Strandkörben fertig bist, sorge ich dafür, dass du im Hotel mithelfen kannst«, versprach Tom.

Fiete trat zur Seite, um Tom anzusehen. »Meinst du wirklich, dein alter Herr lässt sich darauf ein, mich im Hotel zu beschäftigen? Ich habe doch gar nichts gelernt.«

»Ich genauso wenig.«

»Aber du bist sein Sohn.«

»Und wenn schon! Dafür bist du überaus geschickt. Überlege mal, was du alles reparieren kannst. In unserem Hotel muss doch ständig etwas ausgebessert oder ersetzt werden.« Tom verdrehte die Augen. »Mein Vater hat zwei linke Hände, der kennt sich nur mit der Verwaltung aus.«

Fiete trat wieder hinter den Korb, sodass sie ihn gemeinsam anheben konnten. »Dafür gibt es doch genügend andere Arbeitskräfte, die sogar Zeugnisse und Empfehlungen von anderen Hotels vorweisen können«, gab Fiete zu bedenken.

Nachdem sie den schweren Korb zum Trecker gewuchtet hatten, stellten sie ihn ebenfalls auf die Ladefläche. »Von diesen Arbeitskräften ist aber niemand mein bester Freund. Mein Vater wird nichts dagegen haben, dich im Hotel zu beschäftigen. Meine Mutter und mein Vater mögen dich. Und du weißt, dass sie auch große Stücke auf deine Eltern halten. Besonders seit der Sache mit dem Sturm. Hätte dein Vater danach nicht so schnell das Hoteldach repariert, hätten wir eine Badeanstalt für unsere Gäste eröffnen können. Außerdem möchte mein Vater mich mehr in die Arbeit im Hotel einbinden.« Tom klopfte sich den Sand von den Händen. »Er kann sich denken, dass ich mich eher dazu entschließen werde, wenn du auch im Strandhotel arbeitest.«

»Das sind dann gute Aussichten.«

»Der Strandkorb steht schräg.« Tom versuchte, die Sitzgelegenheit zu verschieben.

»Warte, ich klettere rauf.« Fiete stützte sich mit beiden Händen auf der Ladefläche ab und schwang ein Bein auf diese. Dabei rutschte sein Pullover ein Stück nach oben.

Toms Blick fiel auf die Gesäßtasche seines Freundes, aus der ein Briefumschlag hervorschaute. »Nimmst du deine Liebesbriefe jetzt schon mit an den Strand?«, foppte er ihn und zog das Kuvert aus der Tasche.

»Was du immer gleich denkst.« Fiete lachte.

Tom schaute auf die Empfängeradresse. »Von wem ist der Brief denn? Die Schrift sieht weiblich aus. So ordentlich und schön geschwungen.«

»Dreh ihn um, dann weißt du es.«

Tom tat, wie ihm geheißen, und zog überrascht die Augenbrauen hoch, als er las, wer der Absender war. »Ich wusste gar nicht, dass du noch mit Rita Kontakt hast.«

Fiete grinste. »Hin und wieder schon.«

»Aha.« Tom schluckte und hielt ihm dann ohne ein weiteres Wort den Brief hin. Wieder spürte er den Schmerz in seinem Herzen darüber, dass Sabine im Sommer einfach so verschwunden war. Er schwankte immer noch zwischen Liebeskummer und Selbstvorwürfen. Vielleicht hätte er einfach eher mit der Sprache herausrücken sollen, damit sie hätte wissen können, was er für sie empfand? Vielleicht wäre sie dann nicht einfach ohne Abschied zurückgefahren. Zumindest hätte er jetzt Klarheit darüber, ob sie seine Gefühle erwiderte. Die Ungewissheit raubte ihm in manchen Nächten den Schlaf. Nicht selten wünschte er sich, Sabine würde ihm noch einmal begegnen.

Fiete steckte das Kuvert zurück in seine Gesäßtasche. »Ungefähr alle vier Wochen schreibe ich ihr, und einmal im Monat bekomme ich von Rita eine Antwort.«

»Was schreibt sie denn?«

Fiete schob den Strandkorb in eine gerade Position. »Was soll sie schon groß schreiben? Sie erzählt mir, was alles bei ihr passiert. Oft schreibt sie vom Friseurladen ihrer Eltern oder wohin sie ausgeht. Im Ruhrgebiet scheint eine Menge los zu sein.«

»Schreibt sie auch was von Sabine?«, platzte es aus Tom heraus.

Fiete schüttelte den Kopf. »Bisher hat sie sie nicht erwähnt.«

Neuerliche Enttäuschung stieg in ihm auf. Kein Wort über Sabine. Dies konnte er nur als Bestätigung dafür werten, dass sie nicht dasselbe für ihn empfand. Er war für sie bestimmt bloß ein Abenteuer gewesen. Fast hätte er bitter aufgelacht.

Warum hatte er nicht schon viel eher daran gedacht, dass es jemanden gab, der auf Sabine zu Hause gewartet hatte? »Es ist sicherlich kein Zufall, dass sie kein Wort über sie verliert.«

Fiete sprang vom Anhänger und landete mit den nackten Füßen im Sand. »Sondern?«

»So ein hübsches Mädchen hat doch garantiert einen Freund zu Hause. Das wird der Grund dafür sein, dass Rita sie totschweigt. Wieso sonst sollte sie ihre beste Freundin nie erwähnen?«

Fiete zuckte die Schultern. »Ich kann Rita im nächsten Brief ja mal fragen, wenn du willst.«

Sofort hob Tom die Hand. »Nichts wirst du. Genauso wie Rita wirst du nichts über mich schreiben. Keine einzige Silbe, hörst du?«

»Wie du willst. Allerdings wäre es doch eine gute Gelegenheit, um endlich die Wahrheit zu erfahren.«

»Mein Entschluss steht fest. Würde Sabine Kontakt zu mir haben wollen, wäre es ein Leichtes für sie, eine Nachricht für mich an deine Adresse zu schicken.«

»Warum nicht gleich ans Strandhotel?«

Tom schüttelte den Kopf. »So weit waren wir noch nicht.«

Fiete hob überrascht die Augenbrauen. »Sie weiß es überhaupt nicht?«

»Was würde es jetzt für einen Unterschied machen?«

»Was denkt sie denn?«

Tom pfiff leise durch die Zähne und senkte den Blick. »Dass ich mich zusammen mit dir um die Strandkörbe kümmere.«

»Ich fasse es nicht, dass du es ihr nicht erzählt hast!«

»Es ist ja noch nicht mal eine Lüge gewesen. Im Sommer hat es doch gestimmt. Ich war Tom, der sich in Ording um die Strandkörbe gekümmert hat – fertig.« Er strich sich durchs Haar.

»Mit dem kleinen Unterschied, dass es in meinem Fall stimmt. Außerdem weiß Rita darüber Bescheid, dass wir einen kleinen Bauernhof haben und Schafe halten.«

»Wäre sie nicht einfach verschwunden, hätte ich es ihr gesagt. Alles hätte ich ihr erzählt. Aber ich war halt zu spät, so ist das.« Er schlug sich auf die Beine.

Fiete klopfte ihm aufmunternd auf die Schulter. »Vielleicht kommt Sabine irgendwann wieder nach Sankt Peter, und es ergibt sich doch noch die Gelegenheit.«

»Wir werden sehen.« Ein Regentropfen fiel Tom aufs Gesicht, den er schnell fortwischte. »Wir sollten uns lieber mit den Strandkörben beeilen, statt hier große Volksreden zu schwingen.«

Als Tom am Nachmittag durch die Eingangshalle des Hotels lief, war er vom Regen durchnässt. Einige Gäste, die sich zweifellos wegen des Regens in der Halle aufhielten, nickten ihm dennoch freundlich zu, und Tom grüßte zurück. Sein Vater lehnte am Empfang und führte gerade ein Gespräch mit einem Mitarbeiter. Trotzdem hob er den Kopf, als er seinen Sohn bemerkte, und winkte ihn zu sich. »Thomas! Komm doch mal her!«

Widerwillig ging er zu seinem Vater. Er hatte keine große Lust, sich mit ihm zu unterhalten, denn meistens kreisten ihre Gespräche um das leidige Thema seiner Mitarbeit im Hotel. »Was gibt es denn, Vater?«

»Seid ihr fertig geworden mit den Strandkörben?«, erkundigte er sich.

Tom nickte. »Sie sind nun alle in Bauer Farmsens Scheune. Ordentlich versandet sind sie allerdings, und einige müssen repariert werden.«

»Ist ja jedes Jahr das Gleiche. Kümmert sich Fiete Farmsen darum?«

»Er und sein Vater«, bestätigte Tom. »Ich habe angeboten, dass ich beim Reinigen der Körbe helfe. Die Reparaturen überlasse ich allerdings lieber Fiete und seinem Vater.«

»Wir waren ja so weit mit allem fertig«, sagte Christian Hansen zu dem Empfangsmitarbeiter und schob seinen Sohn in sein nahe gelegenes Büro.

Dort war es penibel aufgeräumt. Alles lag an seinem Platz. Er wies auf einen gepolsterten Stuhl, der direkt vor seinem Schreibtisch stand. »Setz dich doch bitte.«

Tom sah ihn fragend an. »Meine Kleidung ist nass. Ich mache dir Flecken auf den Bezug.«

»Das macht nichts.« Sein Vater setzte sich hinter den Schreibtisch und bedeutete Tom erneut, sich ebenfalls zu setzen. »Es gibt gute Nachrichten. Der Umbau des Frühstückssaals wird bald fertig sein. Wir können noch in diesem Jahr das Hotelrestaurant eröffnen«, kam er ohne Umschweife zum Thema.

»Das ging ja flott«, sagte Tom beeindruckt.

»Für Weihnachten plane ich schon ein mehrgängiges Menü. Ob vier oder fünf Gänge, das habe ich noch nicht festgelegt. Es wird ein wahrer Festschmaus werden, den unsere Gäste nicht so schnell vergessen werden.«

»Das hört sich gut an. Bestimmt wird das Restaurant ein Erfolg.«

»Davon bin ich mehr als überzeugt. Mithilfe von deiner Mutter, Amelie und dir kann es nur erfolgreich werden. Wir werden zusammen als Familie dafür sorgen, dass unsere Gäste sich wie Könige unter unserem Dach fühlen.« Ruhig sah er ihn an. »Das Restaurant wird über die Grenzen Sankt Peters hinaus Bekanntheit erlangen und sein Ruf bis in die feinen Hamburger Kreise vordringen.« Seine Augen glänzten.

Tom spürte, wie wichtig seinem Vater das neue Restaurant war. Von dem Vorhaben, den Frühstückssaal einmal umzubauen und ein gehobenes Lokal zu eröffnen, hatte er schon gesprochen, als Tom noch ein kleiner Junge gewesen war. Es war sein langjähriger Traum. »So wie ich dich kenne, schweben dir bestimmt Gerichte mit fangfrischem Fisch vor«, spekulierte Tom.

Christian Hansen hob einen Zeigefinger. »Exakt. Und ich möchte, dass du mit der Eröffnung des Restaurants endlich die Arbeit im Hotel aufnimmst. In einem ersten Schritt möchte ich dir die Leitung des Lokals übertragen.«

Tom holte Luft, um zu protestieren.

»Unterbrich mich nicht«, bat sein Vater in einem Ton, der keine Widerrede zuließ. »Und damit du die Arbeit als Restaurantleiter auch angemessen ausführen kannst, habe ich etwas für dich.« Er zog eine Schublade auf und entnahm ihr einen Schlüssel.

»Wofür ist der?«

Christian Hansen warf seinem Sohn den Schlüssel über den Tisch zu. »Für deinen VW Käfer.«

Tom lachte auf. Er war sicher, dass sein Vater sich einen seiner üblichen Scherze mit ihm erlaubte. »Mein VW Käfer?« Er betrachtete eingehend den Autoschlüssel in seiner Hand.

Sein Vater verzog jedoch keine Miene. Stattdessen ging er zu ihm und legte ihm eine Hand auf die Schulter. »Als Geschäftsführer eines Restaurants musst du jederzeit mobil sein. Tägliche Einkäufe müssen gemacht werden, damit alle Zutaten in der Küche stets frisch sind und beste Qualität haben. Oder willst du etwa mit deinem Motorroller den fangfrischen Fisch vom Hafen in Tönning nach Sankt Peter transportieren?«

Tom schaute seinen Vater ungläubig an. Er schien es tatsächlich ernst zu meinen. »Ich weiß gar nicht, was ich dazu sagen soll«, brachte er schließlich hervor.

»Sag mir nur eins, nämlich dass du endlich deine Arbeit in unserem Hotel aufnimmst und eines Tages mein Nachfolger wirst. Mehr wünsche ich mir nicht von dir, mein Junge. Das würde mich zum glücklichsten Menschen machen.«

Tom blickte wieder auf den Schlüssel in seiner Hand. In ihm stritten die Gefühle. Einerseits war der VW Käfer ein überaus großzügiges Geschenk, womit er in seinen kühnsten Träumen nicht gerechnet hatte. Wer hatte schon ein eigenes Auto in seinem Alter? Hinzu kam die Möglichkeit, die Leitung des Restaurants zu übernehmen und später das beste Haus in Sankt Peter als Hoteldirektor zu führen. Ihm fielen die reifen Trauben in den Schoß, er musste nur zupacken.

Eine goldene Zukunft stand ihm bevor, das war gewiss.

Andererseits war er nicht für das Hotelgewerbe gemacht und konnte sich nicht vorstellen, sein Leben in die Zufriedenheit von Gästen zu stellen, so wie es seine Eltern taten. Seine Schwester Amelie war anders. Sie würde sich für die Aufgabe eignen und bestimmt ihr großes Glück darin finden. Doch sie war eine Frau, und Frauen konnten kein Hotel führen. Das war Männersache.

In ihm schlug ein Künstlerherz. Die Musik war sein großer Traum, dafür brannte er. Mit Fiete hatte er längst ausgemacht, dass, sobald sich eine Möglichkeit bieten würde, sie Sankt Peter verlassen und ihr Glück auf Bühnen in verrauchten Musikclubs versuchen würden. Trotzdem konnte er seinem Vater die Bitte nicht abschlagen. Nicht in diesem Moment. Er spürte, wie viel Hoffnung er in ihn, seinen einzigen Sohn, setzte und gleichzeitig auch das Vertrauen, er würde diese verantwortungsvolle Aufgabe meistern und dem guten Namen der Familie Hansen in Sankt Peter und darüber hinaus alle Ehre machen. Ihm war bewusst, wie schwer es seinen Vater treffen würde, wenn er jetzt störrisch Nein sagte.

»Kann ich auf dich zählen?«, fragte Christian Hansen mit Nachdruck, als er nicht antwortete.

Tom löste den Blick vom Autoschlüssel und nickte. »Du kannst dich auf mich verlassen, Vater.«

Im nächsten Moment griff sein Vater beherzt nach seiner Hand und drückte sie kräftig. Seine Augen spiegelten seinen Stolz wider. »Ich wusste die ganze Zeit, dass ich mich auf dich verlassen kann.«

Tom nickte noch einmal und war über sich am allermeisten überrascht. Seit Sabine weg war, schien ihm alles noch gleichgültiger zu sein als sonst. Die Arbeit im Restaurant war ja vielleicht sogar eine gute Ablenkung für ihn. Vielleicht konnte er Sabine so eines Tages vergessen.

KAPITEL 15

Oktober 1959, drei Wochen später in der Polizeikantine Buer

Es klirrte.

»Können Sie nicht aufpassen, Fräulein Kurowski!«, fuhr Frau Eppmann sie an.

Sabine schluckte und senkte sogleich den Blick. Sie schluckte die Bemerkung hinunter, die ihr auf den Lippen lag. »Entschuldigen Sie bitte, Frau Eppmann. Es wird nicht wieder vorkommen.«

»Versprechen Sie nichts, was Sie nicht halten können«, wies sie sie zurecht. »Hätte ich gewusst, dass Sie sich als solch eine ungeschickte Person erweisen würden, hätte ich Sie niemals eingestellt. Sie sind offenbar nicht in der Lage, die einfachsten Aufgaben zu erfüllen.«

Sabine wusste, dass von ihr keine Antwort erwartet wurde. Sie kniete sich auf den Boden und begann, die Glasscherben aufzuheben.

Frau Eppmann stampfte ohne ein weiteres Wort davon.

Sabine merkte, dass ihr vor Ärger die Hand zitterte. Sie versuchte, ihre Empörung über das Verhalten ihrer Vorgesetzten niederzuringen. Sie hatte lediglich das benutzte Geschirr in der Kantine abgeräumt und auf ein Tablett gestellt. Danach hatte sie die Tischplatten sorgfältig mit einem nassen Lappen gesäubert und anschließend das dreckige Geschirr in die Küche bringen wollen. Als sie direkt vor der Tür gestanden hatte, war diese aufgeschwungen und ihr das Tablett aus den Händen geschlagen worden. Es war eindeutig Frau Eppmanns Fehler. Sie hatte nicht nachgesehen, sondern die Tür aufgestoßen und für das Malheur gesorgt. Und statt die eigene Unachtsamkeit einzugestehen, machte sie jemand anderen verantwortlich. Wie so oft.

Sabine litt zunehmend unter Frau Eppmann, die sie inzwischen täglich schikanierte. Sicherlich standen die Magenschmerzen, die sie immer wieder überkamen, damit im Zusammenhang. Mehrmals in der Woche lag Sabine nachts hellwach in ihrem Bett und konnte nicht einschlafen, weil ihre Gedanken um den nächsten Arbeitstag kreisten. Dann fragte sie sich, was wohl als Nächstes passieren würde – und vor allem, wie lange sie es noch schaffen würde, trotz allem höflich zu bleiben und sich die wahren Gefühle nicht anmerken zu lassen.

Selbst ihrer Mutter war inzwischen aufgefallen, dass etwas nicht stimmte. Sie hielt es für Erschöpfung. Und Karin hatte sie dabei erwischt, wie sie nachts am Fenster gestanden und hoch zu den Sternen geschaut hatte, von denen sie sich insgeheim eine Antwort auf all ihre Fragen erhoffte.

»Warum schläfst du nicht?«, hatte ihre kleine Schwester gefragt, nachdem sie sich im Bett aufgesetzt hatte.

»Ich bin von einem Geräusch wach geworden und wollte nachsehen, was es war«, hatte Sabine ausweichend geantwortet.

»Und, was war es?«, hatte Karin geflüstert und ihre Bettdecke ein Stück höher gezogen.

Beruhigend hatte sie ihrer Schwester zugelächelt. »Ach, es war nur der Wind. Die Blätter in den Baumkronen vor unserem Fenster haben geraschelt.« Dann war sie zurück ins Bett gegangen und hatte die Augen geschlossen. Erst als sie Karins regelmäßigen Atem vernommen hatte und sicher war, dass sie schlief, hatte sie sie wieder geöffnet und an die Zimmerdecke gestarrt.

Bisher hatte sie es nicht gewagt, ihren Eltern von der ständigen Gängelung zu erzählen. Sie wollte nicht undankbar erscheinen. Außerdem wusste sie, wie stolz ihre Eltern darauf waren, dass ihre Tochter den Posten in der Polizeikantine bekommen hatte. Also biss sie tapfer die Zähne zusammen und fuhr jeden Tag mit der Straßenbahn zur Arbeit und versuchte, den Magenschmerzen keine Beachtung zu schenken.

Es war ja nicht für die Ewigkeit. Am letzten Tag im Mai würde sie die Polizeikantine verlassen und nie wieder dorthin zurückkehren. Dann würde sie Frau Eppmann zum letzten Mal sehen und niemals wieder. Der Gedanke verlieh ihr Kraft, um die kommenden sieben Monate durchzustehen.

Sabine trug die Scherben auf dem Tablett in die Küche und griff nach einem Handfeger und einem Kehrblech, um die kleineren Splitter aufzufegen.

Nein, sie würde nicht wie eines der Gläser an Frau Eppmann zerbrechen. Den Gefallen würde sie ihr nicht tun.

Als Sabine an der Reihe war, schob sie ihr Sparbuch der Dame am Schalter zu. »Ich möchte bitte fünfzig Mark abheben.«

Die Sparkassenmitarbeiterin lächelte sie freundlich an. »Einen Moment bitte.«

Sabine überlegte, ob ihr Gegenüber wohl auch einen Drachen wie Frau Eppmann als Vorgesetzte oder Vorgesetzten hatte. Vermutlich gab ihr ein Mann Anweisungen, es waren ja nur wenige Frauen bei der Sparkasse beschäftigt. An diesem Montag hatte Rita sie von der Arbeit abgeholt. Montage waren im Friseursalon Ruhetage, deshalb hatte Rita Zeit. Zusammen waren sie in die Altstadt gefahren, um nach warmen Winterstiefeln zu schauen. Es war Ende Oktober, im November konnte es den ersten Kälteeinbruch geben. Zuerst brauchte Sabine aber Geld, deshalb saß sie nun in der Sparkasse.

Zum ersten Mal wollte sie etwas von ihrem selbst verdienten Geld ausgeben. Ein wenig aufgeregt war sie. Da kehrte die Dame schon zurück und händigte ihr lächelnd das Sparbuch und den gewünschten Geldschein aus. Ein Gefühl der Freiheit durchflutete Sabine. Sie fühlte sich erwachsen.

Rita hatte vor dem Sparkassenhaus am Neumarkt gewartet. »Hast du dein Geld bekommen?«

Sabine nickte. »Fünfzig Mark. Ich kann mich nicht erinnern, wann ich jemals so viel Geld in der Hand hatte.«

Rita überlegte kurz. »Bei mir war es erst letzte Woche. Einmal saure Dauerwelle, färben, Haare waschen, föhnen und schneiden. Die Kundin hat mit einem Fünfzigmarkschein bezahlt.«

»Ganz schön teuer für eine Dauerwelle und den Rest«, fand Sabine.

»Ach was! Die Dauerwelle kostet bei uns zwölf Mark. Ich musste ihr über dreißig Mark wiedergeben.«

Sabine strich sich eine Haarsträhne hinter das Ohr. »Was meinst du, ob mir auch eine Dauerwelle stehen würde?«

»Wozu willst du denn eine Dauerwelle? Bei deinem dicken Haar hast du das doch gar nicht nötig. Wenn du Locken haben willst, drehe ich dir die Haare auf Wickler, und hinterher machen wir etwas Haarspray drauf. Das genügt vollkommen. Willst du wegen der Stiefel bei Bruns gucken?«

Sabine nickte. Das beliebte Schuhgeschäft lag gleich neben der Sparkasse. Seine Verkaufsfläche erstreckte sich über zwei Etagen, und es bot eine große Auswahl an Damen-, Herren-, und Kinderschuhen. Vor einem der mit Markisen überdachten Schaufenster blieben sie stehen und begutachteten die neuen Winterstiefel für Damen.

»Brauchst du auch neue Stiefel?«

»Im Moment nicht. Ich gebe mein Geld lieber für die Ohrstecker aus. Die kann ich zu jeder Jahreszeit tragen.« Sie lächelte Sabine an.

»Da sagst du was«, stimmte sie ihr zu, dann entdeckte sie Schuhe, die ihr gefielen. »Was hältst du von dem braunen gefütterten Paar?«

»Sie sehen schön warm aus. Lass uns reingehen, damit du sie anprobieren kannst.«

Die Stiefel passten ihr. Sie hatten nicht nur den gewissen Schick, sondern waren auch ausgesprochen bequem zu tragen. Sabine zögerte nicht lange, sondern freute sich einfach darüber, zum ersten Mal die eigenen Schuhe bezahlen zu können.

Nachdem sie den Betrag entrichtet und die Verkäuferin ihr den Schuhkarton in einer Tragetasche ausgehändigt hatte, gingen Rita und sie zum Juwelier Wiehmeyer, der nur wenige Meter vom Neumarkt entfernt lag.

»Ein Glück, sie sind noch da.« Rita zeigte auf die Perlenohrringe im Schaufenster.

Sabine seufzte unwillkürlich und zog den Kragen ihrer Jacke etwas höher.

»Was hast du?«

»Ach, ich musste gerade nur daran denken, wie schön warm es an dem Abend gewesen ist, an dem du die Ohrringe entdeckt hast. Der Sommer ist wirklich viel zu schnell vorbeigegangen.« Sie lächelte wehmütig. »Manchmal denke ich, ich bin erst gestern aus Sankt Peter zurückgekommen. Und gleichzeitig kommt es mir vor, als wäre es bereits eine Ewigkeit her.«

»Übrigens, gestern habe ich wieder einen Brief von Fiete bekommen. Und nein, bevor du fragst, er hat nichts von Tom geschrieben.«

Sabine winkte resigniert ab. »Ach, damit habe ich auch nicht gerechnet. Inzwischen wird Tom längst eine andere Freundin haben.«

»Meinst du?«

»Aber ja! Er ist überaus beliebt bei den Mädchen am Strand und denen, die zu seinen Auftritten kommen. Wieso sollte er also keine Freundin haben? Sonst hätte Fiete doch längst etwas über ihn geschrieben.«

»Er hat jedenfalls gefragt, ob ich irgendwann wieder nach Sankt Peter kommen werde.«

Sabine löste ihren Blick von der Auslage und forschte in Ritas hübschen Gesicht. »Und? Wirst du?«

Rita legte ihr eine Hand auf die Schulter und zwinkerte ihr amüsiert zu. »Nur in deiner Begleitung.«

»Die Zeit bei Tante Ebba und im Strandcafé war unglaublich schön. Liebend gerne würde ich in Sankt Peter arbeiten statt in der Polizeikantine. Keine Frau Eppmann, nur Strand und Meer. Welch herrliche Vorstellung! Was wirst du ihm antworten?«

»Das, was ich vorhin sagte. Fährst du nach Sankt Peter, dann begleite ich dich.«

»Oh!« Sabine verzog enttäuscht das Gesicht.

Rita runzelte die Stirn. »Nicht? Was soll ich denn schreiben?«

Sabine schüttelte den Kopf. »Nein, nein. Schreib es ihm ruhig. Ich habe nur gerade entdeckt, dass die hübsche goldene Uhr nicht mehr da ist.« Sie zeigte auf die Stelle des Schaufensters, an der die Armbanduhr ausgestellt gewesen war. »Da war wohl jemand schneller.«

»Sei deswegen nicht geknickt. Bestimmt wird der Juwelier bald wieder eine neue Uhr ins Schaufenster stellen, die ähnlich gearbeitet ist.«

Sabine nickte. »Wahrscheinlich hast du recht. Trotzdem ist es schade. Ich hatte gehofft, dass sie noch da sein würde, wenn ich genügend Geld zusammengespart habe.«

»Ärgere dich nicht. Dafür hast du hübsche Winterstiefel bekommen.«

Sie hob das Kinn. »Komm, lass uns ins Geschäft gehen, bevor dir noch jemand die Ohrringe vor der Nase wegschnappt.«

Es war schon dunkel, als Sabine in der Zechenhaussiedlung ankam. Sie war mit Rita an ihrer Haltestelle ausgestiegen und dann den restlichen Weg von der Bismarckstraße aus zu Fuß gegangen. Nachdem sie die Tür aufgeschlossen und den kleinen Flur betreten hatte, hörte sie aus dem Wohnzimmer die Stimmen ihrer Eltern und die ihres Bruders dringen. Karin sah sie durch die offene Tür in ihrem Zimmer. Sie spielte mit zwei Puppen und war darin so vertieft, dass sie ihre Schwester nicht bemerkte.

Sabine stellte die Tasche mit den Stiefeln auf dem Schuhschrank ab und ging zu den anderen ins Wohnzimmer.

Ihr Vater saß im Sessel und hatte die Füße auf einen der beiden Hocker im Raum gelegt. Ihre Mutter und Rolf saßen auf dem Sofa.

»Guten Abend!«

»Ach, Sabine! Wir haben gar nicht mitbekommen, dass du gekommen bist«, sagte ihre Mutter. Sie und ihr Bruder rückten auf, damit sie sich zu ihnen setzen konnte.

»Ich habe mir bei Bruns Winterstiefel gekauft, und danach waren Rita und ich noch im Café Bußmann.«

»Du hättest dir besser Tanzschuhe kaufen sollen«, meinte ihr Bruder und warf ihr ein Grinsen zu.

»Tanzschuhe sind mir für den Winter nicht warm genug«, entgegnete Sabine und verdrehte die Augen. »Wie kommst du denn auf die Idee?«

»Gino will sich mit Bianca verloben und nächstes Jahr heiraten. Sie planen ein großes Fest, zu dem auch Verwandte aus Italien anreisen werden.«

»Wir sind ebenfalls eingeladen«, erklärte ihre Mutter. »Ist das nicht nett?«

»Wie schön für Gino und Bianca. Das sind wirklich gute Neuigkeiten.« Sabine freute sich aufrichtig. Vor wenigen Monaten hätte die bevorstehende Verlobung und Hochzeit sie sicherlich schockiert. Wieder einmal bemerkte sie, dass sie nicht mehr für Gino empfand als Freundschaft. Wenn sie sich dagegen vorstellte, über einen Brief von Fiete zu erfahren, dass Tom heiratete ... Allein der Gedanke daran verursachte ihr Magenschmerzen. Doch was sollte sie tun? Sie und Tom trennte nicht nur eine weite Bahnreise, sie hatten auch keinerlei Kontakt. Er konnte Sankt Peter verlassen und zur See gefahren sein, sie hätte es nicht gewusst ...

»Es gibt noch eine andere schöne Nachricht«, meldete sich ihr Vater zu Wort.

»Ich scheine heute ja eine Menge verpasst zu haben!«

»In der Tat. Engelbert Müller hat uns heute Morgen die Post gebracht.«

Fast hätte Sabine gelacht. »Na und, das macht er doch jeden Tag. Was ist daran so besonders? Oder hatte er etwa eine Gewinnbenachrichtigung dabei?« Sie wusste, dass ihre Mutter gerne an Preisausschreiben teilnahm. Sie hatte sogar einmal drei Kochtöpfe gewonnen.

Ihre Mutter schüttelte den Kopf und schien zu erröten. »Keine Gewinnbenachrichtigung für mich, eigentlich ist es eine für dich. Engelbert Müller hat Karten für die Eröffnungsveranstaltung des neuen Theaters, und er möchte dich mitnehmen. Ist das nicht eine Wucht?«

»Was soll ich denn im Theater?«, fragte Sabine. Sie ahnte,

dass Engelbert sich mehr von solch einer Einladung versprach, und dieses Mal würde Rita nicht an ihrer Seite sein. »Ich war in meinem ganzen Leben noch nie im Theater.«

»Ja, eben drum! Das ist eine großartige Gelegenheit für dich, um mal reinzuschnuppern. Ich habe gehört, dass sogar der Bürgermeister mit seiner Frau anwesend sein wird«, erzählte ihr Vater. »Solch eine Gelegenheit bekommt man nicht alle Tage als normaler Bürger.«

»Und wie nett von ihm, dass er an dich gedacht hat«, fügte ihre Mutter hinzu. »Der Engelbert Müller ist ein wahrlich feiner Kerl.«

»Der ideale Kandidat zum Heiraten«, ergänzte Rolf und wackelte mit den Augenbrauen. »Vielleicht tanzt du ja schon bald auf deiner eigenen Hochzeit, Schwesterchen.«

Sabine rollte mit den Augen und knuffte ihren Bruder in die Seite. »Damit habe ich es nicht eilig«, sagte sie wahrheitsgemäß und stand vom Sofa auf. »Ich setze jetzt erst mal einen Kessel Wasser auf. Möchte noch jemand einen Tee?«

Kurz darauf stellte Sabine den Kessel mit Wasser auf den Kochofen in der Küche. Auf was für aberwitzige Ideen Rolf kam! Er wusste ganz genau, dass Engelbert für sie nicht als zukünftiger Ehemann infrage kam. Ihr Entschluss verfestigte sich. Weder Engelbert noch irgendein anderer Mann aus Gelsenkirchen sollte sie heiraten. Und wenn sie jemanden kennenlernte, mit dem sie das Leben teilen würde, dann musste es jemand sein, der zu Abenteuern bereit war, der sie in starken Armen hielt, der das Glück suchte … Jemand wie Tom.

KAPITEL 16

Dezember 1959, neun Tage vor Heiligabend in Gelsenkirchen

In der Pause sah Sabine durch die große Glasfront auf der Südseite des Spielhauses die Lichter der vorbeifahrenden Autos, die die Dunkelheit mit ihren Scheinwerfern durchschnitten. Vereinzelt fuhren um die späte Uhrzeit auch noch Straßenbahnen. In der Entfernung eines fünfminütigen Fußwegs erhob sich das Hans-Sachs-Haus, das mit seiner Backsteinfassade einen scharfen Kontrast zur offenen Architektur des neuen Theaters bildete.

Ihre Eltern waren hart geblieben, deshalb hatte sie Engelberts Einladung unmöglich ausschlagen können.

»Andere Mädchen würden sich alle Finger danach lecken, wenn sie zur Eröffnungsfeier des Theaters gehen könnten«, hatte ihre Mutter gesagt, als Sabine versucht hatte, die Einladung abzuwehren. »Unter normalen Umständen haben einfache Leute wie wir doch nie die Gelegenheit, an solchen gesellschaftlichen Ereignissen teilzunehmen. Du kannst von Glück sagen, dass du Engelbert kennst. So eine Möglichkeit darf man nicht ungenutzt lassen, wenn sie sich einem doch mal bietet.«

Am Ende hatte Sabine sich den Erwartungen ihrer Eltern gefügt. Die Welt des Theaters war ihr fremd, bisher war sie lediglich ein paarmal mit Rita im Kino gewesen. Und ein wenig Neugier weckte die Aussicht auf den Theaterbesuch natürlich schon in ihr.

Engelbert hatte sie am Abend der Eröffnung mit seiner Isetta von zu Hause abgeholt. Während der Fahrt hatte er ihr wiederholt Komplimente über ihr Aussehen gemacht, die Sabine zwar dankend angenommen hatte, die sie jedoch auch verlegen machten. Rita hatte ihr zu diesem besonderen Anlass ihre neuen Perlensteckerohrringe und ein nachtblaues Samtkleid geliehen. Außerdem hatte sie Sabines Haar zuvor auf große Wickler gedreht und ihr eine lockige Frisur verpasst, die sie mit einem feinzinkigen Kamm reichlich toupiert hatte. Sabine hatte sich vor dem Spiegel kaum wiedererkannt, war aber begeistert von ihrem neuen Aussehen.

Nachdem sie vor der Spielstätte angekommen waren, hatte Engelbert ihr seinen Arm angeboten. Nicht dass Sabine ihn wirklich gebraucht hätte, doch schien es ihr unter den Umständen angebracht zu sein, die höfliche Geste anzunehmen. Er meinte es ja nur gut und hatte natürlich die besten Absichten, dessen war sie gewiss.

Ihre Befürchtung, dass es sich bei der Premierenaufführung um eine Oper handelte, hatte Engelbert ihr glücklicherweise schnell genommen. Am Eröffnungsabend wurde die Komödie *Ein Sommernachtstraum* von William Shakespeare aufgeführt. Nicht dass Sabine jemals etwas von Shakespeare gelesen oder zuvor mehr über ihn gehört hätte, doch bisher gefiel ihr die Aufführung gut. Besonders amüsant fand sie die Vorstellung, dass Liebespaare durch einen Zauber so verwirrt wurden, dass plötzlich jeder einen anderen liebte.

Sabine stand vor der Verglasung, hinter der sich die Treppenaufgänge befanden. Engelbert hatte sich vor wenigen Augenblicken unter die anderen gemischt, um an der Bar etwas zu trinken zu besorgen. Alle Gäste waren in feinen Roben erschienen. Nicht nur die offenkundig wertvollen Schmuckstücke der Frauen ließen darauf schließen, dass es sich um wohlhabende Menschen handelte. Vermutlich waren erfolgreiche Unternehmer, Doktoren, Rechtsanwälte oder Bankdirektoren unter ihnen. Sabine kam sich völlig fremd und verloren in diesen Kreisen vor. Plötzlich fühlte sie sich in der geliehenen Kleidung und mit der neuen Frisur ungewohnt und wie verkleidet. Sie passte nicht hierher. Fast kam sie sich wie ein Kuckucksei vor.

Endlich trat Engelbert aus der Menge. Strahlend ging er mit zwei Gläsern in Händen auf sie zu. »Zur Feier des Tages ein Gläschen Champagner für das Fräulein«, sagte er und reichte ihr galant das Getränk.

»Oh, wirklich?« Sabine wollte zuerst sagen, dass sie noch nie Champagner getrunken hatte, besann sich aber. Warum sollte sie das zugeben? Engelbert müsste es auch so klar sein.

»Man kann sich ja mal etwas gönnen«, sagte er leichthin und prostete ihr zu.

Sie lächelte bloß, weil sie darauf nichts zu erwidern wusste. Dann nippte sie an dem Getränk, das für sie nicht anders schmeckte als herkömmlicher Sekt. Aber was wusste sie schon davon?

Ihre Gedanken wanderten nach Sankt Peter und zu jenem Tanzabend im Sommer, zu dem sie mit Rita gegangen war. Dort hatte sie sich nicht eine Sekunde fremd gefühlt, sondern gleich als ein Teil des Ganzen. Sabine wusste, wie ungerecht der Vergleich war. Engelbert gebührte natürlich ihre Dankbarkeit. Doch sie konnte sich gegen ihre Gefühle nicht wehren. Ihr ganzer Körper sehnte sich danach, zurück zu jenem Tanzball zu gelangen, an dem alles begonnen hatte. Zusammen mit Rita, Amelie, Fiete – und Tom.

Die Tage bis zum Heiligabend verflogen im Nu. Obwohl das Fest in diesem Jahr auf einen Donnerstag fiel, musste Sabine an diesem Tag nicht arbeiten. Die Polizeikantine machte bis Neujahr Betriebsferien; und da dieser Feiertag wiederum auf einen Freitag fiel, war Sabines erster Arbeitstag am vierten Januar.

Vormittags hatte Rolf mit ihrem Vater eine Tanne besorgt, die sie zusammen auf einem Fahrrad zu ihrer Wohnung transportiert hatten. Im Wohnzimmer hatten sie den Baum aufgestellt, dann durfte Karin ihn schmücken. Nur die Christbaumspitze in Form eines Sterns befestigte Rolf allein.

Seit dem Mittag hatte Sabine mit ihrer Mutter in der Küche gestanden und sich um die Vorbereitung des Weihnachtsessens gekümmert. Selbst gemachten Rotkohl und Kartoffelknödel sollte es geben, dazu ein deftiges Gulasch mit Pilzen, und zum Nachtisch Schokoladenpudding mit Vanillesoße.

Am frühen Nachmittag nahmen die Kurowskis den Bus bis zur Christuskirche am Trinenkamp. Dort trafen sie auf die Omas und Opas, die aus einem anderen Teil Bismarcks mit der Straßenbahn gekommen waren. Der gemeinsame Besuch des Familiengottesdienstes war eine liebgewonnene Tradition, die sie pflegten, seit Sabine denken konnte.

Rita und ihre Eltern blieben lieber zu Hause. Bis mittags arbeiteten sie im Salon Inge, erst danach konnten sie sich mit dem Weihnachtsfest beschäftigen. Sie hielten es ohnehin nicht unbedingt mit herkömmlichen christlichen Traditionen und feierten Weihnachten eher unkonventionell auf ihre eigene Art und Weise. Dazu gehörte neben dem Abspielen von Weihnachtsschallplatten und der Bescherung am Nachmittag auch ein ausgiebiges Essen in einem Restaurant. Am Heiligen Abend wollten sie sich auch einmal bedienen lassen, hatte Rita ihr einmal erklärt.

In der Nähe des Kirchentors trafen die Kurowskis auf Familie Müller, die in einem der Eisenbahnerhäuschen auf der gegenüberliegenden Straßenseite wohnte. Sie begrüßten einander und gingen dann gemeinsam ins Gotteshaus. Engelbert ließ es sich nicht nehmen, sich auf die Kirchbank neben Sabine zu setzen.

Die Kirche war bis auf den letzten Platz besetzt, einige mussten sogar stehen. Alles war weihnachtlich geschmückt, vor dem Altar brannten vier dicke Stumpenkerzen an einem Adventskranz. Es roch nach warmem Wachs, Weihrauch und altem Holz. Neben dem altehrwürdigen Krippenspiel sang auch der Kinderchor der Gemeinde, begleitet von Flöten und Geigen. In der festlichen Stimmung überkam Sabine wie jedes Jahr das Gefühl, dass sich ein besonderer Wunsch für sie erfüllen könnte. Und tief im Herzen wusste sie, was das für sie war – Zeit an der Küste verbringen zu können und noch einmal einen so vollkommenen Sommer zu erleben wie in diesem Jahr.

Als nach dem Gottesdienst alle die Kirche verließen, läuteten die Glocken im Turm. Obwohl mildes Winterwetter herrschte, war Sabine herrlich weihnachtlich zumute. Sie blieb zum Plaudern zusammen mit Rolf und Engelbert auf dem Vorplatz des Gotteshauses stehen.

Sie unterhielten sich darüber, was es am Abend zu essen geben würde, und fragten sich, ob in diesem Jahr noch Schnee fallen würde oder der Wintereinbruch erst im Januar zu erwarten sei. Dabei ließ Sabine den Blick über die Kirchenbesucher gleiten und entdeckte Frau Eppmann und Engelberts Mutter, die wiederum neben ihrer Mutter standen und sich mit ihr unterhielten. Sabine hatte ganz vergessen, dass Frau Eppmann eine Nachbarin der Müllers war. Inständig hoffte sie, dass sie nicht von ihrer angeblichen Ungeschicklichkeit erzählte und sich nicht bei ihrer Mutter beklagte.

»Bevor ich es vergesse, ich habe noch etwas für dich«, sagte Engelbert plötzlich und griff in eine der großen Taschen seines Wintermantels.

»Für mich?«, fragte Sabine verwundert.

Er hielt ihr ein kleines Päckchen hin. »Ich wünsche dir fröhliche Weihnachten, liebe Sabine.«

»Danke, Berti. So eine Überraschung! Für dich auch fröhliche Weihnachten und gesegnete Festtage.« Sie nahm das Geschenk entgegen. »Das wäre aber wirklich nicht nötig gewesen. Ich habe leider kein Geschenk für dich.«

Er winkte ab. »Das ist nicht so wichtig. Ich wollte dir eine kleine Freude machen.«

»Und was ist mit mir?«, fragte Rolf und zwinkerte Engelbert zu. »An mich hast du nicht gedacht. Das ist ja mal wieder typisch.«

»An dich denke ich vielleicht nächstes Jahr.« Engelbert hob einen Zeigefinger und grinste. »Aber nur, wenn du artig bist.«

»Sabine! Rolf!« Ihre Mutter winkte ihnen zu. »Der Bus kommt gleich.«

Sabine sah zu ihrer Mutter und erkannte, dass Frau Eppmann und Frau Müller gegangen waren. Jetzt warteten ihre Eltern mit Karin auf sie und winkten.

»Wir müssen los«, erklärte sie Engelbert. »Nochmals vielen lieben Dank! Ich packe das Geschenk in Ruhe zu Hause aus.«

Sie verabschiedeten sich und stiegen kurz darauf in den Bus, der zurück zur Deichsiedlung fuhr. Die älteren Damen und Herren fuhren mit ihnen. Sabine setzte sich neben ihre Mutter und legte Engelberts Geschenk auf ihrem Schoß ab.

»Bei dir war wohl das Christkind schon da«, meinte ihre Mutter mit neugierigem Blick auf die kleine Schachtel.

»Engelbert hat mich damit überrascht. Ich wusste nicht, dass er mir etwas schenken möchte.«

»Wie aufmerksam von ihm!«, rief ihre Mutter erfreut. »Die Familie Müller ist aber auch einfach zum Gernhaben. So nette Leute! Da fällt mir ein, ich habe vorhin auch deine Vorgesetzte, Frau Eppmann, kennengelernt. Sie wohnt bloß drei Häuser von den Müllers entfernt. Wusstest du das?«

Sie nickte. »Engelbert hat mir davon erzählt.«

»Auch eine sehr nette Frau, wenn du mich fragst.«

»Findest du?« Ein ungutes Gefühl beschlich Sabine.

»Aber sicher. Sie hat übrigens nur Gutes über dich erzählt und deine Arbeit in den höchsten Tönen gelobt.«

Sabine blieb vor Überraschung der Mund offen stehen. »Wirklich?«

Ihre Mutter legte ihr eine Hand auf den Unterarm. »Du scheinst wirklich sehr fleißig zu sein.«

Sabine konnte sich keinen Reim darauf machen, warum Frau Eppmann vor ihrer Mutter voll des Lobes war, während sie sie in Wirklichkeit jeden Tag auf der Arbeit drangsalierte. Nun konnte sie sich erst recht nicht mehr über Frau Eppmann bei ihren Eltern oder sonst wem beschweren. Vielleicht war es genau das, was Frau Eppmann beabsichtigte. Ganz schön gerissen, das musste sie ihr lassen.

Nach dem Weihnachtsessen fand die Bescherung statt. Karin war überglücklich, als sie die lang ersehnten Rollschuhe entdeckte. Sabine schenkte ihr ein Buch. Mit Rolf hatte sie bereits im November vereinbart, dass sie einander nichts schenkten.

»Meine selbst gestrickten Socken möchtest du sicherlich nicht anziehen«, hatte er lachend angemerkt.

»Du meine auch nicht«, hatte Sabine zurückgegeben.

Tatsächlich waren ihre Strickkünste überschaubar und noch weit davon entfernt, um Socken anzufertigen, die man womöglich verschenken könnte.

Von ihren Eltern bekam Sabine einen warmen Wollpullover, von ihrem Bruder einen passenden Schal mit Mütze und Handschuhen – die unter Garantie ihre Mutter besorgt und Rolf in die Hand gedrückt hatte.

Erst als der Abend schon fortgeschritten war, erinnerte Sabine sich wieder an Engelberts Geschenk. Nachdem sie von der Kirche nach Hause gekommen waren, hatte sie es auf die Fensterbank in ihrem Zimmer gelegt. Während des Essens und der Bescherung hatte sie nicht mehr an die Schachtel gedacht.

Eilig lief sie zum Fenster und hob das Geschenk hoch. Dann setzte sie sich auf ihr Bett, löste die rote Kordel, die um die Schachtel gebunden worden war, und öffnete es.

Als sie ihren Inhalt sah, glaubte Sabine einen Moment lang, ihre Augen würden ihr einen Streich spielen. Vorsichtig griff sie hinein und knipste die kleine Stehlampe neben ihrem Bett an. Es bestand kein Zweifel. In ihrer Hand hielt sie die goldene Armbanduhr vom Juwelier Wiehmeyer.

Sabine wusste nicht, ob sie sich freuen oder schlichtweg pikiert sein sollte. Natürlich war diese Uhr ein Herzenswunsch von ihr, und sie hätte sie sich liebend gerne von ihren Ersparnissen gekauft.

Dass Engelbert ihr dieses große Geschenk machte, war nicht nur überaus großzügig, sondern einfach übertrieben. Und es brachte sie in eine Zwickmühle. Zum einen hatte sie kein Geschenk für ihn, und zum anderen konnte sie ihm die Uhr auch nicht einfach so zurückgeben, ohne ihn zutiefst zu kränken. Dafür kannte sie ihn gut genug.

Sabine seufzte und legte die Armbanduhr vorsichtig zurück in die Schatulle. Nun stand sie noch tiefer in seiner Schuld als ohnehin schon.

KAPITEL 17

Dezember 1959, an Heiligabend in Sankt Peter

Tom drehte den Hahn auf und benetzte sein Gesicht mit Wasser.

Im Kamin des Saals mit Blick zur Seebrücke knisterte das Feuer, an jedem Tisch saß eine Festtagsgesellschaft. Das Restaurant im Strandhotel war bis auf den letzten Platz ausgebucht – so wie es von seinem Vater prophezeit worden war, während Tom es kaum für möglich gehalten hatte.

Tom seufzte. So vieles hatte sich in den vergangenen Monaten verändert. Fiete arbeitete nun wie versprochen im Hotel und konnte sein Geschick unter Beweis stellen. Ihm machte es sichtlich Spaß, sich um alle elektrischen Belange zu kümmern. Seit er da war, hatte es keine kaputte Glühbirne mehr gegeben, die nicht sogleich ausgewechselt worden war.

Mit einem Handtuch trocknete Tom sein Gesicht ab und blickte in den Spiegel über dem Waschbecken. Seine Wangen waren von der Wärme, aber besonders von der Aufregung gerötet, die Heiligabend mit sich brachte. Unter seinen Augen schimmerten dunkle Ringe. Kaum verwunderlich, in den letzten Tagen vor dem Fest war er kaum zum Schlafen gekommen. Vieles hatte noch vorbereitet und organisiert werden müssen. Eigentlich zu viel auf einmal. Er hatte sich die Arbeit als Restaurantleiter wahrlich einfacher vorgestellt und sich gefragt, wie sein Vater es nur all die Jahre als Hoteldirektor geschafft hatte, den Überblick zu bewahren.

Durch die neue Erfahrung im Restaurant war ihm erst bewusst geworden, was seine Eltern alles leisteten und dass er vieles davon für selbstverständlich gehalten hatte. Einen anderen positiven Effekt hatte die Arbeit außerdem: Tom war nicht dazu gekommen, in Grübeleien zu verfallen. Er hatte nicht mehr so oft an Sabine gedacht wie noch Wochen zuvor.

Trotzdem fragte er sich nun, wie sie wohl die Feiertage verbrachte. Wer bei ihr war und ob es für sie auch Gänsebraten mit Kartoffeln, Sauce und Rosenkohl gab. Ob sie ein Geschenk bekommen hatte oder mehrere? Was hätte er ihr geschenkt, wenn er die Gelegenheit dazu gehabt hätte? Etwas Wertvolles, ganz bestimmt! Etwas, was sie immer bei sich tragen und sie an ihn erinnern würde. Bei der Vorstellung lächelte er. Eine Kette mit einem hübschen Anhänger. Genau, das hätte er ihr geschenkt.

Hätte er doch nur eher zu seinen Gefühlen gestanden und ihr reinen Wein darüber eingeschenkt, wer er wirklich war! Dass er nicht Tom der Strandkorbverleiher war, sondern Thomas Hansen, der Sohn vom Direktor des Strandhotels. Alles hätte anders verlaufen können … Er war dumm gewesen, so dumm!

Die Tür zum WC wurde geöffnet, einer der Gäste betrat den Raum. Tom nickte ihm lächelnd zu und beeilte sich, wieder zurück ins Restaurant zu kommen.

An ihrem Tisch hatte auch Familie Leyrich Platz genommen. Ihnen gehörte die Drogerie, die unweit vom Hotel lag. Seine Eltern hatten es offenkundig als eine hervorragende Gelegenheit empfunden, den Heiligabend dazu zu nutzen, das freundschaftliche Band zwischen ihren Familien weiter zu stärken – genauer gesagt zwischen Silke und Tom. Leyrichs und seine

Eltern verfolgten schon seit Längerem die fixe Idee, ihn und Silke zu verkuppeln. Wäre es nach ihr gegangen, wäre der Plan längst aufgegangen und sie mindestens schon verlobt.

Als Tom sich auf den leeren Stuhl neben ihr setzte, strahlte Silke ihn an. »Ich habe gerade gesagt, wie wunderbar das Ambiente des Restaurants geworden ist. Das behagliche Kaminfeuer und der weihnachtlich geschmückte Tannenbaum sind einmalig. Noch dazu der herrliche Blick zur Seebrücke. Eigentlich fehlt nur noch der Schnee, dann wäre es wie im Märchen«, flötete sie. Offenbar hatte sie sich vorgenommen, das Bild der idealen Schwiegertochter abzugeben. Wenn Tom einen Blick auf seine Eltern warf, wusste er, dass Silke darin erfolgreich war.

»Den Schnee habe ich vergessen zu bestellen. Vielleicht nächstes Jahr.« Er lächelte Silke zu und griff zum Weinglas. Nach solch einem Theater stand ihm nicht der Sinn. Er hatte Silke bisher keinen Anlass für falsche Hoffnungen gegeben und wollte dies auch zukünftig nicht tun.

»Ich wollte schon immer mal Ski auf schneebedeckten Dünen fahren«, scherzte seine Schwester Amelie.

»Abgesehen vom fehlenden Schnee fehlt es dann hoffentlich sonst an nichts anderem«, schaltete sich sein Vater ein.

»Das Essen ist ganz vorzüglich«, lobte Frau Leyrich. »Du musst mir unbedingt verraten, woher du diesen edlen Wein hast.« Sie kannte Tom schon, seit er ein Kind gewesen war.

Obwohl die ältere Generation schon vor Jahren zum Du übergegangen war, siezte Tom die Leyrichs konsequent. Er hatte nicht vor, dies in absehbarer Zeit zu ändern. »Ich werde es Ihnen selbstverständlich aufschreiben.« Er prostete ihr zu und trank den Rest seines Weins. Dann erhob er sich. »Entschuldigung, aber ich werde mich nun verabschieden. Ich bin heute Abend auch noch bei Familie Farmsen eingeladen.«

»Damit habe ich gar nicht gerechnet.« Silke warf ihm einen pikierten Blick zu.

»Ach, Tom! Muss das denn sein?«, wandte seine Mutter vorwurfsvoll ein. »Heiligabend verbringt man doch mit seiner Familie!«

Tom zuckte nur die Schultern. »Die Farmsens sind meine zweite Familie. Sie haben mich eingeladen, und ich habe versprochen vorbeizukommen. Was würde es denn für einen Eindruck machen, wenn ich zuerst zusage und dann doch nicht erscheine?«

Sein Vater nickte ihm verständnisvoll zu. »Geh mal, mein Junge.« Er schien noch immer erleichtert darüber zu sein, dass Tom die Restaurantleitung übernommen und seine Musikpläne auf Eis gelegt hatte. Seitdem verhielt sich Christian Hansen sehr großzügig. »Richte Fietes Eltern unsere herzlichsten Weihnachtsgrüße aus. Und bitte Herrn Farmsen doch, nach den Feiertagen einmal bei mir vorbeizukommen. Ich hätte da ein paar Aufträge für ihn.«

»Werde ich bestellen, Vater.« Er verabschiedete sich mit einem Nicken und drückte seiner Mutter zur Besänftigung einen Kuss auf die Wange.

Schnellen Schrittes verließ Tom den Gastraum. In der Küche hastete er auf den Chefkoch Kerstens zu. »Können Sie mir bitte fünf Portionen vom Weihnachtsmenü so einpacken, dass es eine Weile warm bleibt?«

Kerstens zog die Augenbrauen hoch. Auch er kannte Tom schon von Kindesbeinen an und pflegte einen unkonventionellen Umgang mit ihm. »Je später der Abend, umso extravaganter deine Wünsche.«

»Es ist das Weihnachtsessen für die Farmsens«, erklärte Tom. »Oder können wir nichts entbehren?«

Amüsiert deutete Kerstens auf einen Bräter. »Du hast so

großzügig eingekauft, das reicht noch für einen zweiten Heiligabend.«

Tom lachte auf. »An Weihnachten sollen doch alle satt werden, oder nicht? Nehmen Sie ruhig nachher auch etwas für Ihre Familie mit.«

Kerstens füllte Rosenkohl in eine große Glasschüssel und legte den Deckel daneben. »Das hatte ich ohnehin vor. In all den Jahren, die ich für deine Eltern arbeite, ist immer viel zu viel an den Feiertagen übrig geblieben. Dein Vater war jedes Mal froh, wenn ich und der Rest der Küche dafür gesorgt haben, dass nichts schlecht wurde. Meine Frau hat sich längst abgewöhnt, an Weihnachten zu kochen. Sie wartet lieber, bis ich Feierabend mache und das Essen mit nach Hause bringe.«

Tom nahm einen großen Weidenkorb von einem Stuhl und packte sogleich die Schüsseln ein, die Kerstens ihm reichte. »Dann wünsche ich Ihnen einen schönen Feierabend mit Ihrer Frau und fröhliche Weihnachten.« Er stellte alle Schüsseln in den Korb. »Könnten Sie bitte Frau Leyrich noch den Namen des Rotweins aufschreiben und auch, wo sie ihn kaufen kann?«

»Aber selbstverständlich. Viele Grüße an Familie Farmsen.«

Tom schnappte sich den Korb und verließ das Hotel durch den Hintereingang. Das Essen stellte er im Beifahrerfußraum seines VW Käfers ab, den er hinter dem Hotel neben dem Mercedes-Benz seines Vaters geparkt hatte. Seine Gitarre lag bereits auf der Rückbank.

Dass Fiete und er sowie die anderen Mitglieder der Tom Cats vorhatten, den Weihnachtsabend auf ihre Art ausklingen zu lassen, hatte er nicht an die große Glocke gehängt. Er wusste, dass seine Eltern und bestimmt auch die Leyrichs kein Verständnis dafür hätten. Mit dem Auto waren es nur wenige Minuten Fahrzeit bis nach Brösum, wo der Hof der Farmsens lag.

Es hatte durchaus Vorteile, Besitzer eines PKW zu sein. Im Geiste stellte Tom sich vor, wie er sonst das Weihnachtsessen mit seinem Motorroller bis zu den Farmsens transportiert hätte. Vermutlich wäre er bloß mit der Hälfte dort angekommen.

Frau Farmsen war sichtlich gerührt, als Tom das mitgebrachte Essen auf den Küchentisch stellte. »So eine Überraschung«, sagte sie wieder und nahm Fietes kleine Schwester Antje auf den Arm, damit das Kind auch sehen konnte, was der Besuch mitgebracht hatte.

»Ich habe doch versprochen, dass ich vorbeikomme, um persönlich Frohe Weihnachten zu wünschen. Wie hätte es denn ausgesehen, wenn ich mit leeren Händen aufgetaucht wäre? Zumal ich jetzt das Restaurant leite.« Tom wusste, dass Fietes Familie nur klein und bescheiden feiern konnte. Deswegen war es ihm ein Anliegen, zumindest Essen aus der Hotelküche mitzubringen. »Ich hoffe, es ist noch ein bisschen Platz im Magen.«

»Bei mir immer!«, sagte Fiete und roch am Gänsebraten.

»Einen lieben Gruß auch von meinen Eltern«, wandte Tom sich an Herrn Farmsen. »Mein Vater lässt Ihnen ausrichten, dass er sich freuen würde, wenn Sie nach Weihnachten mal im Hotel vorbeikommen könnten. Er hat ein paar Aufträge für Sie.«

Herrn Farmsens Miene hellte sich auf. »Das sind gute Nachrichten. Gerade gestern bin ich mit der Reparatur eines Brunnens fertig geworden. Ich dachte schon, ich müsste mich bis zum Frühling langweilen. Gleich am 27. Dezember werde ich deinen Vater aufsuchen.«

»Wenn wir weitersabbeln, ist das schöne Essen gleich kalt«, merkte Fiete an.

»Das muss unbedingt vermieden werden«, entschied Herr Farmsen und nickte seiner Frau zu, die eilig den Tisch deckte.

Fiete knipste das Licht in der Scheune an. Zwischen Strandkörben, dem Traktor und allerhand Gerät war der hintere Teil des Speichers freigeräumt. Tom und die anderen folgten ihm. Als sie ihre Instrumente gestimmt hatten, trudelten die ersten Freunde und Freundinnen ein, die sie zu ihrem Weihnachtstanzabend eingeladen hatten. Amelie war mit dem Motorroller gekommen, den sie fuhr, seit Tom den Käfer hatte.

»Hat jemand mitbekommen, dass du weggefahren bist?«, fragte er sie.

Amelie grinste verwegen. »Natürlich nicht. Ich war auf einmal schrecklich müde und habe mich dann aus der Runde verabschiedet. Ich glaube, Silke sitzt immer noch mit ihren Eltern im Restaurant und hofft darauf, dass du zurückkommst. Wenn sie wüsste, dass ich hierhergefahren bin, ohne sie mitzunehmen, wäre sie bestimmt tödlich beleidigt.«

»Meine kleine Schwester.« Tom wuschelte ihr durchs lockige Haar und stimmte dann auf der Gitarre das erste Lied des Abends an.

Augenblicke später sprang und tanzte die kleine Gesellschaft zu Rock-'n'-Roll-Musik durch die Scheune. Tom schloss lächelnd die Augen. Mit einem Mal fühlte er sich zurück an jenen Sommerabend in der Loreley versetzt. Er sah sie förmlich vor sich. Sabine, wie sie unbeschwert mit Rita tanzte. Sabine, wie sie die Arme vor Freude in die Luft warf. Und wie sie das schönste Lächeln lächelte, das er jemals gesehen hatte.

KAPITEL 18

Februar 1960, in der Polizeikantine von Gelsenkirchen-Buer

Inzwischen hatten Frau Eppmanns Gängeleien für Sabine beinah den Schrecken verloren. Zu oft hatte sie sie wegen angeblichen Ungeschicklichkeiten und Fehlern angeblafft und war dann jedes Mal wutentbrannt davongestapft, ohne dass nennenswerte Konsequenzen gefolgt waren. Es hatte sich immer um Lappalien gehandelt, um Nichtigkeiten, die normalerweise kaum der Rede wert gewesen wären.

Im Laufe der letzten Wochen hatte sich Sabine ein dickeres Fell zugelegt und nahm Frau Eppmanns Wutausbrüche kaum mehr wahr. Erfreulich war, dass dadurch fast gleichzeitig auch ihre Magenprobleme verschwunden waren und sie wieder zu jeder Tageszeit mit gutem Appetit aß. Auch nachts schlief sie wieder durch.

Seit dem Gespräch an Heiligabend, das ihre Mutter mit Frau Eppmann geführt hatte, war Sabine bewusst geworden, dass ihre Vorgesetzte zwar ein Drache war, allerdings einer, der kein Feuer spie. Diese Erkenntnis hatte ihr geholfen, mit ihrer Arbeitssituation wesentlich gelassener umzugehen. Egal wie oft Frau Eppmann vor Wut schäumte, sie war viel zu bedacht um ihren guten Ruf, als dass sie jemals schlecht über sie oder andere Angestellte außerhalb der Kantine gesprochen hätte. Stattdessen lobte sie Sabine lieber über den grünen

Klee – damit niemand auch nur ein Wort glaubte, sollte Sabine jemandem die Wahrheit über Frau Eppmann erzählen.

In der Kantine konnten nicht nur Ordnungshüter ihre Mahlzeiten einnehmen, sondern auch jeder andere. Sabine hatte dennoch bisher niemanden hier gesehen, den sie aus dem Viertel kannte.

Unter den Polizeibeamten waren einige nette Gäste. Besonders mochte Sabine Kurt Hoppe. Er war nur wenig älter als sie und hatte ein sonniges Gemüt. Zusammen mit einem Kollegen kehrte er regelmäßig zum Mittagessen in die Kantine ein. Dann hielt er sie gerne mit einem Schwätzchen von der Arbeit ab, scherzte oder erzählte von unglaublichen Begebenheiten, um die er sich als Polizist kümmerte.

Manchmal fing Sabine dann einen missbilligenden Blick von Frau Eppmann auf. Doch sie wagte nichts dagegen zu sagen. Schließlich war der junge Mann bei der Polizei, und mit den Herren wollte sie es sich bestimmt nicht verscherzen.

Sabine reichte einem Gast gerade einen Teller mit zwei Spiegeleiern und Bratkartoffeln, als Kurt Hoppe in die Kantine hereingestürzt kam. Sabine wollte ihm zuwinken, bemerkte dann jedoch sein gerötetes Gesicht. Bevor sie sich weitere Gedanken darüber machen konnte, rief er laut: »Streb- und Streckenbruch im Schacht 9 auf Consol!«

Der Pfannenwender rutschte Sabine aus der Hand und landete scheppernd auf dem Boden. Ihr stockte der Atem, gleichzeitig wurde ihr heiß und kalt.

Ihr Vater war seit Januar im Schacht 9 als Hauer unter Tage. Zusammen mit Herrn Rossi, Ginos Vater. Einen Moment war sie wie erstarrt.

Um Kurt Hoppe hatte sich eine Traube von Polizisten und anderen Gästen gebildet. Sabine riss sich aus der Erstarrung, rannte aus der Küche und auf die Menschenansammlung zu. Sie schob sich durch die Menge bis nach ganz vorn.

»Alle verfügbaren Kräfte werden sofort auf Consol benötigt«, sagte Kurt Hoppe im ernsten Ton zu seinen Kollegen.

»Wann ist das Unglück geschehen?«, rief Sabine atemlos.

»Die Nachricht ist vor etwa zehn Minuten auf der Wache eingegangen.«

»Gibt es … Tote?«, fragte sie mit tränenerstickter Stimme.

»Näheres ist zum jetzigen Zeitpunkt noch nicht bekannt.« Kurt Hoppe kam zu ihr und legte ihr behutsam einen Arm um die Schulter. »Fräulein Sabine, so beruhigen Sie sich doch! Sie zittern ja!«

»Mein Vater … Er ist auf Consol … im Schacht 9!«, brachte sie unter Tränen hervor.

»Was geht denn hier vor sich?« Plötzlich war Frau Eppmann bei ihnen und bedachte Sabine mit einem strengen Blick.

»Ein Unglück auf Consol, Frau Eppmann«, erklärte einer der anderen Polizisten.

Sie schlug sich eine Hand auf die Brust. »Um Himmels willen!«

»Ich muss sofort zu meinem Vater.« Sabine entledigte sich ihrer Schürze. »Ich muss wissen, ob er lebt.«

Frau Eppmann nahm ihr die Schürze ab und nickte. In diesem Moment erkannte Sabine so etwas wie Güte in ihren Augen. »Ja, das müssen Sie, Frau Kurowski. Wagen Sie es nicht, hier wieder zu erscheinen, bevor sich alles zum Guten für Ihren Vater gewendet hat. Und nun beeilen Sie sich!«

Sabine holte ihre Tasche aus der kleinen Kammer, in der die Angestellten ihre persönlichen Dinge aufbewahrten, und verließ kopflos die Kantine. Auf der Straße rasten Polizeiautos mit Blaulicht und lautem Martinshorn an ihr vorbei. Sie konnte nicht sagen, ob in einem der Fahrzeuge Kurt Hoppe gesessen hatte. Über ihren Augen lag ein Tränenschleier. Ihrem Vater durfte nichts passiert sein! Ihm nicht und auch Ginos Vater nicht. Was sollte denn sonst werden?

Sie schluchzte auf und rannte wie von Sinnen auf die Straßenbahn der Linie 1 zu, die gerade auf die Haltestelle zufuhr. Die Nachricht über das Unglück auf Consol schien sich wie ein Lauffeuer unter den Gelsenkirchenern verbreitet zu haben. Die Straßenbahn war gerammelt voll, Sabine konnte sich nur mit Mühe hineinzwängen. An den Kauf einer Fahrkarte war in dem Gedränge nicht zu denken. Alle sprachen über die schlimmen Ereignisse, die sich auf der Zeche Consolidation zugetragen haben sollten. Einige Frauen hielten weinend ihre kleinen Kinder auf dem Arm, andere blickten mit teilnahmslosem Gesichtsausdruck ins Leere. Jeder ging mit der Situation anders um.

Sabine sammelte all ihre verfügbaren Kräfte. Halt bloß durch!, sprach sie sich innerlich Mut zu. Nur nicht aus den Pantinen kippen, sie musste sich jetzt zusammenreißen für ihre Familie. Für ihren Vater.

An der Marschallstraße sprang sie mit den anderen Fahrgästen aus der Bahn und stürmte über die Bismarckstraße, an deren Ende sich das Zechengelände befand. Die Gegend um den Schacht 9 war voller Menschen. Ein Wimmern und Schluchzen lag über dem Ort. Frauen und Kinder harrten der Dinge, warteten auf ihre Brüder, Verlobten, Ehemänner und Väter. Alte Menschen mit tiefen Furchen im Gesicht hielten sich an den Händen fest, beteten lautlos, dass ihre Söhne unversehrt aus dem Förderkorb steigen mögen.

Auf der Suche nach einem Angehörigen irrte Sabine durch die Menschenansammlung. War die Nachricht überhaupt schon zu ihnen durchgedrungen, oder saßen sie noch ahnungslos zu Hause? Weiter vorne am Schacht erkannte sie endlich Oma Mechthild und Opa Franz, die Eltern ihres Vaters.

»Oma! Opa!«, rief sie und rannte auf sie zu. Sie warf sich in die Arme ihrer Großmutter und ließ den Tränen ihren Lauf.

»Sabinchen!« Ihre Oma strich ihr beruhigend über das Haar. Sie war eine starke Frau, die sich im Krieg um Verwundete gekümmert und nach einem Bombenangriff zwei Kinder aus einem brennenden Keller gerettet hatte. Mechthild Kurowski schien in allen Lebenslagen die Fassung zu behalten. »Nun wein doch nicht!«

Opa Franz zog ein Stofftaschentuch aus seiner Jacke und reichte es ihr. Sabine nahm es und trocknete ihre Tränen. »Ich habe solche Angst, dass Papa etwas passiert ist«, brachte sie verzweifelt hervor. Ihre bisherigen Sorgen und Probleme erschienen ihr mit einem Mal nichtig und klein.

»Das haben wir auch«, erwiderte ihr Großvater. »Doch noch wissen wir überhaupt nichts. Es kann gut sein, dass er unversehrt ist.« Opa Franz hatte viele Jahren auf dem Pütt gearbeitet und einiges erlebt. Zweimal war er selbst verschüttet gewesen und jedes Mal mit einem blauen Auge davongekommen. Wenn er Grund zur Hoffnung hatte, dass es gut für ihren Vater ausgegangen sein könnte, dann wollte sie ihm glauben.

Sabine atmete tief durch.

»Es gibt immer Wunder, gerade im Bergbau. Wir sollten an das Gute glauben«, stimmte Oma Mechthild ihrem Mann zu.

»Ob Mama es schon erfahren hat?«

Ihre Oma nickte. »Ganz bestimmt. Ich habe vorhin eure Nachbarin Frau Puschek mit ihrer Tochter von Weitem gesehen. Sie wäre nicht hier, wenn die Nachricht nicht bis in eure Siedlung vorgedrungen wäre. Vielleicht ist sie auch schon längst auf dem Platz. Bei den vielen Leuten hat man keinen Überblick.« Sie nahm Sabines Hand und drückte sie aufmunternd. Die tiefe Falte auf der Stirn ihrer Großmutter zeigte Sabine, dass sie besorgter war, als sie zugeben wollte.

Sie konnten nichts anderes tun als warten und darauf hoffen, dass das Unglück für ihre Familie und alle anderen auch glimpflich ausging.

Die Zeit über dem Zechengelände schien stillzustehen. Minuten fühlten sich wie Stunden an, und die Hilflosigkeit zerrte an ihren Nerven. Es war erst eine gute halbe Stunde vergangen, seit Sabine vor Schacht 9 angekommen war, als sie zwischen den Menschen ihre Mutter und Karin entdeckte. An ihrer Seite ging eine völlig aufgelöste Frau Rossi auf und ab. Für Ginos Mutter musste die Situation doppelt schwer sein. Sie verstand nicht so gut Deutsch, und dementsprechend war der Informationsaustausch schwierig, wenn ihr Mann und Gino abwesend waren. Doch ihre Mutter und die Italienerin hatten inzwischen eine eigene Art der Kommunikation gefunden. Sie verständigten sich mit Händen und Füßen, außerdem ahmten sie bestimmte Geräusche nach, zum Beispiel das eines Autos oder einer Hausklingel.

Sabine lief zu ihnen und führte sie zu ihren Großeltern.

Oma Mechthild nahm Karin in den Arm und tröstete sie, ihrer Mutter nickte sie aufmunternd zu. »Es wird schon alles gut werden, Käthe. Ich kenne meinen Sohn, der lässt sich von ein paar Steinen nicht ins Jenseits befördern.«

»Hat denn noch niemand etwas gehört?«, fragte sie.

Opa Franz schüttelte den Kopf. »Bisher ist keiner der Kumpels aus dem Schacht gekommen. Das heißt aber nichts.«

Sie hakten einander unter und blickten voller Anspannung auf das Schachtgebäude. Sabine hatte bald jegliches Zeitgefühl verloren. Sie hoffte und bangte.

Irgendwann wich das Tageslicht der Abenddämmerung. Auf dem Zechengelände gingen die Lichter an. Inzwischen war der Platz heillos überfüllt. Die Leute standen bis auf die Bismarckstraße. Rolf und Gino waren sicherlich auch irgendwo unter ihnen, sie hatten sich bisher noch nicht gefunden. Sabine fröstelte allmählich. Im Gegensatz zu Weihnachten waren die Temperaturen im Februar nun eisig geworden. In der kalten Abendluft konnte sie ihren Atem sehen.

Sie wusste nicht, wie lange sie noch warten mussten, bis es Nachrichten gab, doch sie war entschlossen, so lange auszuharren wie nötig. Plötzlich kam weiter vor ihnen Bewegung in die Menge. Einige Menschen schrien, vereinzelter Applaus brandete auf.

»Was ist denn los? Ich kann nichts sehen!« Sabine reckte den Hals, konnte aber nichts erkennen.

»Zwei Kumpel sind gerettet worden«, berichtete ihr Großvater, der fast einen Meter neunzig groß war und deshalb mehr sah.

»Ein Glück!« Oma Mathilde sandte einen Blick gen Himmel. »Das ist ein guter Anfang!«

Karin fing wieder an zu weinen und drückte sich an Sabine. »Wo ist Papa? Wann kommt er?«

»Nicht weinen, Karin. Du wirst sehen, alles wird gut. Der Papa ist bald wieder zu Hause«, versuchte Sabine, ihre kleine Schwester zu trösten, obwohl sie mit derselben Panik rang.

»Ist es Alfred?«, fragte ihre Mutter.

»Ich denke, nein. Wir stehen zu weit weg.«

»Wir müssen näher ran.« Ihre Mutter drängte nach vorne zur Schachtanlage und zog Frau Rossi mit sich. Sabine und der Rest der Familie beeilten sich hinterherzukommen.

Ein Krankenwagen fuhr langsam durch die Menschenmenge, ein weiterer stand einsatzbereit vor dem Gebäude.

Drei weitere Kumpel kamen aus dem Gebäude heraus, ihre Gesichter schwarz und die Kleidung stark verschmutzt.

Wieder gab es Applaus und vor Freude weinende Frauen und Kinder, die die anscheinend unverletzten Bergarbeiter in ihre Arme schlossen. So ging es weiter. Sobald der Förderkorb wieder oben angekommen war, verließen weitere Zechenarbeiter das mit rotem Backstein gemauerte Bauwerk.

Je mehr Kumpel aus dem Schacht kamen, umso größer wurde Sabines Anspannung. Wo war ihr Vater nur? Konnte er etwa nicht mehr aus der Grube kommen, weil er verschüttet worden und längst tot war? Ihr Herzschlag setzte jedes Mal für einen kurzen Augenblick aus, wenn die nächsten Bergmänner von ihren Liebsten in die Arme geschlossen wurden.

Im Osten zeigten sich die ersten Sonnenstrahlen und verdrängten die Dunkelheit. Rolf und Gino hatten irgendwann in der Nacht zu ihnen gefunden. Oma Mechthild hatte sich mit Karin auf eine Holzkiste gesetzt und wiegte das schlafende Mädchen in den Armen, Opa Franz wartete trotz seines fortgeschrittenen Alters standhaft und mit aufrechter Haltung auf die Rückkehr seines Sohns.

Es kamen nun nur noch wenige Bergmänner aus dem Schacht. Bisher hatte es keinen Toten zu beklagen gegeben, aber einige Schwerverletzte. Die Bergung der Toten würde zum Schluss stattfinden, nachdem die Überlebenden in Sicherheit waren. Die Hoffnung, dass Alfred Kurowski und Vincenzo Rossi das Grubenunglück überlebt hatten, schwand immer mehr, je länger sie warten mussten.

Wieder kam der Förderkorb oben an. Sabine atmete tief durch und versuchte, sich innerlich auf eine weitere Enttäuschung vorzubereiten. Sie rieb sich die müden Augen und stellte sich zum wiederholten Mal die Frage, wie ihr Leben ohne ihren Vater weitergehen sollte. Dabei ging es nicht um Geld. Sie waren durch die Bergbau-Berufsgenossenschaft im Falle seines Todes abgesichert. Doch wie sollte es ohne ihn weitergehen? Er gehörte doch zu ihnen und konnte nicht mit einem Mal weg sein.

»*Oh, dio mio!*«, rief Ginos Mutter plötzlich. »*Vincenzo! Caro dio ti ha salvato!*«

Sabine sah auf und wäre fast wieder in Tränen ausgebrochen. Sie erkannte Ginos und ihren Vater. Beide Männer trugen gelbe Helme mit Grubenlampen, ihre Gesichter waren ebenso schwarz wie ihre Kleidung. Herr Rossi, der viel kleiner und schmaler als ihr Vater war, stützte ihn, stützte seinen deutschen Freund. Das Bein ihres Vaters war offensichtlich stark verletzt. Er setzte seinen Helm ab und entblößte dabei eine blutige Schramme auf der Stirn.

Ihre Mutter und Frau Rossi stürmten auf die beiden Männer zu. Es flossen Tränen der Erleichterung.

»Papa!« Sabine umarmte ihn nur halb, da Herr Rossi ihn nach wie vor stützte. »Was ist mit deinem Bein?«

Nun musste auch sie vor Freude weinen.

Alfred Kurowski winkte ab. »Das Bein ist noch dran. Bloß ein Kratzer. Das soll sich gleich mal ein Arzt ansehen. Wird schon nichts Schlimmes sein.«

Sie begleiteten die Männer bis zu einem Krankenwagen, wo sie von einem Arzt und weiterem medizinischem Personal in Empfang genommen wurden. »Wir nehmen Sie mit ins Bergmannsheil«, entschied der Arzt. »Sie müssen sorgfältig untersucht werden.«

Gino übersetzte alles für seine Mutter. Zusammen entschieden sie, mit zwei Taxis ebenfalls zum Krankenhaus zu fahren.

»Wir kommen gleich nach, Alfred!«, rief Sabines Mutter ihrem Mann zu, der nun auf einer Trage im Krankenwagen lag. Die Türen des Wagens wurden geschlossen, das Blaulicht auf dem Dach des Fahrzeugs leuchtete.

Nach den ersten Untersuchungen konnte der behandelnde Arzt für Herrn Rossi Entwarnung gegeben. Er verordnete eine Weile Ruhe, damit er sich von dem Erlebten erholen konnte. Außerdem riet er zu vielen Spaziergängen an der frischen Luft.

Karin war mit ihren Großeltern nach Hause gefahren, während Sabine mit ihrem Bruder und ihrer Mutter zum Bergmannsheil gefahren war. Dort warteten sie im Flur vor einem Behandlungszimmer, in dem ihr Vater immer noch untersucht wurde.

Als der Arzt aus dem Raum trat und zu ihnen kam, standen sie von ihren Stühlen auf.

»Familie Kurowski?«, fragte der Arzt.

»Ja, das sind wir.« Sabines Mutter gab ihm die Hand. »Wie geht es meinem Mann?«

»Ich habe mir ein erstes Bild von seiner Verletzung gemacht und kann nur sagen, es hätte schlimmer kommen können. Sogar wesentlich schlimmer. Sein Bein ist durch die Steine zertrümmert worden. Er hatte wirklich unglaubliches Glück im Unglück«, sagte er. »Aber wir müssen ihn heute noch operieren.«

»Hat er denn sehr starke Schmerzen?«, fragte Sabine besorgt.

»Nein.« Der Arzt schüttelte den Kopf. »Dagegen haben wir ihm gleich was gegeben. Schmerzen wird er wahrscheinlich erst nach der Operation spüren.«

»Aber er wird doch wieder ganz gesund?«, erkundigte sich ihre Mutter hoffnungsvoll.

»Gesund schon, aber er wird nicht mehr auf dem Pütt als Bergmann arbeiten können. Dafür ist das Bein zu sehr in Mitleidenschaft gezogen worden. Ich rechne mit bleibenden Schäden. Vermutlich wird er nach seiner Genesung etwas langsamer zu Fuß unterwegs sein als vorher.«

Sabines Mutter blickte betroffen zur Seite. »Oje …«

Der Arzt legte eine Hand an ihren Oberarm. »Machen Sie sich keine Sorgen, Frau Kurowski. Wir operieren Ihren Mann nun erst einmal. Bei uns ist er in den besten Händen. Wir machen solche Eingriffe jeden Tag. Gehen Sie mit Ihrer Familie ruhig nach Hause.«

Er nickte zur Bekräftigung. »Kommen Sie morgen wieder, wenn er die Operation überstanden hat und ansprechbar ist. Er hatte im Schacht wirklich unglaubliches Glück, das hat nicht jeder Kumpel. Wahrscheinlich hat die heilige Barbara schützend ihre Hände über ihn gehalten.« Damit wandte er sich ab und ging zurück in den Behandlungsraum, wo sicher schon der nächste Patient auf ihn wartete.

»Hoffentlich kann euer Vater nach der Operation überhaupt noch laufen«, sagte ihre Mutter kummervoll.

»Du hast doch gehört, was der Arzt gesagt hat«, meinte Rolf. »Er wird nur langsamer laufen.« Er nickte ihr zuversichtlich zu.

»Ein Invalide zu sein, das erträgt euer Vater nicht. Er muss sich doch bewegen können.« Sie griff nach dem Taschentuch in ihrer Jackentasche.

»Sorge dich nicht, Mutti. Ein Pflegefall wird er ganz bestimmt nicht sein.« Sabine legte ihr einen Arm um die Schultern, und Rolf legte seinen Arm von der anderen Seite darüber. So standen sie auf dem Krankenhausflur und trösteten ihre Mutter.

Innerhalb eines Tages hatte sich alles geändert. Was die Zukunft brachte, war ungewiss. Das war es ohnehin, doch wurde es Sabine in diesem Moment besonders bewusst.

KAPITEL 19

März 1960, in der Zechenwohnung von Familie Kurowski

»Gib mir doch mal die *WAZ*, Sabinchen.«

Sabine griff nach der Tageszeitung auf dem Tisch und reichte sie ihrem Vater. »Sonst noch etwas?«

Er schlug das Blatt auf. »Ein Glas Wasser wäre nicht schlecht.«

»Warte wenigstens, bis die Gäste kommen, Alfred«, warf ihre Mutter ein und strich die frisch gewaschene Tischdecke auf dem Wohnzimmertisch glatt.

»So lange kann ich aber nicht warten, ich habe jetzt Durst und nicht erst später. Ich hätte gerne wenigstens ein Glas Wasser.«

»Also wirklich!« Käthe Kurowski stemmte die Hände in die Hüften. »Im Kommandieren bist du jedenfalls richtig gut geworden.«

»Mir bleibt ja nichts anderes übrig.« Er deutete auf sein lädiertes Bein, das er auf einen Hocker gelegt hatte.

Zwölf Tage hatte er nach der Operation im Bergmannsheil bleiben müssen. Sein behandelnder Arzt hatte mit der ersten Einschätzung recht behalten. Seit dem Zechenunfall galt er als schwerbeschädigt und körperlich nicht mehr zur Arbeit unter Tage geeignet.

Es hatte gedauert, bis Alfred Kurowski sich mit seinem Schicksal abgefunden hatte. Einen großen Anteil daran hatte Fritz Tegtmeier, der Steiger, dem er unterstellt gewesen war. Er hatte ihn im Krankenhaus besucht und versprochen, seine Kontakte für ihn spielen zu lassen. Sabines Vater sollte wenigstens eine Arbeit als Pförtner auf dem Zechengelände bekommen, sobald er vollständig genesen war. Diese Aussicht half ihm, sich mit seinem Schicksal anzufreunden und darin sogar etwas Gutes zu sehen. Immerhin hätte er auch tot sein können. Und es gab Schlechteres als die Arbeit als Pförtner. So sah er weiterhin täglich seine Kollegen.

Sabines Mutter war dankbar für die Lösung. So brauchte sie sich keine Sorgen mehr zu machen, dass das nächste Grubenunglück ihn härter traf. Und er hatte beschlossen, sich nur noch auf die Vorteile seiner neuen Lebenssituation zu konzentrieren. Alles andere ergab keinen Sinn.

»Du hast zwei gesunde Arme und Krücken.« Sabines Mutter drückte ihrem Mann die Gehhilfen in die Hände. »Hol dir dein Wasser gefälligst selbst. Deine Tochter und ich müssen jetzt den Tisch decken.«

Sabine verkniff sich ein Lachen und ging in die Küche, um Kaffeetassen zu holen. Heute war ihr achtzehnter Geburtstag, zu dem sich einige Gäste angekündigt hatten. Vermutlich würden es am Ende mehr werden als erwartet. Das war bei ihren Festen immer so. Neben Verwandten und Bekannten hatte natürlich auch Rita ihr Kommen angekündigt. Sabine freute sich sehr auf sie.

Im Kühlschrank stand eine selbst gemachte Mokka-Schokoladen-Butterkremtorte, und auf einem Rost kühlte ein frisch gebackener Apfelkuchen aus. Am Vortag hatte Sabine zusammen mit ihrer Schwester dazu noch einen Zitronenkuchen gebacken, den Karin ganz besonders mochte.

Ihre Mutter nahm Kuchenteller aus dem Schrank. »Habe ich dir eigentlich erzählt, dass ich Frau Eppmann letzte Woche Samstag auf dem Wochenmarkt in der Stadt getroffen habe?«

Sabine stellte vier Tassen auf dem Küchentisch ab. »Bis jetzt noch nicht. Hast du mit ihr gesprochen?«

Ihre Mutter nickte. »Sogar länger. Sie hat sich erkundigt, wie es Papa geht.«

»Das hat sie mich vor zwei Wochen, als Papa noch im Krankenhaus lag, auch gefragt. Merkwürdig, dass sie das so interessiert.«

Ihre Mutter schloss die Schranktür. »Mich verwundert das überhaupt nicht. Wusstest du, dass ihr Vater 1925 bei einer Schlagwetterexplosion unter Tage ums Leben gekommen ist? Da war sie noch ein Kind und hat mit ihrer Familie in Dortmund gewohnt.«

»Nein, das wusste ich nicht«, sagte Sabine überrascht. Es erklärte aber, warum sie seit dem Grubenunglück auf Consol so milde gestimmt zu sein schien. »Das muss schrecklich für sie gewesen sein.«

»Sie hat Papa alles Gute gewünscht und dann noch einmal betont, wie gut du deine Arbeit machst.« Die Türklingel ertönte, deshalb wandte sie sich zum Gehen. »Das sind bestimmt Oma und Opa. Sie kommen doch immer mindestens eine halbe Stunde zu früh.«

»Ich gehe schon und mache auf.« Sabine legte ihrer Mutter die Hand auf die Schulter und öffnete wenig später die Wohnungstür. Überrascht wich sie zurück. Vor ihr standen nicht ihre Großeltern, sondern Engelbert Müller. Er trug einen grauen Anzug und hatte sich eine grüne Krawatte umgebunden. In der Hand hielt er eine braune Ledertasche und einen Blumenstrauß.

»Guten Tag, Berti«, sagte Sabine erstaunt.

»Ich hoffe, ich komme nicht ungelegen.« Er lächelte sie unsicher an.

»Nein, nein, komm ruhig rein.« Sie öffnete die Tür weit und

ließ ihn herein. »Ich dachte, du hast Urlaub bis kommende Woche?«

»Urlaub habe ich, das stimmt. Aber ich wollte dir trotzdem an deinem Ehrentag persönlich gratulieren. Hier, die sind für dich.« Lächelnd überreichte er ihr den Strauß.

»Das ist nett von dir. Vielen Dank für die schönen Blumen.« Sie roch an der Blüte einer Nelke. »Ich hätte dich auch eingeladen, wenn wir uns in den letzten Tagen gesehen hätten. Durch den Unfall meines Vaters wusste ich nicht, wann er aus dem Krankenhaus kommt und ob ich dieses Jahr überhaupt an meinem Geburtstag feiern würde … Aber nun hat es doch geklappt.«

»Wie geht es denn deinem Vater?«, fragte er mit leiser Stimme. »Ich habe oft an ihn gedacht. Als ich das letzte Mal mit der Post bei euch war, ist er noch im Krankenhaus gewesen.«

»Ihm geht es so weit ganz gut. Sein Bein ist in Mitleidenschaft gezogen worden. Deswegen wird er nicht mehr unter Tage arbeiten, sondern als Pförtner auf Consol. Wir können von Glück sagen, dass es nicht viel schlimmer gekommen ist.«

»Es freut mich wirklich zu hören, dass es einigermaßen glimpflich für ihn ausgegangen ist.« Engelberts Anteilnahme war echt, das spürte Sabine.

Sie nickte.

Ihre Mutter betrat die Diele. »Ach, Engelbert, du bist es! Ich dachte, es wären meine Schwiegereltern. Komm doch rein!« Sie winkte ihn ins Wohnzimmer. »Der Tisch ist leider noch nicht gedeckt.«

Sabines Vater drückte sich mit den Krücken aus dem Sessel hoch. »Guten Tag! Da ist ja schon der erste Gast.«

»Bleiben Sie sitzen, Herr Kurowski. Für mich müssen Sie doch nicht extra aufstehen.«

»Was heißt denn hier extra? Ich wollte mir sowieso etwas zu trinken holen. Den ganzen Tag bedienen lasse ich mich ja nun auch nicht.« Er zwinkerte ihrer Mutter zu, bevor er sich behände auf den Krücken an ihnen vorbeischob.

Sabines Mutter blickte ihm kopfschüttelnd nach. »Du solltest uns öfter besuchen kommen, Engelbert. So flott habe ich meinen Mann in den letzten Tagen nicht erlebt.«

Engelbert strahlte. »Nach meinem Urlaub lasse ich mich wieder täglich mit der Post bei Ihnen blicken.«

Käthe Kurowskis Blick blieb an dem Strauß hängen. »Gib mir mal die Blumen. Ich stelle sie in eine Vase.« Damit nahm sie sie Sabine ab und verließ das Wohnzimmer.

»Setz dich doch«, bot Sabine ihm an. »Ich habe Kuchen gebacken. Apfel- und Zitronenkuchen und auch eine Butterkremtorte. Ich muss nur noch die Sahne schlagen.«

»Das hört sich aber lecker an! Ich esse gerne ein Stück Torte. Doch lass mich zunächst noch eine andere Angelegenheit erledigen. Da der Moment nun günstig ist …«

Sabine beobachtete, wie er umständlich den Verschluss seiner Ledertasche öffnete. Er wirkte dabei ein wenig fahrig und unbeholfen, wie sie ihn schon ein paarmal beobachtet hatte. In ihr wuchs die Befürchtung, er könnte neben den Blumen noch ein weiteres Geburtstagsgeschenk für sie haben. Inständig hoffte sie, dass es nichts Übertriebenes war, so wie beim Weihnachtsgeschenk. Die Armbanduhr hatte sie bisher kein einziges Mal getragen. Wie eine Betrügerin wäre sie sich mit der Uhr am Handgelenk vorgekommen. Sie hatte sich inzwischen fest vorgenommen, ihm die Armbanduhr irgendwann zurückzugeben. Sie hatte sie nicht verdient.

»So, da sind die Blumen.« Schon kehrte ihre Mutter ins Wohnzimmer zurück und stellte den Strauß auf den Tisch. »Da macht er sich doch gut, findest du nicht?«

»Ein sehr schöner Platz für die Blumen«, stimmte Sabine ihr zu.

Nachdem er sich eine Strähne aus der Stirn gestrichen hatte, hielt Engelbert ihr nun ein kleines Päckchen mit einer weißen Schleife hin, das er aus seiner Tasche gezogen hatte. »Hier. Das ist auch noch für dich.«

Sabine zwang sich zu einem höflichen Lächeln. Sie hatte es befürchtet. »Ach, Berti, die Blumen hätten doch wirklich gereicht!«

Ihr Vater kam auf Krücken zurück und setzte sich wieder in seinen Sessel. Die Gehhilfen lehnte er gegen den Wohnzimmertisch. Fürsorglich platzierte Sabines Mutter ein dickeres Kissen auf den Hocker. »Damit du es bequemer hast.«

Sabine schaute noch immer auf das Päckchen mit der Schleife. Aller Augen schienen auf sie gerichtet zu sein, und sie selbst wäre am liebsten im Boden versunken. Die Situation war ihr mehr als unangenehm.

»Willst du nicht nachsehen, was es ist?«, fragte Engelbert erwartungsvoll.

Lächelnd schüttelte sie den Kopf. »Doch, doch. Natürlich möchte ich das.«

Mit einer Hand löste sie die Schleife, setzte sich dann auf das Sofa, bevor sie die Schachtel öffnete. Das Innere des Päckchens war mit rotem Samt ausgeschlagen, und in der Mitte lag ein silberner Ring. Vor Überraschung riss Sabine die Augen auf. Mit zwei Fingern entnahm sie das Schmuckstück. »Ein Ring?«

»Falls er nicht passen sollte, kann die Größe geändert werden«, erklärte Engelbert Müller hastig. Dann blickte er zu ihrem Vater, anschließend zu ihrer Mutter. »Frau Kurowski und Herr Kurowski, ich bin heute nicht nur wegen Sabines Geburtstag gekommen, sondern auch, weil ich um die Hand ihrer wunderschönen Tochter anhalten möchte.« Er drehte sich zu ihr und sah sie feierlich an. »Liebe Sabine, wir kennen uns jetzt schon lange, und ich wusste gleich, als ich dich zum ersten Mal gesehen habe, dass du die Frau bist, die ich mal heiraten möchte.«

Er kniete sich vor ihr nieder. »Deswegen möchte ich dich fragen, ob du mir die Ehre erweist, meine Frau zu werden.«

Frau Kurowski schlug beide Hände vor den Mund, um einen Freudenschrei zu unterdrücken. »Wie wunderbar!«, entfuhr es ihr schließlich.

»Endlich mal gute Nachrichten!« Sabines Vater strahlte.

Für ihre Eltern schien die Hochzeit bereits beschlossene Sache zu sein. Nur Sabine blickte ausdruckslos auf den Ring. Ihr war bei Bertis Worten schwindelig geworden. Sie war heilfroh, dass sie auf der weichen Couch saß. Einiges hatte sie Berti zugetraut, aber nicht, dass er ihr zum Geburtstag einen Verlobungsring schenken würde. Ganz ohne Vorankündigung, aus heiterem Himmel.

»Nun sag schon etwas, Sabine«, forderte ihr Vater sie auf.

Sie blickte von dem Schmuckstück auf und versuchte, einen klaren Gedanken zu fassen. Engelbert kniete noch immer vor ihr und sah sie gespannt an. Sabine fühlte sich wie betäubt. Für sie stand fest, dass sie ihn nicht heiraten würde. Sie liebte ihn nicht und würde es auch niemals tun. Er war ein netter Bekannter, mehr nicht. Wie konnte sie ihm dies nur begreiflich machen – und ihren Eltern? Sie wollte seine Gefühle nicht verletzen.

»Das kommt für mich sehr überraschend«, sagte sie und steckte den Ring zurück in die Schachtel, während sie nach den richtigen Worten suchte. »Ich weiß deinen Antrag wirklich zu schätzen. Jedoch möchte ich im Moment noch nicht heiraten. Es ist viel zu früh für mich.«

»Ach, Sabine!« Ihre Mutter schüttelte den Kopf.

Die Miene ihres Vaters spiegelte Enttäuschung wider.

»Heute ist erst mein achtzehnter Geburtstag, Mutti«, beharrte sie.

Engelbert erhob sich wieder. Im ersten Moment wirkte auch er enttäuscht, fing sich dann aber schnell. »Das kann ich natürlich verstehen. Ich bin ja auch schon drei Jahre älter als du und mittlerweile volljährig. Wir können uns mit der Hochzeit selbstverständlich Zeit lassen«, versuchte er, die Situation zu retten. »An eine Wohnung für Verheiratete komme ich als Postbeamter schnell. Ich verdiene ein ordentliches Monatsgehalt, du müsstest als meine Frau nie mehr arbeiten.«

Sabine lächelte ihn an. »Das weiß ich zu schätzen und auch dein Verständnis. Aber mir macht es Spaß zu arbeiten. Es ist gar keine Last für mich.«

Als es wieder klingelte, fühlte sie sich erlöst. »Ich geh schon.« Sie sprang auf und lief zur Haustür. Die Schachtel mit dem Ring hatte sie auf dem Tisch stehen lassen. Sie wollte nur eins, dem Gespräch entkommen. Auf dem Weg zur Haustür kam ihr Rolf entgegen.

»Die Butterkremtorte sieht gut aus. Könnte auch von mir sein.« Er hielt ein Glas Wasser in der Hand und grinste sie müde an. Am Morgen nach der Arbeit in der Backstube hatte er ihr gratuliert und sich dann schlafen gelegt.

»Zum nächsten Geburtstag kannst du ja eine machen«, sagte Sabine und öffnete die Tür.

Dankbar begrüßte sie ihre Großeltern, die sie herzten und ihr zum Geburtstag gratulierten.

Eine Stunde später waren dreizehn Gäste eingetroffen. Die Kuchen und die Butterkremtorte waren bald verspeist. Für die kleine Wohnung der Kurowskis waren es im Grunde zu viele Menschen. Einige mussten im Stehen Kaffee trinken oder

Torte essen, weil es zu wenig Sitzgelegenheiten gab. Sogar auf dem kleinen Balkon standen drei Gäste.

Karin hatte sich zwischen den Erwachsenen schnell gelangweilt und war nach einem Stück Zitronenkuchen wieder zum Spielen mit den Nachbarskindern nach draußen gegangen. Sabine fühlte sich nicht mehr so angespannt wie vor der Feier. Ihr Cousin Friedrich hatte Engelbert in ein Gespräch verwickelt, da er erst vor Kurzem eine Stelle beim Postamt angetreten hatte. Sabine nutzte die Gelegenheit und zog Rita in ihr Zimmer.

Dort erzählte sie kurz und knapp, was sich vor ihrem Eintreffen zugetragen hatte. »Meine Eltern sind natürlich begeistert, dass er mir einen Antrag gemacht hat.«

»Das kann ich mir vorstellen.« Rita hielt die Schachtel mit dem Ring und begutachtete ihn. »Schön ist er ja«, sagte sie und grinste. »Da hast du dir einen hartnäckigen Verehrer angelacht. Aber einen guten Geschmack bei der Schmuckauswahl hat er, das muss man ihm lassen.«

Sabine verdrehte die Augen. »Sag mir lieber, was ich jetzt machen soll! Ich bin doch nicht verliebt in ihn und werde mich in diesem Leben auch nicht mehr in ihn verlieben. Ich kann nur inständig hoffen, dass er zur Vernunft kommt und mich aufgibt.«

Rita gab ihr die Schachtel mit dem Ring zurück. »Meinst du, den Gefallen wird er dir tun?«

Sabine zog eine missmutige Grimasse. »Vermutlich nicht. Berti ist ausdauernd. Leider.«

»Du musst ihm noch einmal sagen, dass du dich zu jung fühlst. Viel zu jung! Berti muss den Eindruck bekommen, dass du nicht vorhast, in den nächsten zehn Jahren vor den Altar zu treten«, riet sie ihr. »Er muss verstehen, dass sein Vorhaben einfach hoffnungslos ist. Daran führt kein Weg vorbei, sonst wirst du ihn nie los.«

Sabine hob die Hände und ließ sie wieder fallen. »Das ist leichter gesagt als getan. Du hättest mal sehen sollen, wie erfreut meine Eltern waren, als er um meine Hand angehalten hat. Und dann ihre enttäuschten Blicke, weil ich nicht Ja gesagt habe. Mit meinen Eltern hat er starke Verbündete.«

»Und wenn schon ... Sie können ihn schließlich nicht an deiner Stelle heiraten. Zur Not brennst du zu deiner Tante nach Sankt Peter durch.« Rita zwinkerte ihr zu.

Sabine seufzte und spürte, wie mit einem Mal ihr Herz schwer wurde. »Ach, wie gerne würde ich das tun!«

Sie blickte wehmütig aus dem Fenster, wo der Himmel so grau wie die Häuserfassaden war. Das Grubenunglück und die damit verbundene Sorge um ihren Vater hatten ihre Gedanken an Tom in den letzten Wochen überlagert. Zusammen mit ihrer Mutter hatte sie alle Formalitäten erledigt und sich darum gekümmert, dass ihr Vater auf keine trübsinnigen Gedanken kam. Ihre Sehnsucht nach Sankt Peter und Tom hatten dabei keinen Platz gehabt. Doch nun spürte sie wieder dieses starke Verlangen nach ihm und wünschte, sie könnte bald wieder in seinen Armen liegen. Wenn er nicht längst eine andere hatte ...

Sabine musste schlucken. »Ich würde alles dafür geben, wenn ich die Zeit zurückdrehen und den Sommer in Sankt Peter noch einmal erleben könnte. Wirklich alles!«

KAPITEL 20

April 1960, Strandhotel von Sankt Peter

Tom hatte es an diesem Morgen eilig. Er kam aus dem Büro seines Vaters und lief mit großen Schritten durch die Empfangshalle. Spontan hielt er zwei Damen beim Verlassen des Hotels die Tür auf und wünschte ihnen einen schönen Urlaubstag.

Der Frühling war nach dem langen tristen Winter mit viel Sturm und Regen über die nordfriesische Küste gekommen. In den Salzwiesen hatte die Brut- und Aufzuchtzeit der Vögel begonnen, und die milden Temperaturen lockten längst die ersten Badefreudigen ans Meer.

Bereits in der vergangenen Woche hatten Fiete und er mit dem Traktor die Strandkörbe aus der Scheune der Farmsens geholt. Es hatte viel Muskelkraft von ihnen gefordert, die schweren Sitzmöbel auf den Hänger zu hieven und am Strand wieder abzuladen. Nun standen sie für die Gäste bis zum Ende des Sommers im weißen Sand bereit.

In den Wintermonaten hatte Tom sich eine gewisse Routine im Restaurant erarbeitet und sich in seine neue Rolle als Leiter eingefügt, sodass er nun mit Beginn der Badesaison auch an trubeligen Tagen den Überblick behielt.

Zielsicher steuerte er auf die Küche zu, drückte die Tür auf und krempelte sich im Gehen die Ärmel seines gestärkten Hemdes hoch. »Moin, Herr Kerstens.«

Der Chefkoch blickte kurz auf und fuhr dann damit fort, mit einem Messer eine Mohrrübe in feine Würfel zu schneiden. »Moin, Tom! Du bist heute spät dran.«

»Ich weiß. Mein Vater hatte allerhand mit mir zu besprechen, aber nun bin ich da.« Er nahm die Kladde aus dem Regal und studierte Kerstens' Notizen. »Ist das wirklich alles? Ich kann keine Krabben entdecken.«

Kerstens gab die Möhrenwürfel in einen großen Topf mit kochender Brühe. »Dafür habe ich Forelle und Seelachs aufgeschrieben. Jeden Tag Krabben, das kann man den Gästen doch nicht vorsetzen. Ein bisschen Abwechslung schadet nicht.«

»Sosehr ich Ihren Einwand auch verstehen kann, aber ohne Krabben brauche ich aus Tönning nicht zurückzukommen. Unsere Gäste verlangen nach den Garnelen auf der Speisekarte. Jeden Tag.« Er nahm einen Bleistift zur Hand und ergänzte die Liste.

Kerstens schüttelte verständnislos den Kopf. »Dabei gibt die Nordsee so viel andere Fischsorten her. Ich werde nie verstehen, wie man so versessen auf diese kleinen Viecher sein kann. Eine schöne Scholle oder eine Seezunge, dazu frische Kartoffeln und Gemüse, das ist doch ein ganz anderes Geschmackserlebnis.«

Tom zuckte nur die Schultern. »Der Gast ist eben König. Außerdem ist gerade Krabbenzeit und der Kilopreis günstig.« Er legte den Bleistift an die Seite und nahm den Zettel an sich.

Kerstens hob einen Zeigefinger. »Dann möchte ich aber noch Erbsen ergänzen. So kann ich wenigstens ein Krabbenragout kochen, damit mal etwas Abwechslung auf die Teller kommt.«

»Erbsen besorge ich gerne. Jetzt muss ich mich sputen, sonst bekomme ich gar keinen Fisch mehr.« Er verließ die Küche und machte sich auf den Weg zum Geräteraum, wo er auf Fiete traf. »Bist du so weit?«

»Längst. Ich dachte, du kommst nicht mehr.« Fiete legte einen Schraubenzieher zurück in seinen Werkzeugkasten und stellte diesen in ein Regal.

»Mein Vater und ich hatten eine Besprechung.«

Fiete schloss die Tür des Geräteraums. »Du meinst, ihr habt euch gestritten.«

»Wir hatten bloß verschiedene Sichtweisen«, korrigierte Tom, obwohl sein Freund natürlich von den täglichen Differenzen wusste.

»Wie jedes Mal, wenn ihr euch unterhaltet. Und worum ging es heute?«

Tom winkte ab. »Lassen wir das! Wir sollten uns beeilen, bevor es keinen fangfrischen Fisch mehr gibt.«

Der Hafen von Tönning lag ungefähr eine halbe Stunde mit dem Auto entfernt. Jeden Tag fuhren Tom und Fiete zusammen dorthin, um frische Lebensmittel zu besorgen. Neben handwerklichen Tätigkeiten im Hotel gehörte auch der Einkauf für das Restaurant zu Fietes Aufgaben. Darauf hatte Tom vor seinem Vater bestanden. Er wollte diese Aufgabe nicht zusammen mit einem der Küchenjungen erledigen, die Kerstens unterstellt waren. Auf Fiete konnte er sich verlassen, ihn im Zweifelsfall sogar allein losschicken. Abgesehen davon war es natürlich netter, seinen Freund an seiner Seite zu haben.

In Tönning angekommen, ließ er Fiete vor der alten Fischereigenossenschaft aussteigen und fand wenig später eine Parkmöglichkeit für seinen VW Käfer unweit des Fischmarkts. Je kürzer der Weg war, umso besser. Das Tragen von schweren Kisten voller auf Eis gekühltem Fisch war selbst für gesunde junge Männer wie sie eine Herausforderung.

Auf dem Weg von seinem Auto zum Fischhandel kam er an einer Sitzbank am Hafenbecken vorbei. Dort hockte ein Kerl in ausgebeulter Hose und Fischerhemd. Auf seinem Kopf saß eine dunkelblaue grob gestrickte Wollmütze, unter der rotblondes Haar hervorschaute. Wie alt er sein mochte? Der Bartwuchs verriet, dass seine letzte Rasur mindestens zehn Tage her sein musste. In den Händen hielt er eine Mundharmonika, auf der er ein altes Seemannslied spielte.

Tom hatte das Lied schon einmal gehört, erinnerte sich nur nicht, wo. Er blieb vor der Bank stehen und hörte eine Weile zu. Als die Melodie endete, klatschte er spontan. »Bravo!«

Der Mundharmonikaspieler grinste Tom schief an. »Vielen Dank! Applaus habe ich schon lange nicht mehr bekommen. Selbst dann nicht, wenn das Netz voll mit Krabben war.«

Tom vergrub die Hände in seinen Hosentaschen. »Vielleicht sollten Sie lieber Musik machen, dann ist Ihnen der Beifall gewiss.«

»Vom Klatschen werde ich aber nicht satt.« Seufzend steckte er das Instrument in seine Brusttasche. »Dabei bin ich ein weitaus besserer Musiker als Fischer.«

Tom horchte auf. »Spielen Sie nur Mundharmonika oder noch weitere Instrumente?«

»Ein paar. Klavier, Gitarre, Akkordeon und Geige. Aber am liebsten habe ich die kleine Mundharmonika.« Er klopfte sich auf die Brust. »Sie kann ich überall mit hinnehmen.«

»Entschuldigung, wenn es vielleicht neugierig klingt, aber wie kommt es, dass Sie so viele Instrumente spielen können?«

Er zog eine Augenbraue hoch. »Sie meinen, weil ich ein Fischer bin?«

Tom hob beschwichtigend eine Hand. »Nun ja, ich kenne kaum jemanden, der zur See fährt und mehr als ein Instrument beherrscht.«

»Mein Großvater hat mich als Kind unterrichtet. Er war Geiger bei den Berliner Philharmonikern. Doch er hätte auch jedes andere Instrument spielen können. Ich habe bis heute niemanden kennengelernt, der so viele Musikinstrumente beherrschte wie mein Großvater.«

»Dann wundert mich Ihr Talent überhaupt nicht, aber eher, dass Sie Ihren Lebensunterhalt als Fischer verdienen und nicht den gleichen Weg wie Ihr Großvater eingeschlagen haben.«

»Wahrscheinlich hätte ich es getan, wäre nicht dieser unsägliche Krieg dazwischengekommen. Ich musste mit meiner Mutter aus Berlin flüchten.« Er senkte den Blick. »Seitdem habe ich meinen Großvater und Vater nicht mehr wiedergesehen. Keiner weiß, was aus ihnen geworden ist oder ob sie noch leben.« Betreten schwieg er.

»Das tut mir wirklich sehr leid.« Tom dachte an seinen Vater und die ständigen Meinungsverschiedenheiten. Für wie selbstverständlich er es nahm, beide Elternteile zu haben.

Er machte sich viel zu selten Gedanken darüber, wie es anderen Menschen ging, die Familienangehörige während des Kriegs verloren hatten, und kam sich plötzlich ziemlich selbstsüchtig vor.

Der Mann machte eine wegwerfende Handbewegung. »Das sind alte Geschichten, und bald gehe ich zurück nach Hamburg. Dort kann ich im Hafen arbeiten und wenigstens in Tanzlokalen musizieren.«

Toms Neugier war geweckt. »Geht das denn so einfach?«

»Aber sicher. Hamburg ist voll mit Musikclubs, an jedem Tag spielen dort andere Kapellen. Dort möchte jeder auftreten, sogar Engländer reisen extra an. Meine Freunde und ich werden in St. Pauli unser Glück versuchen«, erzählte er mit leuchtenden Augen.

»Das hört sich wirklich aufregend an.« Er dachte an den Plan, den er im letzten Winter mit Fiete gefasst hatte.

»Vielleicht werden wir dort sogar bekannt und bekommen schließlich einen Plattenvertrag. Möglich ist alles.«

Tom nickte. »Welcher Musiker träumt nicht davon?«

Der andere musterte ihn nun genauer. »Spielst du auch ein Instrument?«

»Gitarre. Und ich singe in einer Kapelle. Wir spielen Rock-'n'-Roll-Musik. Aber wir sind bestimmt längst nicht so professionell wie Sie. Keiner von uns kann Noten lesen. Wir musizieren nur nach Gehör.«

»Ob jemand Noten lesen kann oder nicht, das ist unwichtig. Hierauf kommt es an.« Er deutete auf sein Herz. »Ich bin übrigens Pit. Pit Becker.« Er streckte ihm die Hand entgegen.

»Freut mich. Tom Hansen.«

Ein lauter Pfiff ertönte. Als Tom in die Richtung blickte, aus der der Pfiff gekommen war, sah er Fiete vor dem Fischgroßhandel stehen. Er winkte ihm ungeduldig zu. »Ich muss leider gehen. War aber nett, sich zu unterhalten.«

»Finde ich auch. Wer weiß, vielleicht laufen wir uns eines Tages in St. Pauli über den Weg?«

»Schon möglich. Sollte es mich nach Hamburg verschlagen, werde ich nach Pit Becker fragen. Auf Wiedersehen!« Tom beeilte sich, zu Fiete zu kommen.

»Wo bist du denn so lange gewesen?«, empfing dieser ihn ungeduldig.

»Entschuldige, ich habe mich verquatscht. Mit einem Musiker.«

Fiete blickte zur Bank vor dem Hafenbecken. »Etwa der Fischer da vorne?«

»Er ist ein fischender Musiker, um es genau zu sagen, der

schon sehr bald nach Hamburg gehen wird, um dort in Musikclubs aufzutreten.«

Sie gingen in das Gebäude hinein.

»Das hört sich ganz nach unserem Vorhaben an«, stellte Fiete fest.

»Worüber wir aber seit letztem Winter nicht wieder gesprochen haben.«

Sie blieben vor einer Kiste mit fangfrischen Krabben stehen.

»Wann denn auch? Langeweile hatten wir beide nicht, wenn ich dich erinnern darf.«

»Schon gut.« Tom begutachtete die kleinen Garnelen. »Die Kiste nehmen wir.«

Innerlich stieß er einen Seufzer aus. Er bewunderte Pit für seinen Mut, in Hamburg sein Glück zu versuchen, und verspürte den innigen Wunsch, es ihm gleichzutun. Die Musik war doch seine große Leidenschaft und Auftritte vor einem großen Publikum sein Traum.

Fiete legte ihm eine Hand auf die Schulter. »Unsere Zeit wird auch noch kommen. Dann machen wir groß Karriere in Hamburg, und unsere Lieder werden im Radio gespielt.«

Tom hob lächelnd die Krabbenkiste an. »Und bis dahin kümmern wir uns noch um den Fisch.«

KAPITEL 21

Mai 1960, in der Polizeikantine in Gelsenkirchen-Buer

Es war so weit, Sabines letzter Arbeitstag neigte sich dem Ende zu. Als sie Feierabend hatte, verabschiedete sie sich zunächst von ihren Kolleginnen. Obwohl sie fast ein halbes Jahr zusammen in der Kantine gearbeitet hatten, hatte sich nie die Gelegenheit zu ausführlichen Gesprächen ergeben. Dementsprechend förmlich fiel der Abschied aus. Sabine glaubte nicht, dass ihr Fortgehen bedauert wurde.

Ein letztes Mal zog sie ihre Schürze aus, faltete sie und packte sie ordentlich in ihre Tasche. Vor dem Spiegel richtete sie mit einem Kamm ihr Haar und zog sich dann ihre leichte Jacke über. Nun blieb nur noch eins, sie musste sich von Frau Eppmann verabschieden.

Sabine klopfte an die Tür des kleinen Büros, das nicht viel größer als eine Vorratskammer war und gleich neben dem Eingang zur Kantine lag. Doch sie wartete vergeblich auf ein standardmäßiges *Herein!* Frau Eppmann schien nicht da zu sein.

In der großen Küche entdeckte sie sie schließlich an einem Tisch, auf dem eine Vielzahl von Gläsern stand. Ihre Vorgesetzte hielt ein Glas gegen das Licht und polierte es mit einem Tuch nach.

Sabine räusperte sich. »Frau Eppmann?«

Sie stellte das Glas ab und drehte sich um. »Ah, Fräulein

Kurowski«, sagte sie überrascht. »Ich dachte, Sie wären schon gegangen.«

»Ohne mich von Ihnen zu verabschieden?« Sabine schüttelte den Kopf.

Ihre Vorgesetzte hob die Schultern, der Anflug eines Lächelns umspielte ihren Mund. »Vielleicht hätte ich es nicht anders verdient. Sie waren sehr fleißig in all den Monaten. Dafür möchte ich Ihnen danken.«

Sabine war verblüfft ob des späten Lobes. »Aber das ist doch selbstverständlich …«

»… sagen Sie, weil Sie von Ihren Eltern gut erzogen worden sind. Andere sehen das anders. Würde unsere Frau Jordan nicht zurückkommen, hätte ich Sie gefragt, ob Sie nicht bei uns bleiben wollen. Aber bestimmt haben Sie schon eine neue Arbeit?«

»Ja, in der Tat. Ende August trete ich eine Stelle im Bahnhofsrestaurant an«, antwortete Sabine wahrheitsgemäß. Engelberts Vater hatte ihr den Hinweis gegeben, dass dort eine zuverlässige Hauswirtschafterin gesucht wurde. Als Eisenbahner und Schwiegervater in spe hatte er es als seine Pflicht angesehen, gleich ein gutes Wort für sie bei der Restaurantleitung einzulegen, was Sabine am Ende auch einen Arbeitsvertrag eingebracht hatte.

»Ich wünsche Ihnen alles Gute für die neue Stelle. Ihr Arbeitszeugnis bekommen Sie dann bald mit der Post.«

»Vielen Dank und auf Wiedersehen.« Sabine drehte sich um und wollte gehen.

»Ach, Fräulein Kurowski?«

Sie wandte sich noch einmal um. »Ja, Frau Eppmann?«

»Richten Sie doch bitte Ihrer Mutter herzliche Grüße von mir aus. Wir sind uns vor einiger Zeit mal zufällig begegnet und haben uns nett unterhalten.« Sie lächelte.

Sabine nickte. »Das werde ich, Frau Eppmann. Auf Wiedersehen!«

Einen derart versöhnlichen Abschied hatte sie nicht erwartet, aber es freute sie. Besonders die nachträgliche Anerkennung ihrer Arbeit machte sie stolz. Es hatte sich gelohnt, dass sie trotz aller Schwierigkeiten durchgehalten und sich nicht von Frau Eppmann hatte vergraulen lassen.

Als Sabine zu Hause eintraf, tranken ihre Eltern zusammen Kaffee im Wohnzimmer. Seit ihr Vater als Pförtner arbeitete, machten sie das jeden Tag. Er war nicht mehr hundemüde, wenn er heimkam, und erledigte nach Feierabend kleine Reparaturen im Haushalt oder machte Besorgungen mit dem Rad. Alles in allem war ihr Familienleben harmonischer geworden, und selbst ihr Vater konnte seinem Unfall nun etwas Positives abgewinnen.

»Guten Tag, Sabine! Da hast du es jetzt wohl geschafft?« Ihre Mutter deutete auf den Platz neben sich auf dem Sofa.

Sabine setzte sich zu ihr. »Im Nachhinein ist die Zeit schnell vorbeigegangen. Beim Abschied hat Frau Eppmann gesagt, dass sie mit mir zufrieden war. Sie schickt mir mein Arbeitszeugnis mit der Post, und dir soll ich von ihr Grüße ausrichten.«

»Das ist aber nett!« Ihre Mutter griff nach der Kaffeetasse und trank einen Schluck.

»Wir haben heute auch Post bekommen. Post für die ganze Familie.« Ihr Vater zeigte auf ein Kuvert, das neben der Kaffeekanne lag.

»Von wem denn?«

Ihre Mutter stellte die Tasse ab und hielt ihr den Umschlag hin. »Lies selbst.«

Sabine zog eine Karte aus dem Briefumschlag und überflog den handgeschriebenen Text. »Oh, eine Einladung zur Hochzeit von Bianca und Gino. Wie schön! Und dann noch im August. Bestimmt wird an dem Tag bestes Sommerwetter herrschen.«

»Die ganze italienische Sippe vom Gardasee wird anreisen. Das wird ein sehr großes Fest«, erzählte ihr Vater.

»Vielleicht kommst du dadurch dann eher auf den Geschmack, Sabine.« Vielsagend sah ihre Mutter sie an.

»Ach, Mutti …« Sie steckte die Einladung zurück in den Umschlag. »So eilig habe ich es nun wirklich nicht damit, unter die Haube zu kommen. Oder wollt ihr mich los sein?«

»Was heißt denn hier eilig? Dein Vater und ich haben auch früh geheiratet. Und hat es uns geschadet? Nein, hat es nicht!«

Sie verschränkte die Arme vor der Brust. »Damals war die Sachlage doch ganz anders. Schaut mal, ich habe eine Ausbildung gemacht und möchte gerne arbeiten. Rita wird sogar eines Tages den Salon ihrer Eltern übernehmen. An eine Heirat hat sie bis jetzt noch nie gedacht.«

»Aber Engelbert Müller ist ein ganz hervorragender Mann. Wer sollte dir denn noch Besseres über den Weg laufen?« Ihre Mutter schaute zu ihrem Vater. »Jetzt sag doch auch mal was dazu, Alfred!«

»Was soll ich denn dazu sagen? Unsere Tochter hat einen Antrag von ihm bekommen und sich Zeit erbeten. Ich bin mir sicher, dass Sabine Ja sagen wird, wenn der passende Augenblick gekommen ist«, versuchte er, sich so unparteiisch wie möglich auszudrücken. Er schlug sich nicht gerne auf eine Seite, sondern versuchte es in letzter Zeit immer öfter mit Diplomatie.

»Dann bestehe ich darauf, dass du wenigstens in Begleitung von Engelbert zur Hochzeit gehst«, sagte ihre Mutter und pochte dabei mit einem Finger auf die Tischplatte.

»Mutti! Noch bin ich nicht mit ihm verheiratet. Außerdem kennt Engelbert Gino und Bianca so gut wie gar nicht …«

Streng kniff sie die Augen zusammen. »Das gehört sich aber nun mal so, wenn man einen Heiratsantrag bekommen hat. Außerdem hast du auch deine zweite Stelle der Familie Müller zu verdanken. Du gehst zusammen mit Engelbert auf die Hochzeit. Und nun keine weiteren Diskussionen.«

»Ich werde seinen Antrag ablehnen«, verkündete Sabine entschlossen.

Weil es beinah sommerlich warm war, waren Rita und sie am frühen Abend zum Rhein-Herne-Kanal gelaufen. Sie hatten sich ans Ufer gesetzt und ließen nun ihre Füße in das kühle Nass baumeln. Dabei unterhielten sie sich über die Tagesereignisse und beobachteten die Schiffe, die an ihnen vorbeifuhren. Hin und wieder erklang ein langer dunkler Signalton, dem ein Winken des Binnenschiffers folgte.

»Das ist ein guter Entschluss von dir. Ich hätte das schon längst getan.«

Sabine seufzte schwer. »Ja, du. Deine Eltern haben sich auch nicht auf Engelbert Müller als Schwiegersohn versteift.«

»Selbst wenn, heutzutage gibt es keinen Grund mehr, weswegen sich eine Frau verheiraten lassen muss. Wir leben doch nicht mehr in den 40er-Jahren«, sagte Rita und zog die Stirn kraus.

»Meine Rede!«

»Was hast du eigentlich mit dem Ring gemacht?«

»Der liegt zusammen mit der Armbanduhr ganz hinten im Schubladenfach.« Sabine fuhr sich mit einer Hand durchs Haar. »Ich werde Berti beides zurückgeben. Ich weiß nur noch nicht, wann und mit welchen Worten. Aber irgendwann …« Sie schluckte. »Irgendwann muss ich es ja tun.«

KAPITEL 22

Juni 1960, an der Badestelle Bad in Sankt Peter

Ein leichter Wind strich durch den Strandhafer, die warmen Sonnenstrahlen wärmten seine Haut. Tom hatte die Augen geschlossen und lauschte den Klängen seiner Gitarre, die seine Gedanken weit davontrugen.

Gegen Mittag hatte er das Strandhotel verlassen. Den ganzen Vormittag hatte er keine Zeit zum Luftholen gehabt, war zwischen Küche und Restaurant hin- und hergehechelt, hatte stets zwei Dinge gleichzeitig getan und versucht, den Überblick zu behalten. Er hatte den vorbestellten fangfrischen Fisch vom Tönninger Hafen abgeholt, während Fiete für ihn im Restaurant die Stellung gehalten hatte.

Eine Hochzeitsgesellschaft mit rund fünfzig Personen hatte ihn und die Mehrzahl der Hotelangestellten während der letzten Tage auf Trab gehalten. Als das frisch vermählte Hochzeitspaar mit seinen Gästen gegen Mittag im Restaurant eingetroffen und wenig später das Festmahl aufgetischt war, hatte Tom dringend eine Pause gebraucht.

Mit seiner Gitarre war er über die Seebrücke bis an den Strand gegangen, um eine Weile abzuschalten. Im Schutz der Dünen hatte er schließlich ein ruhiges Plätzchen gefunden. Endlich Ruhe! Endlich konnte er durchatmen und wieder zu sich kommen.

Der Seewind tat ihm gut und erfrischte seine Sinne. Tom

öffnete die Augen und blickte auf das Meer, das so blau wie der Himmel über ihm zu sein schien. Wieder einmal wurde ihm klar, dass er und sein Vater nicht aus demselben Holz geschnitzt waren. Er hatte sich wirklich redlich bemüht und sein Bestes gegeben, um den Ansprüchen seiner Eltern gerecht zu werden. Doch er war kein geborener Geschäftsmann wie sein Vater, der es liebte, ein Hotel zu führen, und dem jede Woche eine Neuerung einfiel, mit der er sich von der Konkurrenz abheben konnte.

Tom dagegen erfüllte mit der Arbeit im Restaurant eher seine Pflicht, gewissermaßen saß er seine Zeit ab. Erst wenn er Feierabend hatte und sich der Musik widmen konnte, hatte er das Gefühl, wirklich zu leben.

Ihm kamen Pits Worte in den Sinn. »Wer weiß, vielleicht laufen wir uns eines Tages in St. Pauli über den Weg?«

Tom lachte auf und schüttelte den Kopf. Zweifellos eine verrückte Vorstellung. Und doch wäre es für ihn ein Traum, der wahr werden würde. Was konnte es für eine größere Freiheit geben, als sich voll und ganz der Musik zu widmen?

Er seufzte leise und strich über den Korpus seines Instruments. Manchmal fragte er sich, ob sein Vater wirklich sein Vater war. Sicher, die äußerliche Ähnlichkeit zwischen ihnen ließ keinerlei Zweifel daran zu. Weder er noch seine Mutter waren besonders musikalisch oder anderweitig künstlerisch interessiert. Dies traf auch auf seine Großeltern zu, die fast ihre gesamte Lebenszeit in ihren Unternehmen verbracht hatten.

Die Eltern seines Vaters hatten einst das Strandhotel gegründet, die anderen Großeltern mütterlicherseits hatten einen Zigarren- und Tabakladen in Tönning betrieben.

Tom fiel mit seiner Liebe zur Musik komplett aus dem Rahmen der Familie Hansen. Wenigstens war seine Schwester geschäftstüchtig und würde am Ende die Familienehre retten.

Wobei ihr Interesse eher der Mode galt und sie das Hotel bestimmt lieber in ein Kaufhaus umwandeln würde, in dem es die edelste Bekleidung gab.

Tom richtete sich auf und klopfte anschließend den Sand von seiner Hose. Es half alles nichts. Er musste zurück zum Hotel, den lächelnden Gastgeber spielen und hoffen, dass sein Arbeitstag nicht allzu lang wurde.

Kaum war Tom durch die Eingangstür des Hotels getreten, kam sein Vater auf ihn zugeeilt. »Komm mit!«, zischte er ihm zu und bugsierte ihn sofort in sein Büro.

Dort polterte er los: »Bist du eigentlich noch bei Trost? Dich einfach mir nichts, dir nichts aus dem Staub zu machen, während wir eine große Hochzeitsgesellschaft im Restaurant zu bewirten haben! Was geht nur in deinem Kopf vor sich, Junge?«

Erschöpft strich Tom sich durchs Haar. »Ich brauchte eine Pause. Seit heute früh um fünf bin ich nur gelaufen und habe mich um alles gekümmert. Da steht es mir doch wohl zu, dass ich wenigstens eine halbe Stunde verschnaufe. Ich hatte bis jetzt noch nicht einmal Zeit zum Frühstücken.«

Sein Vater schnappte hörbar nach Luft. »Dann hättest du das vielleicht in der halben Stunde in der Küche nachholen können! Das wäre allemal klüger, als mit der Gitarre an den Strand zu laufen und hinterher die halbe Sandbank mit ins Hotel zu schleppen.«

Tom blickte an sich herab. Auf dem roten Teppich waren deutliche Sandspuren zu erkennen. »Ich war ja nicht lange weg«, versuchte er sich lahm zu verteidigen.

»Nicht lange, nicht lange«, wiederholte sein Vater aufgebracht. »Aber lange genug, dass deine Schwester und Fiete für dich einspringen mussten, um eine völlige Blamage zu verhindern. Die Gäste haben sich bestimmt gefragt, wo der Restaurantleiter abgeblieben ist.«

Allmählich reichte es Tom. »Für dich ist doch nie gut genug, was ich tue«, herrschte er seinen Vater an. »Immer findest du etwas, was ich falsch mache.« Er hatte die Augenbrauen zusammengezogen und schaute seinen Vater ärgerlich an.

Sein Vater sprach in demselben Ton weiter. »Du bringst dich nicht genügend in die Führung des Restaurants ein. Ich hatte in deinem Alter schon den Großteil der Hotelleitung von meinem Vater übernommen. Und er hat mich nicht einmal zurechtweisen müssen.« Er hob den Zeigefinger. »So geht es nicht weiter mit dir, Junge.«

Störrisch verschränkte Tom die Arme vor der Brust. »Dann sollte ich es besser ganz bleiben lassen und mich auf die Strandkorbvermietung konzentrieren. Darin bin ich zumindest gut.«

»Das kommt ja überhaupt nicht infrage. Nichts wirst du bleiben lassen«, sagte sein Vater in bestimmendem Ton. »Ein Strandkorbverleih wird dir nie genug Geld einbringen, um eine Familie zu ernähren.«

»Vielleicht ja doch.«

»Nein, nein. Was du brauchst, ist eine Frau an deiner Seite, die dir den Rücken stärkt. Die sich um Kleinigkeiten kümmert und dich entlastet. Darüber habe ich vorhin auch mit deiner Mutter gesprochen, und wir sind einer Meinung.« Er lehnte sich auf seinem Stuhl zurück. »Du bist volljährig. Und es wird langsam Zeit, dass du dich um das Fortbestehen der Familie kümmerst.«

»Und wie habt ihr euch das vorgestellt? Soll ich mir etwa eine Frau beim Versandhandel bestellen?«, fragte Tom halb belustigt. Das konnte sein Vater doch nicht wirklich ernst meinen!

»Jetzt red keinen Unsinn. Es liegt doch auf der Hand. Mach Silke endlich einen Antrag. Sie und die Leyrichs hatten schon Weihnachten darauf gehofft und waren sehr enttäuscht. Silke Leyrich ist die richtige Frau für dich. Sie ist in der Drogerie ihrer Eltern groß geworden und weiß, was es bedeutet, ein Unternehmen zu führen.« Versöhnlicher fügte er hinzu: »Deine Mutter und ich sind bereit, die Hochzeit auszurichten und Silke herzlich in unserer Familie aufzunehmen.«

Einen Moment lang war Tom sprachlos, dann fing er sich. »Ich werde jetzt wieder an die Arbeit gehen, damit Amelie und Fiete mich nicht länger vertreten müssen«, sagte er, ohne weiter auf die Forderung seines Vaters einzugehen.

»Mach das – und vergiss nicht, Silke Leyrich einen Antrag zu machen!«, rief sein Vater ihm hinterher.

Tom schloss die Bürotür hinter sich, ohne sich noch einmal umzudrehen. Er konnte nicht fassen, was seine Eltern von ihm verlangten.

Die Hochzeitsgesellschaft hatte Ausdauer bewiesen. Nach dem üppigen Hochzeitsmahl hatte es Kaffee und Kuchen gegeben, und auch beim Abendessen waren noch rund die Hälfte der Gäste anwesend. Toms Feierabend rückte in immer weitere Ferne.

Zwischendurch schaute er ungeduldig auf die Uhr, die im Gang zur Küche hing. Am heutigen Abend probten die Tom Cats in der Scheune der Farmsens. Normalerweise war er immer pünktlich. Er wollte seinem Vater jedoch keinen weiteren Anlass bieten, sich über ihn zu beklagen, deswegen harrte er geduldig aus. Während er sich in den letzten Stunden um die Gäste gekümmert hatte, sie gefragt hatte, ob alles zu ihrer Zufriedenheit war, und etliche Weinflaschen für die Hochzeitsgesellschaft entkorkt hatte, hatte er eine Entscheidung getroffen.

Um kurz vor acht griff er nach seiner Gitarre und warf sich seine Jacke über den Arm. Den Autoschlüssel hatte er in der Hosentasche.

Im Eilschritt lief er in den Hof und startete kurz darauf den Motor seines Käfers. Fiete war vor rund zwei Stunden nach Brösum aufgebrochen.

Als Tom vor der Scheune parkte, drang von innen Musik an sein Ohr. Die anderen probten ohne ihn. Wahrscheinlich hatte Fiete dem Rest der Truppe Bescheid gesagt, dass es bei ihm aufgrund der Hochzeit länger dauern konnte.

Tom nahm seine Gitarre und ging in die Scheune. Fiete saß am Schlagzeug, Bengt bearbeitete den Bass, Ove klimperte auf der Klaviertastatur. Tom stieg gleich mit seiner Gitarre in das Lied ein.

»Moin!«, rief er, nachdem sie das Stück zu Ende gespielt hatten.

»Mir dir haben wir heute fast nicht mehr gerechnet«, meinte Ove.

»Ich mit mir fast auch nicht«, erwiderte Tom und musste lachen. »Heute war ein verrückter Tag. Davon habe ich erst einmal genug.«

»Dann lasst uns lieber weiterspielen, wo wir nun vollzählig sind«, schlug Bengt vor.

»Wartet!« Tom schüttelte den Kopf. »Bevor wir wieder Musik machen, habe ich euch noch etwas mitzuteilen.« Er holte einmal tief Luft, ehe er weitersprach. »Ich habe für mich eine wichtige Entscheidung getroffen. Dies ist wahrscheinlich meine vorerst letzte Probe mit euch.«

»Was?« Fiete stand hinter seinem Schlagzeug auf und kam zu ihm. »Bist du jetzt auch verrückt geworden?«

»Ich werde nach Hamburg gehen und dort als Musiker mein Glück versuchen«, verkündete er mit fester Stimme. »Gleich morgen werde ich aufbrechen. In St. Pauli soll es viele Musikclubs geben, in denen man auftreten kann.«

»Das ist wirkliche eine Überraschung.« Ove schaute ihn verdutzt an.

»Dir kommen vielleicht Einfälle«, murmelte Bengt.

Tom hob die Schultern. »Ihr könnt gerne mitkommen. Dann kommen die Tom Cats groß raus.«

»Ich kann leider nicht. Wenn ich meine Arbeit in der Werkstatt aufgebe, kann ich mich dort nie wieder blicken lassen. Wenn die Tom Cats am Ende doch nicht groß rauskommen, bin ich erledigt.« Ove senkte bedauernd den Blick.

»Bei mir ist es leider das Gleiche«, meinte Bengt. »Ich bin in letzter Zeit dreimal zu spät zur Arbeit in die Schreinerei gekommen. Noch einmal, und ich kann gehen, hat der Meister gesagt.«

»Das dachte ich mir schon. Aber keine Sorge, ich kann euch gut verstehen.« Er blickte zu Fiete, der bisher nichts gesagt und die Unterhaltung bloß verfolgt hatte. »Du wirst auch bei meinen Eltern im Strandhotel bleiben.«

»Auf keinen Fall«, entgegnete Fiete leise.

»Was soll das heißen?«, fragte Tom verständnislos.

»Entweder wir gehen zusammen nach Hamburg – oder keiner von uns.«

»Das ist mal ein Ehrenwort.« Er ging zu Fiete und umarmte ihn glücklich. »Du bist ein wahrer Freund.«

»Ich sehe es nur nicht ein, dass du ganz allein zu Ruhm und Ehre kommst.« Nachdem sie sich voneinander gelöst hatten, grinste er Tom schief an.

Ove hob einen Finger. »Und dann noch die ganzen hübschen Mädchen! Ich habe mal gehört, in Hamburg wohnen die schönsten Frauen Deutschlands.«

Bengt seufzte. »Wie gerne würde ich euch begleiten.«

Tom klopfte Fiete auf die Schulter. »Mir dir teile ich gerne Glanz und Gloria. Und, wenn es nötig ist, sogar ein Bett.«

Ove verdrehte die Augen. »Ihr habt in Hamburg noch genug Zeit für eure Liebesgeständnisse, lasst uns lieber noch ein bisschen Musik machen.«

Kurz nachdem Tom von der Probe wieder zurück ins Hotel gekommen war, hatte er angefangen zu packen. Viel konnte er nicht mit nach Hamburg nehmen, aber doch genug, dass er einen Koffer brauchte.

Seine Eltern waren offenbar schon zu Bett gegangen, was ihm gelegen kam. Einer weiteren Diskussion mit seinem Vater wollte er unbedingt aus dem Weg gehen. Deswegen hatte er auch nicht vor, sich von seinen Eltern zu verabschieden. Es hätte nur zu neuen Streitigkeiten geführt, die niemanden weitergebracht hätten.

Aber seiner Schwester wollte er einen Brief schreiben. Amelie sollte wissen, wohin es ihn verschlug. Sie würde ihn nicht verraten. Auf sie hatte er sich stets verlassen können.

Als es still im Hotel geworden war, trug Tom auf Zehenspitzen seinen Koffer über den Flur. Er gelangte ungesehen bis zum Personaleingang und dann die wenigen Meter bis zu seinem Auto. Nachdem er sein Gepäck im Kofferraum verstaut hatte, schlich er genauso lautlos zurück auf sein Zimmer.

Als er im Bett lag, klopfte sein Herz bis zum Hals. Den täglichen Einkauf würde er noch erledigen und mit Fiete wie gewohnt seinen Dienst antreten. Am späten Vormittag wollten sie dann allerdings Richtung Hamburg aufbrechen.

Große Freiheit, wir kommen!

KAPITEL 23

Juni 1960, zwischen Dorf und Bad in Sankt Peter

Ebba Freese war mit dem Fahrrad unterwegs und dachte an nichts Besonderes. Nachdem es am Morgen einen tüchtigen Schauer gegeben hatte, genoss sie nun das sommerliche Wetter und ging in Gedanken durch, was sie alles in der Drogerie der Leyrichs besorgen musste.

Es erleichterte sie zu wissen, dass sich Dörte und Marga Schröder in der Zwischenzeit um die Gäste kümmerten. Die beiden Mädchen standen ihr seit einiger Zeit zur Seite, und sie konnte ihnen sogar ein paar Mark für ihre Arbeit zahlen. Seit sie fließend Wasser hatten, war das Leben um ein Vielfaches einfacher in Sankt Peter geworden.

Auf der Höhe des Strandhotels musste Ebba scharf bremsen. Ein VW Käfer war in hohem Tempo auf die Straße vor ihr einbogen. Der Fahrer hatte sie auf ihrem Rad offensichtlich übersehen.

Ebba schüttelte den Kopf und wartete, bis ihr Herz sich beruhigt hatte, bevor sie weiterfuhr. Die Badegäste wurden immer rücksichtsloser.

Wenige Meter die Straße hinunter hielt Ebba ihr Rad erneut an. »Lotte!«, rief sie und winkte ihrer Freundin zu, die ihr auf dem Bürgersteig entgegenkam.

Sie schaute zu ihr auf. »Ach, Ebba! Schön, dass wir uns treffen. Wir haben uns ja lange nicht mehr gesehen. Wie geht es dir denn?«

Ebbas Blick fiel sofort auf Lottes eingegipsten Arm. »Du liebe Güte, das sollte ich wohl eher dich fragen! Was ist dir denn passiert?«

Lotte seufzte. »Ach, so ein Missgeschick! Vor drei Tagen bin ich auf einer nassen Holzstufe vor dem Strandcafé ausgerutscht und die Treppe nach unten gestürzt. So etwas Dummes ist mir in den ganzen Jahren nicht passiert.«

»Und nun? Kommst du denn im Café zurecht?«, fragte Ebba mitfühlend.

»Ich versuche es, aber ...« Sie blies sich eine Haarsträhne aus der Stirn und brauchte einen Augenblick, um sich zu sammeln. »Nein, eigentlich komme ich nicht zurecht. Warum sollte ich dir nicht die Wahrheit sagen? Es läuft alles drunter und drüber. Du weißt, dass mein Mann körperlich auch sehr eingeschränkt ist. Eine große Hilfe ist er leider nicht.«

»Und das passiert dir natürlich genau zur Hochsaison, wo Sankt Peter voll mit Badegästen ist«, sagte Ebba kopfschüttelnd. »Hast du wenigstens Hilfe in Aussicht?«

Bekümmert schüttelte Lotte den Kopf. »Ich habe zwar zwei Serviererinnen, aber sie sind nicht in der Lage, ein Café zu organisieren, geschweige denn Kuchen zu backen. Ich bräuchte jemanden vom Fach, der mir und meinem Mann unter die Arme greift. Aber woher soll ich so schnell jemanden bekommen?«

Sie kniff die Augen zusammen und blinzelte dann gegen das Sonnenlicht. »Ach, Ebba. Sankt Peter ist schließlich nicht Hamburg. Wenn nicht noch ein Wunder geschieht, müssen wir zumachen.« Ihre Augen schimmerten verdächtig.

Ebba lehnte ihr Rad gegen eine Hauswand und fasste ihre Freundin an der Schulter. »Sei nicht traurig, Lotte.«

Sie schluchzte leise. »Ach, wenn einmal der Wurm drin ist, dann kriegt man ihn nicht wieder so schnell raus.«

»Ein Wunder kann ich dir zwar auch nicht versprechen, aber zumindest kann ich einen Brief an meine Nichte Sabine schreiben. Vielleicht hat sie die Möglichkeit, noch einmal auszuhelfen«, schlug Ebba vor.

In Lottes Augen erkannte sie einen Hoffnungsschimmer. »Das wäre in der Tat so gut wie ein Wunder!«

Juni 1960, in der Zechenwohnung der Kurowskis in Gelsenkirchen

Aus der Küche drang das Klappern von Topfdeckeln und Löffeln an Sabines Ohr. Ihre Mutter bereitete das Mittagessen zu und summte dazu eine Melodie.

Sabine saß auf ihrem Bett und ging zum wiederholten Mal die Sätze durch, die sie sich für das Gespräch mit Berti zurechtgelegt hatte. Sie musste ihm endlich reinen Wein einschenken, selbst wenn es am Ende bedeutete, dass sie seine Freundschaft verlieren und ihre Eltern zutiefst verärgern würde.

Sie fühlte sich wie eine Lügnerin – als würde sie Berti bewusst hintergehen. Das musste ein Ende haben.

Vorsichtig zog sie die oberste Kommodenschublade auf und schaute hinein. Ganz hinten lagen die Schatullen mit dem Ring und der Armbanduhr. Sie seufzte. Nach dem Gespräch wollte sie ihm beides zurückgeben und sich noch einmal dafür bei ihm bedanken.

Sie hoffte inständig, dass er ihre Entscheidung akzeptieren und sich die Situation nicht weiter schönreden würde.

Plötzlich klingelte es an der Tür. Sabine zuckte zusammen.

Kurz darauf hörte sie die Stimme ihrer Mutter und dann Engelbert. Nur noch einen Moment, dachte sie und versuchte, sich ein letztes Mal zu sammeln. Sie musste sich konzentrieren, damit sie keinen der zurechtgelegten Sätze vergaß.

»Sabine!«, rief ihre Mutter.

»Ja?«

»Komm doch mal, bitte. Engelbert Müller ist da. Er hat was für dich.«

»Sofort.« Langsam erhob Sabine sich vom Bett und strich ihre Bluse über dem Rock glatt. Nun war der Augenblick der Wahrheit gekommen. Sie straffte die Schultern und bemühte sich zu lächeln. Dann ging sie zur Küche.

»Guten Morgen, Sabine.« Engelbert lehnte in seiner Postuniform an einem Schrank und lächelte sie an. In der Hand hielt er einen Brief.

»Guten Morgen, Berti.« Sie lächelte höflich zurück. Er tat ihr jetzt schon leid.

»Ich habe einen Brief für dich.«

Sabine nickte und nahm das Kuvert entgegen. »Ach, das ist bestimmt das Arbeitszeugnis, das mir Frau Eppmann versprochen hat.« Sie wollte den Umschlag schon aufreißen, hielt dann jedoch verwundert inne. »Oh! Der Brief kommt aus Sankt Peter von Tante Ebba.«

Ihre Mutter putzte sich die Hände an einem Tuch ab. »Nanu? Warum schreibt meine Schwester denn dir und nicht mir?«

»Das frage ich mich auch.« Sabine nahm ein Messer aus einer Schublade und schlitzte den Brief vorsichtig auf. Als sie den Briefbogen entfaltete, klopfte ihr Herz wie verrückt. Während sie die handgeschriebene Nachricht ihrer Tante las, beschleunigte sich ihr Herzschlag zunehmend. Als sie am Ende angekommen war, blickte sie ihre Mutter an.

»Und? Was schreibt Ebba?«

»Lotte Jessen, die Inhaberin des Strandcafés, ist gestürzt. Sie braucht dringend Hilfe. Tante Ebba bittet mich, nach Sankt Peter zu kommen.«

Teil 3

KAPITEL 24

Juli 1960, am Husumer Bahnhof

In Husum hatte Sabine einen zwanzigminütigen Aufenthalt. Das war viel Zeit, um von einem Gleis zum nächsten zu gelangen. Von der ersten Fahrt zu Tante Ebba wusste Sabine noch den Weg.

Ihr Koffer war schwer. Ihn treppab und wieder treppauf zu schleppen, kostete sie mehr Kraft, als sie erwartet hatte. Rolf sagte oft, sie sei nur eine halbe Portion und das liege daran, dass sie auf ihrem Teller immer die Hälfte liegen ließ, die er meist dann für sie aß. Das würde ihm nun fehlen. Sabine presste die Lippen aufeinander.

Den Koffer neben sich, standen sie und ein Dutzend weitere Reisende am Gleis 3 und warteten auf den Zug nach Sankt Peter. Ein Blick auf das Gepäck der Umstehenden verriet Sabine, dass es sich zum größten Teil um jene handelte, die das See- und Schwefelbad zur Erholung besuchten. Sie knöpfte sich die leichte Baumwolljacke bis über die Brust zu. Obwohl es fast so warm war wie in Gelsenkirchen, ging an der Bahnsteigkante ein Wind, der sie frösteln ließ.

Während der Fahrt hatte sie versonnen aus dem Fenster geblickt und nachgedacht. Tante Ebbas Nachricht war unverhofft und doch zum richtigen Zeitpunkt gekommen. Nach dem Grubenunglück war sie ganz auf ihren Vater konzentriert gewesen. Seit es ihm besser ging, hatte Sabine sich jedoch immer häufiger gestattet, auf die eigenen Bedürfnisse zu schauen. Ihre Gedanken hatten sie wieder oft an die nordfriesische Küste getragen. Zu Tante Ebba, dem Strandcafé in Ording und zu Tom.

Rita hatte keinen Brief mehr von Fiete bekommen, obwohl er ihren bestimmt vor einem Monat erhalten haben musste. Vermutlich war der Umschlag auf dem Postweg verloren gegangen. So etwas hörte man schließlich öfter. Oder es handelte sich um einen Irrläufer, der den Empfänger erst Monate später erreichte.

»Falls du Fiete triffst, grüß ihn bitte von mir«, hatte Rita beim Abschied am Morgen gesagt.

Sabine wusste, wenn sie Fiete traf, würde Tom auch nicht weit sein. Die Aussicht auf ein Wiedersehen mit ihm freute sie, und gleichzeitig fürchtete sie sich davor. Wie würde er reagieren, wenn sie plötzlich vor ihm stand? Würde er sie überhaupt eines Blickes würdigen? Nach ihrem unrühmlichen Verschwinden hätte sie es ihm nicht verdenken können, wenn er sie einfach schnitt.

Wie dumm sie gewesen war. Wenigstens einen Abschiedsbrief mit ein paar netten Worten hätte sie ihm hinterlassen können.

Sie versuchte zwar immer, das Beste zu tun, doch war sie gewiss nicht fehlerfrei. So wie sie damals aus Sankt Peter geflohen war, hatte sie es dieses Mal bei Lichte betrachtet auch gemacht. Sie war froh gewesen, als sie sich im Zug immer weiter von Gelsenkirchen entfernt hatte. So blieb ihr zumindest für den Moment die Auseinandersetzung mit Berti erspart.

Obwohl sie es sich fest vorgenommen hatte, war sie Berti immer noch ihre Antwort schuldig. Ihre Mutter und er hatten sie darin bestärkt, Lotte Jessen zu Hilfe zu eilen. Geradezu stolz hatte Berti sie angeschaut. »Du bist eben eine gefragte Frau«, hatte er gemeint.

Sabine hatte erleichtert registriert, dass er zumindest nicht von ihr als *seiner* Frau sprach.

Wie hätte sie ihm in der Situation erklären sollen, dass aus ihnen nie ein Liebespaar, geschweige denn ein Ehepaar werden würde? Die Unterredung hatte sie nun weit von sich geschoben – ähnlich wie sie die Armbanduhr und den Ring in die Schublade gelegt hatte, um möglichst nicht daran zu denken. Doch das war Berti gegenüber ungerecht. Wenn sie zurück nach Gelsenkirchen kam, würde sie einen passenden Moment finden. Das hoffte sie jedenfalls.

Der näher kommende Zug kündigte sich durch Dampf an, der in der Ferne aus seinem Schornstein quoll. Wenige Minuten später hielt die Lok laut zischend auf Gleis 3. Sabine griff nach ihrem Gepäck und stieg in den hinteren der zwei Waggons ein. Sie fand einen Platz am Fenster.

Kurz darauf setzte sich eine ältere Dame neben sie. Sie hielt ein paar Margeriten in der Hand und lächelte Sabine an. »Für meine Schwester«, erklärte sie ungefragt. »Wenn man irgendwo zu Besuch eingeladen ist, muss man ja eine Kleinigkeit mitbringen.«

»Da haben Sie recht. Und jetzt, da Sie es sagen, fällt mir auf, dass ich gar nichts für meine Tante dabeihabe«, erwiderte Sabine verlegen.

Die Dame lachte auf und teilte ihren kleinen Strauß in zwei gleich große Teile. »Wenn's weiter nichts ist. Hier, bitte schön, junges Fräulein.« Sie hielt Sabine die Blumen hin. »Nun kommen Sie doch nicht mit leeren Händen zu Ihrer Tante.«

»Vielen Dank, das ist wirklich sehr liebenswürdig von Ihnen.«

Die Frau winkte ab. »Meine Schwester hat einen großen Garten mit den schönsten Blumen. Eigentlich müsste ich ihr gar keine mitbringen. Das ist fast wie Sand an den Strand bringen.«

Sabine musste lächeln und warf einen Blick aus dem Fenster. Das Land war so platt, dass man weit schauen konnte. Sie sah bald nur noch Sträucher und Bäume, die vorwiegend in die Richtung wuchsen, in die sie der Wind pustete. Schafe grasten seelenruhig auf saftig grünen Weiden. Den Blick auf die Natur vor dem Fenster gerichtet, lauschte Sabine der älteren Frau, die ihr ihre halbe Lebensgeschichte zu erzählen schien. Und die der Schwester ebenfalls. Hin und wieder lächelte Sabine höflich, schwieg jedoch die meiste Zeit.

Die ältere Frau stieg in Garding aus. Nun war es nicht mehr weit bis Sankt Peter. Je näher sie dem Küstenort kam, umso größer wurde ihre Vorfreude.

Als der Zug in dem kleinen Bahnhof einlief, der bloß ein Gleis hatte, sah Sabine erwartungsvoll hinaus. An der Seite des Bahnhofsgebäudes aus rotem Backstein entdeckte sie Tante Ebba. Gleich nachdem sie eine Fahrkarte gekauft hatte, hatte sie ihr geschrieben und ihren Ankunftstag und die Uhrzeit mitgeteilt.

Als der Zug endlich hielt, wurden die Türen nach außen hin geöffnet. Ein junger Mann war Sabine mit dem Koffer behilflich und stellte ihn auf dem Bahnsteig ab. »Vielen Dank«, sagte Sabine zu ihm.

»Da nicht für. Einen schönen Aufenthalt in Sankt Peter wünsche ich Ihnen.« Er nickte ihr zu und ging dann seines Weges.

Unterdessen hatte Tante Ebba sie unter den Reisenden entdeckt. Winkend kam sie auf sie zu. »Sabine! Hier bin ich!«

Sie blickte auf, und bevor sie sichs versah, wurde sie auch schon von ihrer Tante in die Arme geschlossen. »Dass du wirklich gekommen bist!«

»Natürlich. Schließlich wird meine Hilfe gebraucht.«

»Lass dich ansehen.« Tante Ebba löste die Umarmung und musterte Sabine. »Du bist noch hübscher geworden. Wie kann das sein?«

Lachend schüttelte sie den Kopf. »Und du bist um kein Kompliment verlegen.« Sie legte den Kopf schief. »Du brauchst heute bestimmt noch Wasser, oder?«

»Aber natürlich brauche ich heute noch Wasser. Und dazu drehe ich einfach den Hahn auf, und schon kommt es wie von Zauberhand durch die Leitung.« Tante Ebba schaute sie triumphierend an.

»Wie wunderbar! Seit wann hast du denn schon fließend Wasser?«

Tante Ebba winkte ab. »Och, eine ganze Weile schon.«

»Hier. Die sind für dich.« Lächelnd hielt Sabine ihr die Margeriten hin.

»Das ist ja lieb von dir.« Sie roch an den Blumen.

»Ehrlich gesagt hatte ich bis kurz vor Sankt Peter überhaupt keine Blumen für dich, aber eine liebe Sitznachbarin hat mir die Hälfte ihres Straußes für dich gegeben«, gab Sabine zu.

Tante Ebba lachte. »Man muss nur auf die richtigen Menschen treffen. Aber nun komm, lass uns nicht die Zeit am Bahnhof vertrödeln. Du bist doch bestimmt müde von der Reise.«

»Ich bin hellwach, nur ein wenig hungrig.«

»Bei Lotte wirst du bestimmt etwas Leckeres im Strandcafé auf der Karte finden.«

»Gehen wir denn nicht zu dir?«, fragte Sabine verwundert.

Tante Ebba verzog amüsiert den Mund. »Nein, dieses Mal musst du nicht in meinem Schuppen schlafen. Lotte und ihr Mann haben darauf bestanden, dass du das Dienstzimmer in ihrem Haus beziehst.«

»Oh! Das ist aber sehr nett von ihnen. Und dann werde ich dich oft besuchen, damit wir uns sehen.«

»Ich bestehe darauf! Und jetzt schnell. Der Autobus müsste jeden Moment ankommen. Lotte wartet schon auf uns.«

Zusammen mit ihrer Tante fuhr sie nach Ording. Der Bus hielt in der Nähe des Deichs. Bis zum Haus der Jessens war es bloß ein kurzer Fußmarsch.

Die Jessens wohnten in einer alten reetgedeckten Friesenkate am Strandweg, unweit des Kinderverschickungsheims Köhlbrand, wie Tante Ebba erklärte.

Lotte Jessen saß auf einer Bank vor der Kate. Als sie die Ankömmlinge sah, stand sie auf und ging ihnen entgegen. »Moin!« Sie strahlte Sabine und ihre Tante an. »Dass Sie wirklich gekommen sind, Fräulein Sabine!«

Sabine stellte den Koffer auf dem Weg zum Haus ab. »Aber natürlich, Frau Jessen. Wo Sie doch den Unfall hatten.« Sie deutete auf den Gipsarm der Frau.

»So ein Missgeschick. Ich kann immer noch nicht fassen, dass mir so etwas passiert ist.« Sie schüttelte den Kopf und seufzte verdrießlich. »Noch nicht einmal vernünftig Kuchen backen kann ich mit dem Gips.«

»Grämen Sie sich nicht, Frau Jessen. Nun bin ich ja da, und das Kuchenbacken übernehme ich sehr gerne.«

»Ab jetzt wird alles wieder gut, Lotte.« Tante Ebba legte ihr die Hand auf die Schulter.

»Dann mal hereinspaziert in unsere gute Stube.« Lotte Jessen ging vor und öffnete die grüne Haustür.

Das Heim der Jessens war sehr gepflegt und sauber. Alles schien an seinem Platz zu sein. Im großen Wohnraum befand sich ein Kachelofen mit bemalten Fliesen, die Motive von Schiffen, Fischen und Seewesen zierten. Sabine bezog ein kleines Zimmer, von dem aus sie einen großzügigen Blick in den Garten hatte. Das Bett war frisch bezogen, und ein geräumiger Holzschrank stand für ihre Kleidung zur Verfügung. Zum ersten Mal hatte sie ein ganzes Zimmer für sich allein.

»Hier hast du es deutlich besser getroffen als in meinem Schuppen. Sogar Tageslicht gibt es«, bemerkte Tante Ebba und zwinkerte Sabine zu. »Lotte, du hast nicht zufällig noch einen Raum für mich frei?«

»Ich bedaure.« Lotte zuckte die Schulter. »Unsere Kate ist mit Fräulein Sabine nun voll ausgelastet.«

Nachdem Sabine ihren Koffer ausgepackt und sich etwas frisch gemacht hatte, ging sie mit Lotte Jessen zum Strandcafé. Es war bereits Nachmittag, und an dem Strandabschnitt herrschte reges Treiben. Sabine konnte nicht widerstehen, sie hielt unwillkürlich Ausschau nach Tom, entdeckte ihn jedoch nicht.

Im Café begrüßte sie Herrn Jessen, der wie gewohnt an seinem kleinen Tisch saß und Büroarbeiten erledigte. Zwei Serviererinnen kümmerten sich um die Gäste, die hauptsächlich auf der Außenveranda des Pfahlbaus saßen und dort Kaffee und Torte genossen.

Sabine zog sich in dem kleinen Raum hinter der Küche um und band sich wie vor einem Jahr eine Schürze um.

»Soll ich gleich für morgen vorbacken?«, fragte sie wenig später Lotte Jessen.

»Das wäre eine Wucht. Seit meinem Unfall konnte ich den Gästen nur einfache Torten servieren, da es zu mehr nicht gereicht hat.« Vielsagend hob sie ihren Gipsarm.

»Mal sehen, was alles da ist.« Voller Vorfreude verschaffte Sabine sich einen Überblick über die Zutaten im Vorratsschrank. »Damit könnte ich ein Blech Apfelkuchen und eine

Kirschtorte machen. Das geht schnell und passt gut an Sommertagen. Eine Schwarzwälder Kirschtorte und einen Frankfurter Kranz mache ich lieber erst morgen. Damit alles schön frisch ist. Einverstanden, Frau Jessen?«

»Wunderbar! Ach, ich bin ja so erleichtert. Falls Zutaten fehlen sollten, bitte einfach aufschreiben.«

»Wird gemacht, Frau Jessen.«

»Ach, und machen Sie sich ruhig eine Pfanne Rührei mit Speck. Sie müssen ja schier ausgehungert sein von der langen Anreise.«

Das ließ sich Sabine nicht zweimal sagen, sie war tatsächlich hungrig. Nachdem sie sich gestärkt hatte, machte sie sich ans Werk, und eine knappe Stunde später zog sie ein Blech voll dampfendem Apfelkuchen aus dem Ofen. Den Biskuitboden für den Kirschkuchen hatte sie schon eher herausgenommen und auskühlen lassen.

Als sie in der Küche fertig war, machte Sabine sich daran, die Kellnerinnen zu unterstützen, die sich ihr als Annemarie und Bruni vorstellten.

Sabine genoss es, den Wind im Haar zu haben, und atmete tief die salzige Luft ein, während sie auf der Terrasse heiße und kalte Getränke servierte.

Es waren nicht mehr allzu viele Gäste, da die meisten am späten Nachmittag sicherlich eher an ein deftiges Abendbrot als an süßen Kuchen dachten – ein Blick auf die Wanduhr zeigte Sabine, dass das Café auch bald schließen würde.

Nachdem die letzten Besucher gegangen waren, blieb sie einen Moment am Geländer stehen. In der Ferne blitzte bereits das Licht des Westerhever Leuchtturms auf.

Noch vor zwei Wochen hätte sie es nicht für möglich gehalten, sich noch einmal an diesem Ausblick erfreuen zu dürfen. Sie war froh und wollte jede Sekunde auskosten, die sich ihr hier bot. Sicher würde sie auch irgendwann Tom über den Weg laufen … Ihr Herz schlug schneller bei der Aussicht auf die Begegnung.

Dann riss sie sich von der Aussicht los und half, das Café zu putzen und für den nächsten Tag vorzubereiten.

Zum Abendbrot hatten die Jessens Sabine in ihre Kate eingeladen. Sie hatte auf Frau Jessens Bitte hin nach ihren Anweisungen einen Krabbensalat dafür zubereitet. Dazu hatte es frisches Brot und Butter mit Meersalz gegeben.

Später, nachdem sie den Tisch abgeräumt und das Geschirr abgewaschen hatte, brach Sabine zu einem Spaziergang auf. Die Sonne stand schon tief, doch im Juli war es wie im vergangenen Jahr abends noch angenehm warm.

Sie erinnerte sich an den Weg und kam schließlich zu dem Strandabschnitt, an den Tom sie damals geführt hatte. Dort angekommen, blickte Sabine zur Düne, zu ihrer Düne, und schloss die Augen.

In ihrer Erinnerung war es wieder jener Abend mit Tom. Ihr letzter gemeinsamer Abend. Der Abend, an dem noch alles gut gewesen war, an dem sie zur Frau geworden war.

Tom mit seinen warmen tiefgrünen Augen. Seine starken Arme, sein Duft … Wo mochte er in diesem Moment sein? Sie wagte nicht zu hoffen, dass er zu ihr kommen würde, wenn sie die Augen aufschlug.

Ob er überhaupt noch an sie dachte, oder hatte er sie ganz vergessen?

Die Sonne war noch nicht ganz aufgegangen, als Sabine am nächsten Tag die Augen aufschlug. In dem bequemen Bett hatte sie tief und fest geschlafen, sie fühlte sich erholt wie noch nie und schwang sich auf die Füße.

Als die Jessens in die Wohnstube kamen, hatte Sabine schon das Frühstück vorbereitet. Sie wollte sich unbedingt erkenntlich zeigen für die Gastfreundschaft. Frau und Herr Jessen sollten es nicht bereuen, dass sie sie in ihr Haus eingeladen hatten. Natürlich arbeitete Sabine für sie, doch für das Zimmer wollten sie ihr keine Miete abnehmen. Die Jessens freuten sich sichtlich und aßen mit Appetit.

Gegen acht Uhr stand sie wieder in der Küche des Strandcafés und bereitete frische Torten und Kuchen zu. Als Sabine das Blau des Himmels sah, wusste sie, dass es ein herrlicher Sommertag zu werden versprach. Schon gegen Mittag würde es keinen freien Sitzplatz im Strandcafé geben. Bis dahin musste Sabine also fertig sein. Die Kuchenvitrine musste gut gefüllt sein, damit sie Annemarie und Bruni beim Servieren helfen konnte.

Als um halb eins nicht einmal ein Drittel der Plätze auf der Terrasse belegt war, runzelte Sabine überrascht die Stirn. Auch zur besten Kaffeezeit erschienen nicht mehr Gäste. Sabine fragte sich, was geschehen war. Dass Frau Jessen seit ihrem Unfall keine besonders aufwendigen Torten und Kuchen backen konnte, war sicherlich nicht ertragsfördernd. Aber Kuchen hin oder her, immerhin bot das Strandcafé eine einmalige Aussicht bis zum Westerhever Leuchtturm. Kein anderes Café konnte mit etwas Vergleichbarem aufwarten. Sabine nutzte die Gelegenheit, als sie sich ergab, und sprach Lotte Jessen darauf an.

»Ach, es ist wirklich furchtbar!« Frau Jessen schüttelte bekümmert den Kopf. »Das geht nun schon seit Mai so. Zuerst dachte ich, ich hätte versehentlich Salz in die Torten getan. Dann habe ich von dem neuen Café im Ortsteil Bad erfahren. Genau wie hier, im Pfahlbau und direkt am Strand, kann man dort Kaffee und Kuchen bekommen.«

»Meinen Sie, die Gäste sitzen jetzt alle dort?«

Lotte Jessen nickte. »Ich kann es mir nicht anders erklären. Seit der Eröffnung spüren wir einen Rückgang bei den Gästen. Aber es ist auch kein Wunder. Das Lokal liegt viel zentraler. Die Leute müssen nicht den langen Weg bis nach Ording auf sich nehmen. Sie können in der Nähe ihrer Unterkunft bleiben und über die Seebrücke flanieren, bis sie mit den Füßen im Sand stehen. Und dann ist es nur noch ein Katzensprung bis zum Lokal im Pfahlbau.«

Sabine hatte schweigend zugehört. Ihr war klar, was das bedeutete: Im Moment brauchte Frau Jessen sie zwar im Café – aber das Blatt konnte sich wenden, wenn noch weniger Menschen den Weg in das Strandcafé fanden. Ihre Zeit in Sankt Peter konnte schneller zu Ende sein, als ihr lieb war. »Die Gäste haben die Kuchen und Torten sehr gelobt. Einige haben gesagt, dass sie bald wiederkommen wollen«, versuchte Sabine, die Caféinhaberin aufzuheitern.

Frau Jessen seufzte und ließ sich auf einen leeren Platz an einem Tisch nieder. »Hoffentlich halten sie Wort. Mein Mann und ich wissen nicht, wie lange wir finanziell noch durchhalten können.«

KAPITEL 25

Juli 1960, in der Drogerie Leyrich in Sankt Peter

Ein paar Tage später fuhr Sabine mit dem Fahrrad von Ording in den Ortsteil Bad. Sie hatte von Herrn Jessen den Auftrag bekommen, Seife und eine Flasche Desinfektionsmittel aus der ortsansässigen Drogerie abzuholen, die er bestellt hatte.

Tom war sie immer noch nicht wieder begegnet, und allmählich glaubte sie nicht mehr an ein gutes Treffen. Deshalb verbot sie sich die Gedanken an ihn, sooft es ihr gelang.

In dem Geschäft war einiges los. Besonders in der Abteilung für Fotofilme, wo hauptsächlich Bade- und Kurgäste nach passenden Formaten für ihre Apparate suchten.

Sabine wurde freundlich von der Geschäftsinhaberin bedient, die ungefähr im Alter ihrer Mutter sein musste. »Ach, Sie sind also die neue Mitarbeiterin, von der Herr Jessen bei seinem letzten Einkauf berichtet hat!«

Während sie das Geld aus ihrem Beutel nahm, nickte sie. »Ja, ich helfe für ein paar Wochen im Strandcafé der Jessens aus. Das habe ich letztes Jahr auch schon getan.«

»Ich hoffe, Frau Jessen geht es bald wieder besser.« Sie reichte Sabine das Wechselgeld.

»Das wünschen wir uns alle.«

»Und dann passiert so was natürlich ausgerechnet in der Haupturlaubszeit, wo die meisten Gäste ins Café kommen.« Sie schob die Einkäufe über den Tresen. »Geht das so mit?«

Abermals nickte Sabine. Sie wollte sich schon mit dem Korb abwenden, nachdem sie alles hineingelegt hatte, da hielt sie inne. »Sagen Sie, ich habe gehört, dass ein neues Café am Strand eröffnet hat. Können Sie mir vielleicht verraten, wie ich von hier am besten dorthin komme?«

»Sie meinen bestimmt das Café Pfahlbau. Aber das ist nicht neu. Vor ein paar Monaten hat es bloß ein neuer Besitzer übernommen und dann wiedereröffnet.«

»Ja, das wird das Lokal sein.« Sabine hängte sich den Weidenkorb über den Arm.

»Von hier aus ist es bloß ein Katzensprung. Gehen Sie zur Strandpromenade, dort bis zur Kurhalle und die Seebrücke bis zum Ende. Sie laufen dann direkt auf den Pfahlbau zu und können ihn nicht verfehlen.«

Sabine bedankte sich freundlich und machte sich auf den Weg. Obwohl sie beim letzten Aufenthalt nur wenige Male im Ortsteil Bad gewesen war, fand sie den Weg zur Seebrücke auf Anhieb. Es war wirklich nicht schwer, sie musste nur dem Strom der Leute folgen.

Im Vergleich zu Ording war hier eine Menge los. Die ansässigen Hotels und Geschäfte machten es für Urlauber attraktiver, sich in Bad aufzuhalten, das wurde Sabine sofort klar. Auf der Promenade herrschte fast so viel Betrieb wie an einem Wochentag auf der Bickernstraße in Gelsenkirchen.

Auf der Mitte der Seebrücke blieb Sabine stehen und genoss für einen Augenblick die Sicht über die weite Landschaft. Sie blickte zum Strand und machte den Pfahlbau schon von Weitem aus. In ihrer Geldbörse war nicht mehr viel, doch für ein Getränk würde es reichen.

Vermutlich war das Café aufgrund der zentralen Lage so beliebt. Falls es noch einen anderen Grund gab, würde sie es herausfinden.

Sabine zog sich die Schuhe aus und legte sie einfach zu den Einkäufen in den Korb. Zwischen Strandkörben und Burgen mit Dämmen, auf denen Ortsnamen wie Bonn oder Mainz aus Muscheln prangten, ging sie durch den warmen Sand. Über ihr zogen kreischende Möwen ihre Bahnen, in der Brandung spritzten Kinder sich aus Eimern gegenseitig nass. Dabei jauchzten sie und sprangen mit beiden Füßen ins Meerwasser, sodass es nur so spritzte. Sabine lächelte.

Als sie an dem Pfahlbau ankam, las sie *Restaurant & Café im Pfahlbau* auf einem Schild. Ein Pfeil wies den Weg die Treppen hinauf.

Auf der ersten Holzstufe befreite sie ihre Füße vom Sand und zog die Schuhe wieder an. Dann ging sie die Treppen hoch, bis sie zu einer Tür kam.

Sabine trat ein und war sofort von einer beeindruckenden Atmosphäre gefangen. Das Café war mit Holztischen und passenden Stühlen gemütlich eingerichtet. An einer großen Theke gab es acht Torten zur Auswahl und sogar Eis. Doch der absolute Clou war eine kleine Bühne, auf der eine Kapelle gefällige Tanzmusik spielte. Auf einer kleinen freien Fläche davor schwangen einige Männer und Frauen das Tanzbein.

Die meisten Gäste saßen jedoch an den Tischen und wippten dezent die Füße zur Melodie. Am Ende des Lieds spendeten sie den Musikern Beifall.

»Guten Tag.« Eine Kellnerin in schwarzem Kleid und weißer Schürze begrüßte sie. »Wir sind im Innen- und Außenbereich leider voll besetzt. Möchten Sie auf den nächsten freien Platz warten?«

»Ja, bitte.« Egal wie lange es dauern würde, dieses Café wollte sie genauer unter die Lupe nehmen.

Als die Kellnerin gegangen war, warf Sabine vorsichtshalber einen Blick in ihre Geldbörse und begutachtete dann die Torten aus nächster Nähe. Appetitlich sahen sie aus und schienen ganz frisch zu sein. Preislich unterschied sich das Café nicht vom Strandcafé. Einen Kaffee und ein Stück Kuchen konnte sie sich leisten.

Nach etwa einer Viertelstunde Wartezeit wurde sie von der Kellnerin zu einem Tisch gleich neben dem Durchgang zur Veranda geführt. Von dort aus hatte Sabine einen optimalen Blick auf die Terrasse und die Tanzkapelle. Sie bestellte bei der Bedienung eine Tasse Kaffee und dazu ein Stück Rum-Butterkrem.

Ihr Blick ging zu den Musikern, deren Spiel sie eine Weile zuhörte. Wehmütig fragte sie sich, ob Tom gerade auch in einem Café spielte. Kapellen traten inzwischen auch in vielen Gelsenkirchener Restaurants und Cafés auf. Sie dachte an das Restaurant im Westfalenkaufhaus oder auch an die Zoo-Terrassen, wo die Kapelle Taeger regelmäßig zum Tanz aufspielte. Diese Veranstaltung war beliebt, weil man keinen zusätzlichen Eintritt zahlen musste und das Lokal auch von der Straße zugänglich war.

Die Kellnerin brachte ihr wenig später den Kuchen und die Tasse Kaffee. Beides schmeckte vorzüglich und konnte durchaus mit der Qualität des Strandcafés mithalten.

Sabine musste sich eingestehen, dass das Café mit Lage und Tanzkapelle auftrumpfte. Es wirkte alles etwas moderner als im Strandcafé, und die Musik sorgte für ein gewisses Flair, bei dem der Kunde sich als König fühlen konnte.

Dies alles konnte der traumhafte Blick von der Veranda des Strandcafés auf den Westerhever Leuchtturm nicht wettmachen. Hätte sie nicht die persönliche Verbindung zu den Jessens, hätte sie vermutlich auch eher dieses Lokal aufgesucht, statt den Weg bis nach Ording auf sich zu nehmen.

Grübelnd rührte Sabine mit einem Teelöffel ihren Kaffee um. Sie hatte keine Zeit zu verlieren. Es musste schnell eine

Lösung des Problems her, damit das Strandcafé in Ording weiter bestehen bleiben konnte.

Nach Feierabend zählte Lotte Jessen die Tageseinnahmen auf der Terrasse. Neben ihr saß ihr Mann und vermerkte die Summe in einem Buch. »Immerhin waren heute ein paar mehr Gäste da als gestern. Trotzdem reicht es hinten und vorne nicht. Die Einnahmen decken gerade unsere Kosten, wenn wir sparsam sind.«

Lotte Jessen pflichtete ihrem Mann bei: »Obwohl wir in Ording alteingesessen sind, ist die Konkurrenz an der Badestelle Bad groß. Wie sollen wir da noch mithalten?«

Sabine erzählte den Jessens von ihrem Besuch im Café Pfahlbau. »Die Aussicht dort ist nichts Besonderes«, schloss sie. »Der Blick vom Strandcafé auf den Westerhever Leuchtturm dagegen bleibt einmalig. Bestimmt wissen die Badegäste nicht unbedingt, dass es das Café gibt. Wenn man zum ersten Mal nach Sankt Peter kommt, ahnt man nichts von diesem Ort.«

Herr Jessen nickte. »Wir liegen sehr abseits. Früher spielte das nie eine Rolle. Die Urlauber sind bei ihren Strandspaziergängen automatisch in unserem Café gelandet, wo sie eine Pause einlegen wollten. Doch das hat sich geändert. Mittlerweile mögen es die Gäste möglichst bequem.« Er seufzte schwer. »Da kommt es natürlich gelegen, dass es ein Café unweit von ihren Unterkünften an der Badestelle in Bad gibt. Wir sind nicht die Einzigen, die diese Entwicklung spüren.« Er deutete mit einem Finger in südliche Richtung. »Der Strandkorbverleih in Ording ist zum Beispiel genauso betroffen. Sonst gab es in den Sommermonaten nie freie Körbe. Da musste man schon großes Glück haben, einen zu ergattern. Nun sind bloß vereinzelt welche belegt.«

Sabine folgte seinem Fingerzeig nachdenklich. Sie wollte schon traurig zustimmen, da hatte sie einen Einfall. Sie richtete sich auf und lächelte die Jessens zuversichtlich an. »Machen Sie sich nicht allzu große Sorgen. Ich bin sicher, dass es eine Möglichkeit gibt, damit wieder mehr Gäste nach Ording kommen. Manchmal braucht es nur eine zündende Idee.«

»Ihr Wort in Gottes Ohr, Fräulein Sabine«, sagte Herr Jessen und klappte müde das Buch zu.

Noch hatte sie ihn nicht überzeugt, aber sie wollte ihren Vorschlag auch erst präsentieren, wenn sie wusste, dass er Hand und Fuß hatte. Und das konnte sie kaum erwarten. »Ich mache mich besser mal auf den Weg.« Sabine erhob sich. »Meine Tante hat mich zum Abendessen eingeladen.«

»Nehmen Sie ruhig mein Fahrrad«, bot Lotte Jessen an. »Damit kommen Sie schnell ins Dorf.«

»Vielen Dank, das Angebot nehme ich gerne an.« Sie lächelte ihnen zum Abschied zu. »Vielleicht kommt mir beim Radeln ja ein Geistesblitz.«

Tatsächlich hatte Sabine nicht vor, sofort zu ihrer Tante zu fahren. Vorher wollte sie noch etwas prüfen – und sich der Vergangenheit stellen.

Sie lief durch die Brandung und blickte auf das glitzernde Meer. Über dem Strand lag ein warmes Sonnenlicht, das schon den Abend ankündigte.

Obwohl sie bisher einen gebührenden Sicherheitsabstand zu den Strandkörben eingehalten hatte, um sich den Schmerz zu ersparen, steuerte Sabine nun direkt auf sie zu. Ihr war bewusst, dass es an der Zeit war, um über ihren Schatten zu springen. Schließlich hatte sie jetzt mehr als einen persönlichen Grund herzukommen. Das Strandcafé durfte nicht schließen. Sie war fest entschlossen, dies zu verhindern. Und dafür brauchte sie Toms Hilfe! Er und die Tom Cats könnten das Café mit ihrer Rock-'n'-Roll-Musik retten!

Sie hielt Ausschau nach Tom und Fiete, konnte aber bloß zwei ihr unbekannte Burschen ausmachen, die einen leeren Strandkorb zur Landseite drehten.

Sie trat auf einen der beiden zu und sprach ihn an. »Entschuldigung, ich bin auf der Suche nach Tom und Fiete. Arbeiten sie heute nicht am Strand?«

Der Bursche rückte seine Mütze zurecht. »Da kommen Sie leider zu spät, Fräulein. Tom und Fiete arbeiten hier nicht mehr.«

»Oh!« Sabine zog überrascht die Augenbrauen hoch. Sie wusste im ersten Moment nicht, was sie sagen sollte. »Wissen Sie denn, wo ich sie finden kann?«

»Weißt du, wohin Tom und Fiete sind?«, rief er seinen Kollegen zu.

Der andere stemmte eine Hand in die Hüfte. »Soweit ich gehört habe, haben sie sich nach Hamburg aus dem Staub gemacht. Ganz groß rauskommen wollten sie da mit ihrer Musik. Mehr weiß ich nicht.«

»Danke.«

Enttäuscht schlug Sabine den Weg zur Kate der Jessens ein und kam sich lächerlich vor. Was hatte sie sich eigentlich gedacht? Dass Tom jeden Tag nach ihr Ausschau halten würde und darauf hoffte, sie eines Tages in Ording wiederzusehen? Insgeheim gewünscht hatte sie es sich. Aber natürlich war sein Leben auch ohne sie weitergegangen, und bestimmt war das Musikerdasein in Hamburg wesentlich interessanter, als sich in Ording jeden Tag um dieselben stummen Strandkörbe zu kümmern.

Kein Wunder, dass Rita keinen Brief von Fiete erhalten hatte. Sicherlich hatten beide viele Auftritte und keine Zeit für

Gedanken an zwei Mädchen, denen sie vor einem ganzen Jahr begegnet waren.

Als Sabine sich auf den Sattel des Fahrrads schwang, war sie ratlos. Der kleine Hoffnungsfunke, den Jessens helfen zu können, war schnell erloschen. Es war ohnehin nur eine Frage der Zeit, bis sie zurück nach Gelsenkirchen musste, um ihre neue Arbeitsstelle anzutreten und dabei zu sein, wenn Gino Bianca heiratete. Sie hatte sich einem unsinnigen Traum hingegeben.

Ihre Zukunft lag nicht in Sankt Peter, sondern zu Hause in Gelsenkirchen. Und Tom stand sicher gerade mit seiner Gitarre auf einer Bühne, wurde bejubelt und verschwendete keinen Gedanken mehr an sie.

KAPITEL 26

Juli 1960, in einem Hamburger Seemannsheim

Tom erhob sich, als sein Kollege erschien, um die Nachtschicht zu übernehmen.

»Sei aber pünktlich. Ich muss nach der Schicht zeitig zurück bei meiner Familie sein, damit meine Frau arbeiten gehen kann.«

»Keine Sorge, Herbert. Um sechs löse ich dich ab«, versprach Tom. Mit großen Schritten hechtete er die Treppe in die erste Etage hoch.

Kurz nachdem Fiete und er in Hamburg angekommen waren, hatte er großes Glück gehabt. Zufällig hatte er eine Notiz an der Fensterscheibe eines Seemannsheims entdeckt und sich kurz entschlossen für die freie Stelle als Mitarbeiter in der Anmeldung vorgestellt. Nachdem der Heimleiter erfahren hatte, dass Tom aus einer Hoteliersfamilie stammte, war seine Anstellung bloß eine reine Formalität gewesen.

Seitdem wohnten Fiete und er in einem der einfachen Zimmer im Seemannsheim. Ihre Bleibe war nicht besonders komfortabel. Etwas geräumiger als eine Abstellkammer mit einem Bett, einem schmalen Schrank und einem kleinen Fenster, durch das kaum Tageslicht fiel. Öffnete man es, drangen die Hafengeräusche herein, da der Hafen nur einen Steinwurf entfernt lag. Mit den beherbergten Seemännern kamen Fiete und er leicht ins Gespräch. Schon an ihrem zweiten Tag in Hamburg war Fiete mit einem von ihnen mitgegangen und hatte eine Arbeit im Hafen gefunden. Sie verdienten zwar beide nicht viel, doch war es genug zum Überleben und um ihre Träume von der großen Bühne weiterzuverfolgen.

Tom drückte die Tür zu ihrem Zimmer auf. »Ich soll ihn pünktlich ablösen, aber Herbert kommt wie selbstverständlich über eine Viertelstunde zu spät«, schimpfte er und knöpfte sich das Hemd auf.

Fiete kämmte sein Haar vor dem fast blinden Spiegel an der Wand neben dem Schrank. »Es ist doch immer dasselbe. Reg dich nicht auf, davon wird es nicht besser.«

Tom zog sich ein frisches Hemd über. »Als ob nur er pünktlich irgendwo sein müsste! Wir müssen auch pünktlich auf der Bühne stehen.«

»Soweit kennst du Herbert doch inzwischen. Er denkt zuerst an sich.« Fiete wandte sich ihm zu.

»Und der Heimleiter sollte froh darüber sein, dass ich so früh wieder meinen Dienst antrete und den kranken Kollegen in einer Doppelschicht vertrete. Mehr als vier Stunden Schlaf werde ich nachher nicht bekommen.«

Fiete schaute Tom in die Augen und funkelte ihn an. »Was soll ich denn sagen? Ich gehe gleich nach unserem Auftritt in den Hafen.«

»Wenigstens kannst du dich mittags aufs Ohr hauen. Aber jetzt lass uns nicht streiten, sondern an etwas Schönes denken: an unseren Auftritt.« Nachdem er sich das Hemd zugeknöpft hatte, nahm er seine Jacke und griff nach dem Gitarrenkoffer. »Können wir?«

»Einen Moment.« Fiete kämmte Toms Haar in Form. »Jetzt können wir.«

In Toms Käfer fuhren sie auf die Straßen Hamburgs. Die Fahrt dauerte nicht lange. Auf einem Schotterplatz parkten sie und liefen dann über die engen Kopfsteinpflasterstraßen von St. Pauli, die von den bunten Lichtern der Bars erhellt wurden.

Der Inhaber des Clubs hatte ihnen die Möglichkeit gegeben, die bereits bestehende Kapelle zu komplettieren, nachdem zwei der Mitglieder auf einem der Frachtschiffe nach New York abgereist waren. Wieder hatte der Zufall es gut mit ihnen gemeint. Nach der ersten Freude über das Engagement ereilte sie jedoch bald Enttäuschung. Denn der Club entpuppte sich als eine kleine Stripbar, in die jeder gehen konnte, ohne Eintritt zu zahlen. Niemand kam wegen der Musik.

Die Leute tranken etwas und schauten sich die Mädchen an. Kurz darauf gingen die meisten wieder. Geld bekamen sie für ihre Auftritte keins. Sie und die zwei anderen Musiker spielten jeden Abend von acht bis um zwei. Sie hatten musikalisch schnell zusammengefunden und hatten Spaß, denn sie spielten bekannte Rock-'n'-Roll-Hits aus den Fünfzigern, die sie schon unzählige Male als Tom Cats zum Besten gegeben hatten. In den halbstündigen Pausen hatten die barbusigen Frauen ihren großen Auftritt. Der Vorteil, in dieser Bar zu spielen, bestand darin, dass es dort ein Klavier und ein Schlagzeug gab, die sie benutzen konnten. Denn Fietes Instrument stand nach wie vor in der Scheune seiner Eltern. Selbst mit viel gutem Willen hätten die Trommeln nicht in Toms Wagen gepasst.

Fiete zog die Tür auf. »Bitte nach Ihnen, Herr Hansen.«

Tom lachte und klopfte Fiete im Gehen auf die Schultern.

Die anderen beiden Musiker waren tatsächlich bereits auf dem Podium und bereiteten die Verstärker vor.

»Guten Abend!« Tom sprang auf die Bühne und ließ seinen Gitarrenkoffer aufschnappen.

»Auf den letzten Drücker. Wie immer«, bemerkte Kurt.

»Ich nenne das pünktlich.« Fiete nahm auf dem Hocker hinter dem Schlagzeug Platz und begann, sich warm zu spielen.

Tom verband seine Gitarre mit einem der Verstärker. In zehn Minuten sollten sie mit ihrem Programm beginnen. Er blickte gegen das grelle Licht. Von den sechs Hockern an der Bar waren zwei besetzt. Wenigstens schienen sie dieses Mal nicht nur für das Personal zu spielen.

Es war ein Abend wie sonst auch. Kurz nach eins kamen vier Musiker aus der Bar gegenüber in das kleine Lokal und sprachen Tom und Fiete nach ihrem Auftritt an. Zwischen ihnen entwickelte sich eine lebhafte Diskussion, während sie ihre musikalischen Erfahrungen austauschten. Es stellte sich heraus, dass die vier anderen aus Wolfsburg kamen und seit fast einem Jahr in der Hansestadt von Club zu Club zogen. Genau wie Tom und Fiete hofften sie darauf, entdeckt zu werden und groß rauszukommen.

Tom gähnte, als er Herbert um Punkt sechs in der Früh an der Rezeption ablöste. Er war erst gegen halb vier ins Bett gekommen und hatte nicht gleich schlafen können.

»Dann bis nachher«, sagte Herbert und nahm seine Jacke.

Er nickte. »Bis später.«

Als Roswitha, die gute Seele der Küche, mit einer Kanne heißer Milch an ihm vorbeiging, musste er wieder gähnen.

»Du kriegst gleich einen Kaffee von mir. Extra stark!«, rief sie ihm zu. Sie duzte jeden. Egal ob sie sich mit einem Seemann unterhielt oder mit ihrem Vorgesetzten. Roswitha war grundsätzlich mit allen per Du. Sie galt als Ersatzmutter im Seemannsheim. Bei ihr weinten sogar die hartgesottenen Seebären, sagte man, und schütteten ihr das Herz aus.

»Dafür wäre ich Ihnen sehr dankbar!«, rief Tom ihr nach.

Wenig später kam Roswitha aus dem Frühstückssaal zurück und brachte ihm den versprochenen Kaffee. »In einem extra großen Pott und schön stark. Du sollst mir ja nicht aus den Latschen kippen, Jung.«

Tom nahm den dampfenden Kaffee entgegen und trank vorsichtig einen Schluck. »Das tut gut.«

»Ein bisschen mehr Schlaf täte dir noch besser«, bemerkte sie und schüttelte dann den Kopf. »Ganz schwarze Ringe hast du unter den Augen. Wie ein Pandabär siehst du aus.«

»Ich bin für einen kranken Kollegen eingesprungen. Für viel Schlaf hatte ich keine Zeit«, erklärte Tom und stützte das Kinn auf die Hand.

Sie blickte ihn durchdringend an. »So junge Burschen wie dich kenne ich zur Genüge. Ihr seid alle unglücklich verliebt und versucht dann, in Hamburg über euren Liebeskummer hinwegzukommen.«

»Ich bin Musiker und möchte gerne auftreten«, erklärte Tom und fragte sich, wie viel Wahres in Roswithas Worten steckte. Wäre Sabine in Sankt Peter, wäre er wohl kaum nach Hamburg gegangen. Wie hätte er sie auch nur für einen Tag verlassen können?

Roswitha machte eine wegwerfende Handbewegung. »Unglücklich verliebt *und* Musiker, das ist ja noch viel schlimmer, als ich dachte!«

»Man muss das Leben nehmen, wie es kommt.« Tom nahm die Arme vom Tisch und zuckte die Schultern. »Nochmals danke für den Kaffee.«

»Im Frühstückssaal ist noch genug davon. Der starke ist in der grünen Kanne.« Sie zwinkerte ihm zu, bevor sie zurück in die Küche schlurfte.

Tom nahm ihr Angebot an. Als seine Tasse leer war, holte er

sich einen weiteren Kaffee und dazu ein belegtes Brot. Obwohl es warm war, fröstelte er vor Müdigkeit.

Gegen Mittag brannte die Tageshelligkeit in seinen Augen. Wie ein Schlafwandler händigte er den Seeleuten ihre Zimmerschlüssel aus und hatte Mühe, die Augen offen zu halten.

Irgendwann schrak er hoch. Das schrille Klingeln der Tischglocke fuhr wie ein elektrischer Schlag durch seine Glieder.

Verwirrt blinzelte er und erkannte dann, dass Herr Kluge vor der Anmeldung stand. »Ich bezahle Sie hier nicht fürs Schlafen, Hansen!«, schrie er, sein Gesicht war vor Zorn gerötet.

Augenblicklich war Tom wach und nahm eine aufrechte Haltung auf seinem Stuhl ein. »Entschuldigung, Herr Kluge. Ich verspreche Ihnen, dass es nicht wieder vorkommen wird.«

Wütend fuhr Herr Kluge ihn an: »Es wird ganz sicher nicht wieder vorkommen, weil Sie gekündigt sind. Fristlos! Holen Sie Ihre Sachen und die von Herrn Farmsen aus dem Zimmer, und dann verschwinden Sie!«

»Aber, Herr Kluge …«, setzte Tom an.

»Auf Nimmerwiedersehen, Hansen!«, fuhr der Heimleiter scharf dazwischen und ließ keinen Zweifel daran, dass er es genauso meinte.

Als Tom eine halbe Stunde später sein Gepäck und das von Fiete die Stufen des Seemannsheims hinunterschleppte, wartete Roswitha am Fuße der Treppe auf ihn. In der Hand hielt sie ein kleines Paket und sah sich verstohlen um. »Nimm das mit. Junge Männer müssen doch was Anständiges zu beißen haben.« Sie drückte Tom das Paket in die freie Hand.

»Danke, Frau Poggenbeck. Sie werde ich wirklich vermissen.«

»Ach was!«, winkte sie ab. »Du wirst in einer Woche gar nicht mehr wissen, wer ich bin.« Sie lachte ihn an. »Und jetzt geh lieber, bevor der alte Kluge uns zusammen erwischt.«

Roswitha ging noch mit bis zur Tür und hielt sie für ihn auf.

»Auf Wiedersehen.«

»Tschüs.« Sie winkte ihm nach.

Tom fuhr mit seinem VW Käfer zum Hafen und parkte am Straßenrand. Er wollte Fiete abfangen, damit er nicht nach der Arbeit ahnungslos zum Seemannsheim und Herrn Kluge in die Arme lief. Ungefähr wusste er, wo Fiete Stückgut entladen musste.

In einigem Abstand wartete er bis zum Schichtende und aß eines der Brote von Frau Poggenbeck.

Die Sonne stand hoch am Himmel, als ein paar Hafenarbeiter auf ihn zukamen. Unter ihnen erkannte er Fiete, hob den Arm und winkte ihm.

»Was treibt dich denn an den Hafen?«, begrüßte Fiete ihn, als er vor ihm stand. Neben ihm wartete ein großer Mann, auf dessen Unterarm ein Kompass tätowiert war. Zweifellos ein Kollege.

»Das ist übrigens Richard«, stellte Fiete vor.

»Guten Tag, ich bin Tom.« Er nickte ihm zu und wandte sich wieder an Fiete. »Ich hatte Sehnsucht nach dir.«

Fiete kniff die Augen zusammen. »Ist deine Schicht heute früher zu Ende?«

»Kann man so sagen. Ich bin eingeschlafen, und Herr Kluge hat mich entlassen. Das Zimmer sind wir los.«

Richard hob die Augenbrauen und pfiff durch die Zähne.

Fiete nahm seine Mütze ab und pfefferte sie ärgerlich auf den Boden. »Das darf doch nicht wahr sein! Und nun? Sollen wir etwa unter freiem Himmel schlafen?«

»Nein, natürlich nicht. Fürs Erste ist im Käfer genügend Platz. Und wir werden bestimmt ein anderes Zimmer finden.«

Fiete hob die Mütze wieder auf. »Dabei war die Unterkunft ideal.«

»Ich frag einfach in anderen Hotels nach einer Arbeit. Irgendwo werden sie mich schon nehmen, und bestimmt gibt es dort dann auch Zimmer für Bedienstete«, fuhr Tom fort. Es tat ihm leid, dass er seinem besten Freund die Bleibe genommen hatte.

»Kann ja sein. Trotzdem möchte ich gerne so schnell wie möglich wieder in einem Bett schlafen. In deinem Wagen ist nicht einmal genügend Platz, um sich normal auszustrecken.« Er schaute Richard an. »Weißt du nicht, wo es günstige Unterkünfte für Hafenarbeiter gibt?«

Richard überlegte kurz. »Fragt doch mal im Schellfischposten. Der Wirt bekommt viel aus dem Hafen mit und weiß vermutlich, wo es gerade freie Betten gibt. Ich würde euch ja ein Eckchen in meiner Wohnung anbieten, aber dort lebe ich schon mit meiner Frau und vier Kindern auf zwei Zimmern.«

Die Seemannskneipe lag in Altona in unmittelbarer Nähe zum Fischmarkt und der Norderelbe. Das Lokal war klein, und die wenigen Tische mit Gästen besetzt. Hinter dem Tresen stand ein Mann mit grauem Haar, das zu allen Seiten abstand. Er trug einen langen Bart, der an manchen Stellen erahnen ließ, dass er vor langer Zeit mal blond gewesen sein musste.

Tom und Fiete setzten sich auf zwei freie Hocker an den Tresen und bestellten zwei Getränke. Der Wirt zapfte zwei Gläser Bier und stellte sie vor ihnen hin. »Zwei kühle Blonde.«

Tom bedankte sich bei ihm. »Entschuldigung, dürfte ich Sie mal etwas fragen?«

Der Wirt musterte ihn belustigt. »Du bist der erste Kerl, der fragt, ob er was fragen darf. Die meisten quasseln einfach drauflos.«

»Wir sind auf der Suche nach einer Bleibe«, übernahm Fiete das Gespräch. »Nichts Besonderes, bloß zwei Betten. Ein

Arbeitskollege meinte, Sie könnten da vielleicht einen Tipp geben.«

Er verzog den Mund. »Für günstig ist es gerade eine schlechte Zeit, wie ich hörte. Probiert es im Seemannsheim. Das ist nicht weit von hier.«

»Da hat man uns eben rausgeworfen«, gestand Tom.

In diesem Moment stellte sich ein großer Kerl mit einer dunklen Wollmütze neben ihn. »Zahlen, bitte. Zwei Astra.«

Tom sah ihn zunächst aus dem Augenwinkel, schaute dann aber genauer hin. Der rotblonde Bart war zwar länger geworden, doch er hatte ihn gleich erkannt. »Pit? Pit Becker aus Berlin?«

Verblüfft musterten sie einander.

»Das gibt's doch nicht! Wenn das nicht Tom aus dem Tönninger Hafen ist!« Er klopfte ihm kumpelhaft auf die Schulter. »Hast du es also doch bis nach Hamburg geschafft.«

Tom hob kurz die Hände. »Und ich habe dich gefunden.«

Der Eingang befand sich im Hinterhof eines Musikclubs unweit der Reeperbahn. Als Pit die Holztür öffnete, quietschte es laut.

»Es ist kein Palast, aber wenn es regnet, ist es hier zumindest trocken.« Er ging vor, öffnete noch eine weitere Tür und betätigte einen Schalter.

Im Licht einer Glühbirne, die einsam von der Decke baumelte, zeigte er auf ein Etagenbett mit durchgelegenen Matratzen, das in dem fensterlosen Raum stand. »Hier könnt ihr bleiben. Zwei Engländer sind letzte Woche aus dem Zimmer ausgezogen. Ich schlafe gleich nebenan. Der Inhaber des Clubs verlangt fünf Mark in der Woche.«

»Danke.« Tom legte seinen Gitarrenkoffer auf das untere Bett.

»Das rettet uns vor einer Nacht im Auto«, sagte Fiete.

»Ich muss wieder los. Aber wir sehen uns ja jetzt öfters«, sagte Pit zum Abschied und schloss die Tür hinter sich.

Eine Weile blickten Tom und Fiete sich schweigend an. Fiete legte sein Gepäck auf das obere Bett und rümpfte die Nase. »Ich hätte gerne das kleine Fenster zurück, wodurch kaum Tageslicht scheint. Besser als gar keins.«

»Das Leben als Musiker habe ich mir auch besser vorgestellt.« Tom schnupperte. »Hier riecht es nach kaltem Rauch und modrigem Holz.«

»Tom, ich sage dir eins: Lange halte ich es in dem Verschlag nicht aus«, stellte Fiete fest. »Da schlafe ich doch lieber im Auto. Oder besser noch, ich fahre wieder zurück nach Brösum. Da habe ich wenigstens ein weiches Bett und frische Luft zum Atmen. Und da hat jedes Zimmer ein Fenster.«

Besorgt beobachtete er seinen besten Freund. »Willst du etwa erfolglos nach Sankt Peter zurückkehren und dich dem Gespött der Leute preisgeben? Das käme meinem Vater gerade recht. Dann hätte er seine Genugtuung und würde mich gnadenvoll wieder im Hotel aufnehmen. Wahrscheinlich müsste ich Silke heiraten, damit mein Ruf wiederhergestellt ist.« Tom hob abwehrend eine Hand. »Nein, wenn du zurückwillst, bitte. Aber ich bleibe und friste lieber mein Leben in nassen Verschlägen und mit wenig Geld. Unter diesen Umständen kehre ich nicht zurück nach Sankt Peter.«

KAPITEL 27

August 1960, im Salon Inge in Gelsenkirchen

Sabine blätterte in einer Illustrierten, in der die neueste Mode für den Winter abgebildet war. An einem Strickpullover mit passender Wollhose blieb ihr Blick hängen. Ihr gefielen die Farben und der große Kragen.

Das warme Gebläse der Haube umhüllte ihren Kopf und schirmte sie von jeglichen Geräuschen ab. Sie blätterte eine Seite weiter, auf der ein Pärchen auf einem Steg posierte, an dem ein Boot vertäut war. Sofort schweiften ihre Gedanken nach Sankt Peter. Zu Tante Ebba und dem Strandcafé und zu Tom, der nun irgendwo in Hamburg war oder inzwischen anderswo sein Glück suchte.

Sie hatte Sankt Peter mit keinem guten Gefühl verlassen. Als Frau Jessen der Gips abgenommen werden konnte, waren Sabines Tage in Sankt Peter gezählt. Zwar hatte Frau Jessen durch die Ruhigstellung des Arms viel ihrer ursprünglichen Muskelkraft eingebüßt, die sie zur Verrichtung der alltäglichen Arbeit im Café benötigte. Aber es waren ja ohnehin nicht mehr viele Gäste zu bewirten. An guten Tagen war mehr als die Hälfte der Plätze auf der Terrasse besetzt. Der Rest und auch die Tische im Innenraum blieben frei. Das Schicksal des Strandcafés schien besiegelt zu sein.

»Nach diesem Sommer ist Schluss«, hatte Herr Jessen an jenem Juliabend gesagt, nachdem er einen Blick auf die Einnahmen geworfen hatte. »Das Café macht nur noch Verluste. Die ganze Arbeit ist es nicht wert.«

Sabine hatte bis zum letzten Tag in Sankt Peter gehofft, dass sich das Blatt noch wenden würde. Doch die Auslastung im Café war gering geblieben.

Am Tag ihrer Abreise war Sabines Stimmung gesunken. Und je weiter sich der Zug von dem kleinen Bahnhof des Kurbads entfernt hatte, desto größer war ihre Unzufriedenheit geworden. Das Gefühl, mit ihrer Hilfe nichts bewirkt zu haben, lag ihr wie ein schwerer Stein im Magen. Als der Zug am Hauptbahnhof von Hamburg gehalten hatte, hatte Sabine mit dem Gedanken gespielt, einfach auszusteigen, um nach Tom zu suchen.

Stattdessen war sie sitzen geblieben, würde nun die Hochzeitsfeier besuchen und in einigen Wochen die neue Stelle im Bahnhofsrestaurant antreten.

Das Gebläse ging aus, und kurz darauf hob Rita die Haube hoch und entfernte das dünne Haartuch von Sabines Kopf. Mit fachmännischem Blick begutachtete sie die Lockenwickler. »Die können dann raus.«

Sabine schlug die Illustrierte zu und legte sie auf dem Tisch vor sich ab. Sie blickte in den Spiegel und dann zu ihrer Freundin. »Ob ich jemals wieder lange Haare haben werde?«

Rita grinste. »Wenn du Engelbert Müller heiratest, dann bestimmt.«

Sie stöhnte lauter auf als beabsichtigt. »Dann trage ich lieber für den Rest meines Lebens die Haare kurz.«

Das Glöckchen der Ladentür erklang, und Rita grinste. »Kaum spricht man von der Post, kommt sie schon.«

Erleichtert vergewisserte Sabine sich, dass es nicht Berti war. Sie beobachtete im Spiegel, wie Rita zu dem Briefträger ging und die Post entgegennahm. Nachdem sie den Stapel kurz durchgesehen hatte, zog Rita lächelnd eine einzelne Karte heraus und kam damit zurück zu Sabine. Die restliche Post legte sie neben der Kasse ab.

»Rate, wer mir geschrieben hat!« Sie wedelte mit der Postkarte vor Sabines Gesicht herum.

Lachend zuckte sie mit den Schultern. »Peter Kraus?«

»Fast.« Rita lachte. »Die Postkarte kommt aus Hamburg. Von Fiete.«

»Oh!« Abrupt richtete sie sich auf. »Was schreibt er denn?«

»Lies selbst.« Sie drückte ihr die Karte in die Hand.

Grüße aus Hamburg, stand auf der Vorderseite, die außerdem von Abbildungen vom Hamburger Michel, ein paar Segelbooten auf der Alster und dem Hamburger Hafen geziert wurde. Sabine drehte die Karte um und las mit klopfendem Herzen die Zeilen.

Liebe Rita,
ich schicke Dir Grüße aus Hamburg.
Sicher hast Du Dich gewundert, warum ich nicht mehr zurückgeschrieben habe. Seit Juni sind Tom und ich nun schon hier und versuchen unser Glück als Musiker. Ich habe keine feste Adresse, aber ich melde mich bald wieder bei Dir.
Beste Grüße
Fiete

»Wenigstens leben sie!«

Rita nahm die Karte wieder an sich und steckte sie in ihre Kitteltasche. »Seit Juni ist er also schon weg aus Sankt Peter. Bestimmt hat er meinen letzten Brief gar nicht bekommen.«

Sabine nickte. »Ich wusste bisher nur, dass sie im Juli schon weg waren, als ich am Strand nach ihnen gefragt habe. Meinst du, sie haben viele Auftritte in Hamburg?«

»Ich weiß nicht.« Rita wiegte den Kopf hin und her und machte sich dann daran, die Lockenwickler zu lösen. »Er schreibt, dass sie ihr Glück als Musiker versuchen und keine feste Adresse haben. Für mich klingt es nicht danach, als hätten sie bisher übermäßig Erfolg gehabt.«

»Wenn Fiete wenigstens geschrieben hätte, wo sie gerade in Hamburg unterwegs sind.«

Rita löste einen weiteren Lockenwickler. »Wieso? Willst du etwa hinfahren und die zwei suchen?«

»Nicht übel Lust hätte ich schon. Sie wissen ja nicht, dass sie im Strandcafé dringend gebraucht werden. Vielleicht würden sie nach Sankt Peter zurückkehren, wenn sie davon erfahren.«

»Bestimmt wissen sie es nicht. Wenn Fiete mir seine Adresse in Hamburg mitteilt, kann ich es ihm schreiben.«

»Hoffentlich tut er das. Die Tom Cats könnten die Rettung für die Jessens sein. Davon bin ich immer noch überzeugt.«

»Dann ist es versprochen. Aber morgen gehen wir erst einmal zur Hochzeit. Weißt du schon, was du anziehst?« Mit kraftvollen Bewegungen kämmte Rita von vorne nach hinten durch Sabines Locken.

»Ein schlichtes Kleid in Altrosa und dazu eine Stola.« Weil ihr die Bürstenstriche unangenehm waren, kniff Sabine die Augen zu.

Rita begann, ein kleines Lied zu trällern. »Ich kann Bertis bewundernde Blicke förmlich vor mir sehen. Er wird begeistert sein und dich keine Sekunde aus den Augen lassen.«

Sabine verzog das Gesicht. So ging es nicht weiter. Irgendwann musste sie ihr Geschick selbst lenken. »Ich muss es ihm bald sagen. Das hätte ich längst tun sollen.«

Rita nahm eine Flasche Haarspray zur Hand. »Es ist vermutlich egal, wann du es ihm sagst. Die Wahrheit wird ihm ohnehin wehtun, dagegen kannst du nichts tun. Und nun Augen zu!«

Sabine tat, wie ihr geheißen. Wenig später fand sie sich in einer Wolke Haarspray wieder.

Als das frisch vermählte Hochzeitspaar die Kirche verließ, läuteten die Glocken. Die Sonne strahlte mit Bianca, Gino und deren Eltern um die Wette.

Rita hatte es sich nicht nehmen lassen, Bianca die Brautfrisur zu spendieren, und hatte ihr prachtvolle Blumen ins Haar gesteckt. Frau Rossi kämpfte in unregelmäßigen Abständen mit den Tränen – und Engelbert mit seiner neuen Kamera, mit der er Farbfotos von Bianca und Gino sowie der Hochzeitsgesellschaft machen wollte. Sabine kam es gelegen, dass er sich auf anderes konzentrierte und ihr nicht wie ein Schatten folgte.

Während der Trauung waren auch ihr ein paar Tränen gekommen. Die Zeremonie hatte sie unerwartet stark berührt. Und die Enttäuschung, dass sie Tom nicht in Sankt Peter angetroffen hatte, nahm sie wieder gefangen.

Nach dem Hochzeitsessen, das in einem nahe gelegenen Gasthaus stattfand, vertraten Rita und sie sich die Füße.

»Meine Güte, was bin ich voll«, sagte Rita und legte sich die Hand auf den Bauch. »So viel habe ich lange nicht mehr gegessen.«

»Es hat auch hervorragend geschmeckt. Der Koch der Wirtschaft ist ein Onkel von Gino.«

»Einen Italiener, der gut kochen kann, dürfte ich nicht heiraten. Ich würde so viel futtern, dass ich bald eine Kleidergröße mehr bräuchte.«

»Ginge mir genauso«, stimmte Sabine zu.

Rita stieß sie scherzhaft in die Seite. »Wenn Berti so gut kochen kann, wie er fotografiert, dann bleibst du immer rank und schlank. Hoffentlich wird überhaupt eins seiner Fotos etwas.«

Sie verdrehte die Augen. »Ich bin wirklich froh, dass er anderweitig beschäftigt ist.«

»Wie er dich vorhin während der Trauung angesehen hat.« Rita schüttelte den Kopf. »Ein Blinder mit Krückstock hätte sehen können, wie inständig er auf ein Ja von dir hofft.«

Sabine lächelte traurig. »Wahrscheinlich hofft er so sehr darauf wie ich darauf, dass ich Tom eines Tages wiedersehe. Weißt du, manchmal frage ich mich, ob er vielleicht in Sankt Peter geblieben wäre, wenn ich mich damals nicht einfach weggeschlichen hätte. Vielleicht würden die Jessens dann auch nicht über die Schließung des Cafés nachdenken.« Sie senkte den Blick. »Ich habe das Gefühl, alles falsch gemacht und so Unglück über die Leute gebracht zu haben.«

Rita blieb stehen und schaute sie eindringlich an. »So einen Blödsinn habe ich schon lange nicht gehört, Sabine! Du trägst doch überhaupt keine Schuld an irgendetwas. Es war Toms Entscheidung, nach Hamburg zu gehen, und die Jessens haben eben großes Pech, dass die Konkurrenz mehr Gäste anzieht als ihr Café. Das ist alles.«

»Das klingt so einfach, Rita. So ist es aber nicht.«

»So geht es nicht weiter mit dir.« Rita schüttelte den Kopf.

»Was soll ich denn machen?« Verzweifelt suchte sie im Gesicht ihrer Freundin nach einer Antwort.

Rita lächelte und tippte ihr auf die Nasenspitze. »Manchmal muss man die Dinge wirklich selbst in die Hand nehmen. Bevor du mir nur noch Trübsal bläst, lass mich mal machen.«

»Was willst du denn unternehmen?«, fragte Sabine alarmiert.

»Hör zu, ich habe dir doch erzählt, dass eine Tante und ein Onkel von mir einen Friseursalon in Hamburg betreiben. Ich werde ihnen schreiben, dass ich bald zu Besuch komme und eine Freundin mitbringe. Dann haben wir einen Schlafplatz und können auf die Suche nach Tom und Fiete gehen. Wie wäre das?«

Sabine schaute ihre Freundin wortlos an. Sie spürte einen Kloß im Hals, der sich immer weiter ausdehnte. Statt zu antworten, fiel sie Rita um den Hals. Haltlos liefen ihr die Tränen übers Gesicht.

KAPITEL 28

August 1960, am Hauptbahnhof in Gelsenkirchen

»Wir müssen uns beeilen«, sagte Sabine, als der Bus am Bahnhofsvorplatz hielt.

»Es sind noch über zwanzig Minuten Zeit, bis der Zug ankommt. So groß ist der Gelsenkirchener Bahnhof nun auch nicht.«

Rita hatte Wort gehalten und gleich nach der Hochzeit ihren Verwandten in Hamburg geschrieben. Ohne das Wissen ihrer Eltern. Diese hatte sie erst in ihre Reisepläne eingeweiht, als die Antwort ihrer Tante eingetroffen war, in der sie mitteilte, dass sie sich über den Besuch freuen würde, und fragte, ob Rita für ein paar Stunden im Salon aushelfen könne. Offenbar hatte vor Kurzem eine Mitarbeiterin aus heiterem Himmel gekündigt.

Ritas Eltern waren zunächst dagegen gewesen, weil sie die Arbeitskraft ihrer Tochter in ihrem Salon ebenso brauchten. Erst als Rita verkündete, zur Not auch ohne ihre Erlaubnis zu fahren, hatten sie unter der Bedingung zugestimmt, dass sie spätestens nach einer Woche zurückkehrte. Sabine kam es gelegen, da sie ebenfalls Zeit hatte, bevor sie die neue Stelle im Bahnhofsrestaurant antreten würde.

Sie hatten ihre Ersparnisse für die Fahrkarten und die Zeit in Hamburg zusammengelegt und waren bereit.

Als der Bus hielt, nahm Sabine ihren Koffer und stieg aus. Rita folgte ihr.

Vor einer Bäckerei fragte Rita: »Was möchtest du?«

»Egal. Hauptsache, es geht schnell. Ich warte hier und passe auf unsere Koffer auf.«

Schon eilte Rita in die Bäckerei. Währenddessen starrte Sabine auf die Uhr des Bahnhofsgebäudes. Es hatte sie ebenfalls Überzeugungsarbeit gekostet, jetzt wollte sie, dass nichts schiefging. Ihre Eltern waren zunächst wenig begeistert von der Idee gewesen, dass sie zusammen mit Rita in eine unbekannte Großstadt reiste. Doch sie hatten sich schließlich von ihr überreden lassen, nachdem Sabine ihnen erklärt hatte, dass sie bei Ritas Verwandten unterkamen.

»Behalte die Tage im Auge. Du trittst bald deine neue Stelle an«, hatte ihre Mutter sie am Morgen noch ermahnt, bevor sie die Wohnung mit ihrem Koffer verlassen hatte.

Sabine betete, dass eine Woche ausreichen würde. Gemeinsam wollten sie und Rita die Hamburger Musikcafés abklappern und nach Tom und Fiete fragen. So groß Hamburg auch sein mochte, sie hatten sich fest in den Kopf gesetzt, die beiden ausfindig zu machen.

Als Rita mit einer großen Brötchentüte die Bäckerei verließ, atmete Sabine auf.

»Nimm dir, was du magst.« Ihre Freundin hielt ihr die offene Tüte hin.

Sabine griff nach einer Backware und biss hinein. Gefrühstückt hatte sie nicht, dafür war sie viel zu aufgeregt gewesen. »Aber nur auf dem Weg! Lass uns zum Bahnsteig gehen, ehe der Zug einfährt«, sagte sie und ging lächelnd voran.

Ritas Tante holte sie vom Bahnhof ab und erzählte, dass ihr Mann unterdessen im Friseurladen die Stellung hielt. Sie nahmen die jungen Frauen herzlich auf und stellten ihnen ein Gästezimmer mit zwei Betten und einem großen Schrank zur

Verfügung. Sie wohnten gleich über dem Salon, genau wie Ritas Eltern in Gelsenkirchen. Die Wohnung der Broschs war jedoch größer als die von Ritas Eltern. Neben einer Küche, einem Wohnzimmer und einem Schlafzimmer gab es noch drei weitere Zimmer.

»Zwei der Räume haben ursprünglich unsere Kinder bewohnt. Doch sie sind beide längst erwachsen und haben ihre eigenen Familien«, erzählte Frau Brosch. »Deswegen haben wir einen der Räume in ein Gästezimmer umgewandelt.«

Während Rita bei ihren Verwandten im Salon half, erkundete Sabine auf eigene Faust und mit einer Straßenkarte die Stadt. Hauptsächlich besichtigte sie Sehenswürdigkeiten oder machte einen Schaufensterbummel. Erst wenn Rita Feierabend hatte, ging sie mit ihr auf die Suche nach Tom und Fiete.

»Haltet euch von den einschlägigen Vierteln rund um die Große Freiheit fern. Das ist keine Gegend, wohin sich junge Frauen verlaufen sollten«, hatte Herr Brosch gemahnt.

Tatsächlich hielt sich Rita an seinen Rat. Obwohl sie sonst abenteuerlustig und unerschrocken war, war ihr das Viertel mit seinen Striplokalen nicht geheuer. »Was sollen wir auch da?«, sagte sie zu Sabine. »Tom und Fiete sind Musiker.«

Innerhalb von vier Tagen klapperten sie ein Café nach dem nächsten ab und fragten Musiker, die dort spielten, nach Tom und Fiete. Doch keiner schien jemals etwas von ihnen gehört zu haben.

Sabine wollte sich nicht so schnell ins Bockshorn jagen lassen. Während Rita Haare schnitt, ging sie bald doch auf eigene Faust los, um weitere Erkundigungen anzustellen. In Hamburg gab es unzählige Cafés, in denen Kapellen spielten. Deswegen musste sie auch die Zeit so gut wie möglich nutzen. Und so ging sie von einem Café zum nächsten, sprach immer wieder Musiker an und fragte nach weiteren Cafés, in denen Tanzkapellen spielten.

Im nächsten Café passte Sabine einen jungen Pianisten in seiner Pause ab. Auf ihre Frage hin schüttelte er den Kopf. »Von einem Tom und Fiete aus Sankt Peter habe ich noch nie etwas gehört. Welche Art von Musik spielen sie denn?«

»Meistens Rock 'n' Roll«, antwortete Sabine.

»Ach, deswegen kann ich sie auch nicht kennen.«

Sabine runzelte die Stirn. »Entschuldigung, aber das verstehe ich nicht.«

»In solchen Cafés wie diesem wird niemals eine Rock-'n'-Roll-Kapelle auftreten. Dafür ist das Publikum hier viel zu fein oder zu alt«, erklärte er.

»Oh, jetzt, da Sie es sagen, fällt es mir auch auf.« Sabine sah sich um. Tatsächlich wirkten die meisten Gäste nicht, als würden sie die neuartige Tanzmusik aus Amerika mögen. »Wo kann ich denn Rock-'n'-Roll-Musik in Hamburg hören?«, erkundigte Sabine sich gespannt.

Er nahm eine Zigarette aus einer Schachtel, die auf dem Klavier lag, und steckte sie in einen Mundwinkel. »Die Große Freiheit ist voll mit Clubs, in denen diese Musik gespielt wird.«

Sabine bedankte sich für die Information und verließ das Café. Die Große Freiheit. Ausgerechnet! Genau vor dem Viertel hatte Herr Brosch sie doch gewarnt.

Sie nahm die Straßenkarte zur Hand und suchte nach der Straße. Das Viertel war gar nicht so weit von ihr entfernt. Sabine zögerte. In ihr stritten die Gefühle. St. Pauli war keine Gegend für junge Frauen. Sogar Rita wollte dort nicht hingehen.

Was aber, wenn genau dort Tom und Fiete waren? In einem Club, wo sie ihre Musik spielen konnten. Wo sollten sie auch sonst stecken?

Sabine straffte die Schultern und hob das Kinn. Sie war hier, um Tom und Fiete zu finden. Wenn Rita sich nicht in die Große Freiheit traute, ging sie eben ohne sie dorthin. Sollte sie dort auch nicht weiterkommen, würde sie ihren Ausflug einfach für sich behalten. Niemand würde jemals erfahren, dass sie dort gewesen war.

Einerseits fühlte Sabine sich abgestoßen, andererseits war sie fasziniert. In der Tat, die Große Freiheit war kein Ort, den sie unter normalen Umständen aufgesucht hätte. Zwielichtige Gestalten kamen ihr in der engen Straße entgegen, deren Gebäude heruntergekommen bis abbruchreif wirkten.

Überall lockten bunte Lichter Männer in Shows, in denen sich Frauen bereitwillig auszogen. Manche Männer schauten sie an, als würde sie auch zu diesen Tänzerinnen gehören. Einer pfiff ihr sogar nach.

Empört drehte Sabine den Kopf in eine andere Richtung und steuerte auf ein Lokal zu. Nur weg von dieser Straße! Sie zögerte, doch der Name klang harmlos: Harold's Café. Dort konnte sie bestimmt einen Kaffee trinken, um sich von dem ersten Schock zu erholen.

Sabine drückte die Tür auf und schaute sich um. Das Café sah von innen genauso heruntergekommen aus wie von außen. Die Gardinen vor dem Fenster waren gelb vom Zigarettenrauch, und es spielte keine Kapelle. Trotzdem war es voll. Auf sie wirkten die Menschen ähnlich suspekt wie die auf der Straße, deshalb nahm sie sich vor, gleich wieder zu gehen. Sie würde sich vergewissern, dass hier keine Musiker waren, und dann darauf warten, dass Rita im Salon fertig war.

Da sie keine Kellner in dem Lokal sah, schob Sabine sich durch die Menge. Teils standen die Gäste einfach herum und hielten ein Getränk in der Hand, andere lehnten an der Wand.

Endlich hatte Sabine die Theke erreicht. Dahinter stand ein Mann, der ihr den Rücken zugekehrt hatte. »Entschuldigen Sie!«, versuchte sie, auf sich aufmerksam zu machen.

Als er sich zu ihr umdrehte, stockte ihr der Atem. »Tom?«

KAPITEL 29

August 1960, auf der Reeperbahn in Hamburg

»Ist es noch weit?«, fragte Rita und blickte sich um.

»Nein, wir sind gleich da.« Sabine schritt entschlossen voran.

»Ich kann immer noch nicht glauben, dass du das wirklich getan hast«, sagte sie kopfschüttelnd.

»Ich auch nicht.« Sabine grinste. »Aber es hat sich gelohnt, mal nicht brav zu sein. Sonst hätte ich Tom nie gefunden. Du hättest mal seinen Blick sehen sollen!«

Beide hatten es nicht glauben können, als sie sich plötzlich gegenübergestanden hatten.

»Sabine?«, hatte Tom ungläubig gefragt.

»Ja.« Mehr war ihr nicht eingefallen.

Ein Lächeln hatte sich auf Toms Gesicht gestohlen. Dann hatte er sich über den Tresen zu ihr gebeugt. »Ich kann jetzt nicht reden. Aber Fiete und ich spielen heute Abend im Indra. Das ist gleich nebenan, und da ist kürzlich sogar eine Kapelle aus Liverpool aufgetreten«, hatte er gesagt. »Komm vorbei, dann können wir später alles besprechen.«

»Ist gut. Rita bringe ich auch mit«, hatte sie glücklich versprochen.

Wieder hatte Tom gelächelt. »Da wird sich Fiete freuen.«

Nun zog sie Rita an der Hand in die enge Straße mit dem Kopfsteinpflaster. Am Abend leuchteten die Lichter noch greller als bei Tag.

Rita blickte sich staunend um. »Wenn Tante Ragnhild und Onkel Anton wüssten, dass wir hier sind, würden sie uns mit dem nächsten Zug zurück nach Gelsenkirchen schicken.«

»Sie wissen es aber nicht. Außerdem müssten wir ohnehin mit dem übernächsten fahren. Unsere Woche ist doch übermorgen vorbei.«

»Nicht zu fassen, oder? Mir kommt es vor, als wären wir erst gestern angekommen.«

»Hier muss es irgendwo sein.« Sabine las die Schilder, die über den Etablissements angebracht waren. »Da ist es.« Sie zeigte auf ein rotes Backsteingebäude, über dessen Eingang ein weißes Schild prangte, auf dem in schwarzen Buchstaben Indra geschrieben stand.

Rita beäugte skeptisch das Haus. »Ob wir da überhaupt reinkommen? Wir sind doch noch nicht volljährig.«

Sabine hob die Schultern, ihr schlug das Herz bis zum Hals. »Versuch macht klug.«

Rita nickte. »Dann lass es uns probieren.«

Sie waren ohne Schwierigkeiten in den kleinen Club gelangt, der eine gewöhnliche Stripbar war, in der es auch Musik zu hören gab. Tom und Fiete spielten mit zwei weiteren Musikern auf einer kleinen Bühne. Sabine und Rita hielten sich im Hintergrund und bestellten etwas zu trinken.

Die Bar war klein, fast schon winzig. Die Einrichtung war in die Jahre gekommen und Sabine unangenehm, genauso wie die abgestandene Luft in dem Raum. Tom signalisierte ihnen mit einer Handbewegung, dass er sie gesehen hatte. Sabine wusste nicht, aus welchem Grund ihr Herz nun wieder schneller schlug. Lag es daran, dass sie bloß wenige Meter von Tom entfernt war, oder daran, dass sie als Minderjährige mitten in einer Hamburger Stripbar stand?

Als die Kapelle eine Pause einlegte und eine Frau zu einer Showeinlage auf die Bühne kam, kamen Tom und Fiete zu ihnen und gingen dann mit ihnen hinaus auf den Gehsteig.

»Erzählt! Was macht ihr hier?«, fragte Tom ein wenig atemlos.

Rita schaute zu Fiete. »Nachdem ich deine Postkarte bekommen habe, haben wir beschlossen, euch zu suchen.«

Sabine verzog den Mund. »Genau genommen nachdem ich in Sankt Peter gewesen bin, euch gesucht habe und mir jemand vom Strandkorbverleih mitgeteilt hat, dass ihr in Hamburg seid.«

Tom und Fiete wechselten einen verdutzten Blick. »Wir wussten ja nicht, dass nach uns so eifrig gesucht wird«, sagte Fiete schließlich.

»Das hat auch einen besonderen Grund.« Sabine spürte, wie sie errötete. Dann berichtete sie schlicht von Lotte Jessens Hilferuf, von dem Unfall, dass sie deswegen nach Sankt Peter gefahren war und von der verzwickten Situation des Strandcafés.

»Ihr seht, deswegen musste ich euch unbedingt finden. Die Jessens brauchen euch und die Tom Cats dringend. Mit eurer Musik können wir sicherlich die Gäste wieder nach Ording locken und die Schließung des Cafés verhindern.«

Tom sah seinen Freund an. »Was meinst du?«

Fiete zuckte die Schultern. »Meinetwegen. Ich kann jederzeit zurück zu meinen Eltern. Aber was ist mit dir?«

»Ich wusste gar nicht, dass du bei deinen Eltern wohnst«, platzte es aus Sabine heraus. Ihr wurde bewusst, dass sie nach wie vor kaum etwas über ihn wusste.

Tom zog sie ein Stück zur Seite, um mit ihr unter vier Augen zu reden. Er kratzte sich verlegen am Hinterkopf. »Ich fürchte, ich muss dir was erklären.«

Gespannt und unsicher betrachtete sie ihn. Sabine hatte keine Ahnung, was er ihr erklären wollte.

»Ich bin nicht ganz ehrlich zu dir gewesen«, begann er.

Sabine verschränkte ihre Arme vor der Brust. Sie war sich nicht sicher, ob sie überhaupt wollte, dass er weitersprach. Sie versuchte, sich zu wappnen.

»Ich wollte es dir sagen. Ganz bestimmt sogar. Aber als ich bei deiner Tante angekommen bin, warst du schon weg.«

Überrascht blinzelte sie. »Du warst bei meiner Tante?«

Er nickte. »An dem Tag, als du nach Hause gefahren bist.«

Sabine verschlug es beinahe die Sprache. »Davon hat meine Tante mir gar nichts erzählt.«

»Vielleicht hat sie es vergessen. Das passiert älteren Leuten ja manchmal.« Er lächelte sie an. »Was ich dir aber eigentlich sagen wollte …« Er holte tief Luft. »Ich bin nicht der Tom, für den du mich hältst.«

»Nicht der Tom? Das verstehe ich nicht.«

»Ich bin nicht Tom, der im Strandkorbverleih arbeitet. Jedenfalls nicht nur … Sabine, mein Name ist Thomas Hansen, und meinem Vater gehört das Strandhotel im Ortsteil Bad. Letzten Winter hat er mir die Leitung des neuen Hotelrestaurants übertragen. Am Strand habe ich nur aus reiner Freude gearbeitet, weil ich es mag und weil ich gern an der frischen Luft bin.«

»Aber das ist doch wunderbar. Warum bist dann hier und nicht in Sankt Peter?«, fragte Sabine verständnislos.

Sanft lächelte er sie an und strich ihr eine Locke aus dem Gesicht. »Ich bin Musiker. Mir liegt es nicht, den ganzen Tag im Hotel zu verbringen und mich stur um die Organisation zu kümmern. Deswegen habe ich mich mit meinem Vater gestritten und bin dann nach Hamburg gefahren.«

Seine Berührung ging ihr durch und durch. »Oh, das tut mir

leid. Hoffentlich kannst du dich mit deinem Vater bald wieder aussöhnen.«

Er lächelte. »Bist du mir denn gar nicht böse, weil ich dir nicht gleich die Wahrheit gesagt habe?«

»Wie könnte ich dir denn böse sein?« Sie lächelte nun auch, und endlich traute sie sich, länger als eine Sekunde in seine wunderschönen Augen zu schauen. In ihnen konnte sie das Meer sehen und ein Leuchten, das sie sonst nur von den Sternen in einer klaren Nacht kannte. »Du müsstest doch auf mich böse sein, weil ich einfach so gegangen bin – ohne ein Wort.«

»Tom? Sabine?« Fiete winkte sie zu sich und Rita.

»Was gibt's?«, fragte Tom, sichtlich unerfreut über die Unterbrechung.

»Ich frage mich, ob wir nicht doch zurück nach Sankt Peter fahren sollten. Es scheint doch, als würden wir dort mehr gebraucht als hier.«

Mit beiden Händen fuhr Tom sich durchs Haar. »Das wäre ein bisschen demütigend. Besonders für mich, wenn mein Vater herausfindet, dass ich erfolglos zurückkehre. Ich möchte nicht wieder bei ihm anklopfen und ihn bitten, mich aufzunehmen.«

»Du kannst auf unserem Hof wohnen«, schlug Fiete vor. »Meine Eltern werden nichts dagegen haben. Du bist für sie wie ein zweiter Sohn, das weißt du.«

Tom überlegte einen Moment, betrachtete Sabine lange und nickte dann. »Ich möchte Frau und Herrn Jessen gerne helfen, damit sie das Strandcafé behalten können. Und wenn wir das mit unserer Musik schaffen, dann ist es eine feine Angelegenheit.«

»Also ist es abgemacht. Wir fahren zurück nach Sankt Peter.« Fiete rieb sich freudig die Hände. »Endlich wieder ein bequemes Bett!«

Sabine strahlte Tom an, als er wie zufällig ihre Hand berührte. Ihr Herz zersprang fast vor Liebe und vor Glück. Sie konnte es immer noch nicht glauben, dass sie sich tatsächlich wiedergefunden hatten und die Missverständnisse zwischen ihnen klären konnten.

KAPITEL 30

August 1960, am Ordinger Strand auf der Höhe des Strandcafés

Über den blauen Himmel zogen Schäfchenwolken, die wie Wattebäusche am Firmament zu hängen schienen. Möwen landeten im Sand und stießen schrille Schreie aus, während Badegäste den herrlichen Sommertag in einem der vielen Strandkörbe genossen.

Am frühen Morgen waren sie zu viert mit Toms Käfer aus Hamburg aufgebrochen. Es war ohnehin ihr Abreisetag, und so waren die Broschs nicht weiter verwundert gewesen, als Sabine und Rita sich mit dem Autobus auf den Weg zum Bahnhof machten – vorgeblich. Tatsächlich hatten Tom und Fiete in der Nähe der Haltestelle gewartet, und sie waren zu ihnen ins Auto gestiegen.

In Sankt Peter angekommen, waren Sabine und Rita gleich zum Strand gelaufen. Ihr Gepäck hatten sie in Toms Wagen gelassen. Tom und Fiete hatten sich auf den Weg zum Hof der Farmsens gemacht. Später wollten sie sich am Strandcafé treffen.

Sabine zog sich die Schuhe aus, krempelte ihre Hose bis zur Wade hoch und watete dann durch die kühle Brandung der Nordsee. Ihre Füße versanken im nassen Sand, und sie konnte Muscheln unter sich spüren.

Sie atmete tief durch und schloss dabei die Augen. Eine

leichte Brise strich über ihre Haut. »Wie sehr habe ich diesen salzigen Geruch des Meeres vermisst!«

»Es riecht hier um Längen besser als am Rhein-Herne-Kanal, und die Aussicht ist auch schöner. Aber mir fehlen die Fördertürme«, scherzte Rita. Sie hielt ebenfalls ihre Schuhe in der Hand und stand bis zu den Knien im Meer.

»Nimm einen Leuchtturm als Ersatz.« Lächelnd blickte Sabine auf den Pfahlbau, der sich in einiger Entfernung vor ihnen erhob. »Wie die Jessens wohl reagieren, wenn ich plötzlich mit dir im Strandcafé auftauche?«

»Staunen werden sie.« Rita trat neben sie und schaute ebenfalls zum Café hoch. »Sicherlich werden sie auch erleichtert sein, wenn wir noch einmal einspringen.«

»Hoffentlich stimmen sie unserem Plan zur Rettung des Strandcafés zu.«

»Warum sollten sie das nicht tun? Immerhin haben sie dadurch nichts zu verlieren. Wir bieten ihnen nur Vorteile, die im besten Fall das Café vor der Schließung bewahren.« Rita knuffte sie in die Seite.

Sabine hakte sich bei ihrer Freundin unter. »Komm, lass uns zum Café gehen. Eine Tasse Kaffee und ein süßes Teilchen, das könnte ich jetzt ohnehin gut vertragen.«

Lotte Jessen stand hinter der Theke neben der Kaffeemaschine und löffelte Kaffeepulver in einen Filter. Sie wirkte müde, und ihre Bewegungen erschienen Sabine langsamer als sonst. Sie schien sich von den Folgen des Unfalls noch nicht gänzlich erholt zu haben.

Sabine und Rita waren über die Veranda gelaufen und hatten nur acht Gäste gezählt. Nun blieben sie vor dem Tresen des Lokals stehen und warteten, bis Frau Jessen sie bemerkte.

Als sie sie schließlich erblickte, schlug sie sich vor Überraschung die Hand auf die Brust. »Du lieber Himmel! Das gibt es doch nicht! Was machen Sie denn hier, Fräulein Sabine und Fräulein Rita? Ebba hat mir gar nicht erzählt, dass Sie nach Ording kommen wollten.«

»Meine Tante weiß auch nichts davon. Wir sind auf eigene Faust gekommen, um zu helfen, und haben auch Verstärkung mitgebracht«, erklärte Sabine vorfreudig.

»Wirklich?« Frau Jessen stellte den Kaffee auf ein Tablett und übergab es Annemarie. »Das müssen Sie mir und meinem Mann näher erklären.«

Abseits des Geschehens brütete Herr Jessen wie gewöhnlich über den Geschäftsbüchern. Auf seinem Tisch lagen unzählige Belege, einen Teil davon hatte er bereits sortiert. Mit einem Bleistift machte er gerade Vermerke in einer Liste. Er schaute genauso verwundert wie seine Frau drein, als er Sabine und Rita sah. »Das ist aber eine Überraschung! Mit Ihrem Besuch haben wir in diesem Sommer nicht mehr gerechnet.«

Sabine schaute zu ihrer Freundin. »Um ehrlich zu sein, ist es auch ein wenig spontan. Es hat sich so ergeben.«

Er räumte die Schriftstücke in eine Kladde und bedeutete ihnen, Platz zu nehmen. Dann faltete er die Hände auf dem Tisch. »Wie Sie sehen, ist nicht viel zu tun. Der große Ansturm auf unser Café ist leider bisher ausgeblieben.«

»Das wollen wir gerne ändern. Und wir haben dazu eine Idee«, sagte Sabine mit selbstbewusster Stimme. Zusammen mit Rita erklärte sie den Jessens ihre Idee eines neuen Konzeptes für das Strandcafé. »Neben der Musikkapelle müsste auch die Speisekarte ein paar ausgefallene Kuchenvarianten beinhalten, besondere Kekse oder Leckereien für Kinder etwa. Es müssen Backwaren sein, die im Café in Bad nicht erhältlich sind und die Leute wieder nach Ording locken«, schloss Sabine ihre Ausführungen schließlich.

Frau Jessen schaute zu ihrem Mann, der schweigend zugehört hatte. »Das hört sich wirklich aufregend an und klingt nach einer Möglichkeit, die wir bisher nicht in Betracht gezogen haben. Wir stehen kurz vor der Geschäftsaufgabe. Lotte, was also haben wir noch zu verlieren? Weniger Gäste als in diesem Sommer können fast nicht mehr kommen.«

Er lehnte sich auf dem Stuhl zurück. »Ein erfolgreicher Geschäftsinhaber muss mit der Zeit gehen. Das haben wir in den letzten Jahren vermutlich versäumt. Wir dachten, es reicht aus, wenn die Aussicht stimmt und Kaffee und Kuchen schmecken. Doch das scheint ein Trugschluss gewesen zu sein.« Er lächelte leicht. »Vielleicht ist es für uns noch nicht zu spät.«

»Heißt das, wir dürfen es versuchen?«, fragte Sabine aufgeregt.

»Unseren Segen habt ihr.« Lotte Jessen lächelte sie an.

Sabine und Rita jubelten. »Sie werden es bestimmt nicht bereuen!«

Die Jessens bestanden darauf, dass Sabine und Rita für die Dauer ihres Aufenthalts ihr Gästezimmer in der Kate bezogen. »Das ist das Mindeste, mit dem wir uns für eure Hilfe erkenntlich zeigen können«, sagte Lotte Jessen und händigte Sabine einen Schlüssel aus. »Damit ihr euer Gepäck bei uns abstellen könnt. Aber nun bekommt ihr frisch gebrühten Kaffee und leckeren Kuchen.«

Da sie erst später mit Tom und Fiete verabredet waren, beschlossen Rita und Sabine, mit dem Autobus zum Postamt von Sankt Peter zu fahren. Ihre Eltern rechneten damit, dass sie im Laufe des Tages mit dem Zug in Gelsenkirchen eintrafen. Es war höchste Zeit, sie von der Planänderung in Kenntnis zu setzen.

Sie betraten das Gebäude und baten höflich darum, einen Anruf zu tätigen. Nicht dass Sabines Eltern oder die Broschs einen Telefonanschluss hatten. Aber im Haus der Müllers gab es seit geraumer Zeit einen. Einer der beruflichen Vorteile, die Engelbert als Postbeamter genoss.

Sabine kramte in ihrem Portemonnaie. »Irgendwo muss doch der Zettel mit Bertis Nummer sein.« Zwischen Kassenbons und Rabattmarken wurde sie schließlich fündig. »Ich hätte nicht gedacht, dass ich sie jemals brauchen würde.«

»Und ich hätte nicht geglaubt, dass ich irgendwann mal froh sein würde, dass wir Berti anrufen können. Meine Eltern würden mir vermutlich den Kopf abreißen, wenn ich ihnen sage, dass sie im Laden länger ohne mich auskommen müssen. Mein Vater wird toben.«

»Ich habe wirklich ein schlechtes Gewissen, dass ich dich in die Angelegenheit hineingezogen habe, Rita.« Sabine machte ein zerknirschtes Gesicht.

»So ein Blödsinn! Es ist meine Entscheidung, in Sankt Peter zu bleiben. Schließlich muss ich dir dabei helfen, das Strandcafé zu retten.« Rita machte eine unwirsche Handbewegung. »Und nun genug Volksreden gehalten, ruf endlich Berti an. Hoffentlich ist er zu Hause.«

»Es ist Samstagnachmittag. Da sitzt er immer vor dem Radio und hört sich die Fußballspiele an.« Sabine nahm den schwarzen Hörer und wählte die Nummer, die auf dem Zettel stand. Nach dem fünften Tuten hob Frau Müller ab. Sie verband sie mit ihrem Sohn. Engelbert freute sich, ihre Stimme zu hören, und fragte, ob sie aus Hamburg anrufe.

»Nein, Berti. Ich bin in Sankt Peter. Hör zu, ich habe ein sehr wichtiges Anliegen, wobei ich deine Hilfe brauche. Rita und ich bleiben noch eine Weile an der Nordsee, um im Strandcafé zu helfen.« Sie erklärte ihm die Umstände und auch, dass sie nicht genau wussten, wann sie zurückkämen. »Könntest du bitte unsere Eltern darüber in Kenntnis setzen? Das wäre der schnellste Weg, damit sie sich nicht unnötig sorgen. Eine Postkarte würde viel zu lange bis nach Gelsenkirchen brauchen, deshalb rufen wir dich an. Bevor unsere Eltern noch die Polizei alarmieren.«

Sabine erkannte an Bertis Tonfall, dass er enttäuscht war, weil sie länger als erwartet fortblieb. Doch er versprach, noch am selben Tag ihren und Ritas Eltern Bescheid zu geben.

Ihr fiel ein Stein vom Herzen. »Danke, Berti, du bist ein wahrer Freund«, sagte sie zum Abschied und meinte es auch so.

»Und was machen wir nun?«, fragte Rita, als sie das Postamt verließen.

Sabine rieb sich die Hände. »Wir statten der Konkurrenz an der Badestelle Bad einen Besuch ab und nehmen die Speisekarte unter die Lupe.«

Am frühen Abend trafen sie sich mit Tom und Fiete vor dem Strandcafé. Schnell brachten sie ihr Gepäck in die Kate der Jessens und spazierten danach zusammen am Strand entlang. Tom berichtete, dass er bei den Farmsens untergekommen war. Er durfte dort bleiben, so lange er wollte. Sabine erzählte begeistert, dass die Jessens ihrem Plan zugestimmt hatten. Die Tom Cats sollten im Strandcafé auftreten.

»Dann müssen wir so schnell wie möglich wieder mit den Proben beginnen.« Toms Augen leuchteten vor Freude. »Die Tom Cats sind zurück, wie wunderbar!«

Fiete war ebenfalls mit Feuereifer dabei. »Bei der Gelegenheit sollten unbedingt auch neue Lieder in unser Repertoire aufgenommen werden. In Hamburg haben wir viele neue Stücke gespielt.«

»Ich für meinen Teil werde morgen die Speisekarte erweitern. Selbst gemachte Mohrenköpfe und Amerikaner habe ich mir für die Kinder überlegt, Friesenkekse für den kleinen Hunger und Käsewindbeutel als eine besondere Spezialität des Strandcafés«, zählte Sabine auf. »Wie findet ihr das?«

Grinsend hob Tom einen Finger. »Die Käsewindbeutel werde ich probieren. Meine Großmutter hat früher auch welche gemacht. Aber ohne Käse.«

Rita sah in die Runde. »Ich habe vor, Aushänge zu entwerfen und im Ort aufzuhängen. Wann die Tom Cats zum Tanz im Strandcafé aufspielen und welche neuen Spezialitäten es dort geben wird, all das soll darauf vermerkt sein. Ich muss nur noch herausfinden, wo für Aushänge die besten Plätze sind. Wir wollen schließlich möglichst viele Gäste nach Ording locken.«

»Das ist eine famose Idee. Dabei kann ich dir helfen«, meinte Fiete.

Sie sprühten geradezu vor Einfallsreichtum und Freude an ihrem Vorhaben. Keiner der vier hatte den leisesten Zweifel und dachte nicht im Traum an die Möglichkeit des Scheiterns.

KAPITEL 31

August 1960, in der Nähe des Strandhotels in Sankt Peter

Tom sah ein, dass er nicht ewig vor seinen Problemen davonlaufen konnte.

Fiete hatte ihn ermutigt, den nächsten Schritt zu gehen.

»Jeder hat nur einen Vater und eine Mutter«, hatte er zu ihm gesagt. »Es sollte nichts auf der Welt geben, das Kinder und Eltern trennt.«

Zuerst hatte Tom mit sich gehadert, dann jedoch zugestimmt. Er wusste um das enge Verhältnis, das sein Freund zu seinen Eltern hatte. Zwar war es nicht vergleichbar mit seiner Familie, und doch hatte Fiete recht.

Er blieb auf der gegenüberliegenden Straßenseite stehen und vergrub die Hände tief in den Hosentaschen. Aufmerksam betrachtete er das Hotel. Fast fühlte er sich wie ein Fremder, der überlegte, ob er dort ein freies Zimmer bekommen könnte.

Die Auseinandersetzung mit seinem Vater hatte deutliche Spuren hinterlassen. Für ihn hatte sich ihr Zerwürfnis damals endgültig angefühlt und auch der Moment, als er mit seinem Auto Sankt Peter verlassen hatte. Doch nun stand er wieder hier.

Jetzt, da Sabine wieder in seinem Leben war und er seine Erfahrungen in Hamburg gesammelt hatte, war er bereit, auf seinen Vater zuzugehen.

Eine blonde Frau in einem eleganten Kostüm kam aus dem Hotel und lief mit schnellen Schritten geradewegs auf ihn zu.

»Amelie!«, rief er und winkte ihr zu.

Als sie vor ihm stand, fixierte sie ihn ärgerlich und boxte ihn mit einer Faust gegen den Oberarm. Dann nahm sie ihn wortlos in den Arm. »Du dummer Kerl! Warum bist du gegangen, ohne ein einziges Wort?«, fragte sie und löste sich erst nach einer Weile wieder von ihm.

Fassungslos sah er sie an. »Ich habe dir doch einen Brief geschrieben.«

»Einen Brief …« Sie verdrehte die Augen und verschränkte die Arme vor der Brust. »Mehr hast du nicht zu deiner Verteidigung zu sagen?«

»Du hättest mit mir reden können.«

»Hätte ich, wenn ich den Brief rechtzeitig gefunden hätte. Und ich hätte dir auch deine Flausen ausgeredet, das kannst du mir glauben. Als Musikant nach Hamburg zu gehen … Herrje!« Sie schüttelte den Kopf.

»Hast du unseren Eltern davon erzählt?«

»Wo denkst du denn hin?«, fragte sie vorwurfsvoll. »Du hast mich um Geheimhaltung gebeten, den Wunsch habe ich dir erfüllt. Auch wenn es mir schwergefallen ist und sich unsere Mutter jeden Abend die Augen ausgeweint hat wegen dir. Von Silke will ich gar nicht anfangen. Sie schleicht seit deinem Verschwinden wie eine verwitwete Seemannsfrau umher. Was hast du dir nur dabei gedacht?«

Er seufzte. »Ich wollte einfach weg. Weg von dem Hotel, dem Restaurant, weg aus Sankt Peter. Unser Vater hat mir die Luft zum Atmen genommen. Ich passe doch gar nicht in die Rolle des Restaurantleiters.«

Grinsend zwinkerte sie ihm zu. »Dann kannst du ja froh sein, dass ich die Leitung inzwischen für dich übernommen habe.«

»Du bist darin bestimmt viel besser als ich. So gut in Mathematik wie du bin ich noch nie gewesen. Und das ist nur ein Beispiel von vielen.«

»Mag sein, aber vielleicht hatte ich trotzdem andere Pläne …« Tom wusste, dass sie ihr Interesse an Mode meinte. »Du hast bei deiner Entscheidung nur an dich gedacht und nicht daran, was für Auswirkungen sie auf mich haben würde. Ich kann meine Zukunftsträume nun begraben.«

Tom blickte betreten auf den Fußweg. Ihm wurde schlagartig bewusst, dass die Vorwürfe seiner Schwester berechtigt waren. »Es tut mir leid, Amelie.«

»Mir auch.« Sie schaute zum Hotel und dann wieder zu ihm. »Na, komm. Oder willst du den ganzen Tag hier stehen bleiben?«

Er schüttelte den Kopf, verharrte aber unentschlossen an Ort und Stelle. »Und was, wenn Vater mich rauswirft?«

»Das Risiko musst du wohl eingehen, wenn du willst, dass ihr jemals gut miteinander auskommt.« Damit machte sie auf dem Absatz kehrt und ging zurück zum Restaurant.

Tom folgte ihr in einigem Abstand. Das mulmige Gefühl in seiner Bauchgegend wurde stärker, je näher er dem Strandhotel kam.

In der Empfangshalle sah es aus wie früher. Gäste saßen in bequemen Sesseln oder standen an der Rezeption. Aus dem Restaurant drang der Duft von gebratenem Fisch und schmackhafter Soße. Tom hatte nicht übel Lust, zu Kerstens in die Küche zu gehen und sich endlich mal wieder satt zu essen. Doch zuerst musste er sich seinem Vater stellen.

Ihm war bewusst, dass er von ihm erwarten würde, seinen Weggang aus Sankt Peter offen als Fehler einzugestehen. Dazu war er bereit, wenngleich er die Zeit in Hamburg nicht missen wollte, allen Beschwerlichkeiten zum Trotz.

Ein Empfangsmitarbeiter erkannte ihn und nickte ihm zu. Tom sprach ihn an. »Ist mein Vater in seinem Arbeitszimmer?«

Er nickte. »Soweit ich informiert bin, ist er dort schon seit dem Frühstück.«

Tom bedankte sich und ging mit schweren Schritten zu dem Raum, der zwischen Küche und Empfangshalle lag. Vor der massiven Holztür blieb er stehen. Er atmete tief ein und aus, lockerte seine Schultern. Dann nahm er seinen ganzen Mut zusammen und klopfte.

»Herein!«, erklang die tiefe Stimme seines Vaters hinter der Tür.

Entschlossen drückte Tom die Klinke hinunter und betrat das Arbeitszimmer.

Sein Vater saß in gebeugter Haltung vor einigen Unterlagen, in die er vertieft zu sein schien. Er hatte seine Brille weit nach vorne auf den Nasenrücken geschoben. Zunächst blickte er nicht auf. Erst als Tom direkt vor ihm stand, hob er den Kopf.

»Guten Tag, Vater«, sagte Tom. Er bemühte sich, seinem Blick standzuhalten.

Als Christian Hansen seinen Sohn sah, schnappte er hörbar nach Luft. Mit Schwung nahm er seine Brille ab und erhob sich aus seinem Arbeitssessel. »Wo um alles in der Welt kommst du denn her?«, polterte er los.

»Ich war in Hamburg, Vater. Zusammen mit Fiete. Wir haben dort gearbeitet«, antwortete Tom wahrheitsgemäß.

Sein Vater stieß bloß einen verächtlichen Laut aus. »Gearbeitet habt ihr. Wenn ich das schon höre … Arbeit wäre hier genug für dich gewesen. Dafür hättest du nicht bis nach Hamburg fahren müssen.«

»Ich weiß.« Tom senkte schuldbewusst den Blick.

Doch sein Vater war noch nicht fertig. »Nach allem, was gewesen ist, spazierst du hier einfach herein und tust so, als wäre nicht das Geringste geschehen.«

Tom drückte die Schultern durch. »Ich möchte ein klärendes Gespräch mit dir führen. Mich für mein Verhalten entschuldigen.«

»Und damit, meinst du, wäre es getan?« Er stützte sich mit den Händen auf der Tischplatte ab und blickte seinen Sohn eindringlich an. »Abgehauen bist du von hier. Ohne ein Wort zu mir oder deiner Mutter zu sagen. Du hast uns einfach im Stich gelassen. Deine eigene Familie. Deine Arbeit im Restaurant und die der Mitarbeiter, alles hast du im Stich gelassen. Deine Schwester musste von jetzt auf gleich die Restaurantleitung übernehmen.« Er hob einen Zeigefinger. »Und das als Frau! Nun meinst du, ein einfaches Gespräch würde genügen, um das alles vergessen zu machen?«

»Es tut mir wirklich leid.« Tom machte eine hilflose Handbewegung. Erst jetzt wurde ihm bewusst, welchen Schaden er seinem Umfeld zugefügt hatte. »Ich möchte es wiedergutmachen.«

»Wie soll das funktionieren? Vielleicht überlegst du es dir dann in der nächsten Woche wieder anders. Ich kann dir nicht mehr vertrauen.« In den Augen seines Vaters stand tiefe Enttäuschung. »Wie konntest du mein Vertrauen derart enttäuschen?«

Niedergeschlagen verließ Tom das Arbeitszimmer seines Vaters. Er hatte ihm nicht verziehen. Und es gab nichts, was Tom hätte sagen können, um die Wogen zu glätten.

Als er um eine Ecke bog, hätte er um ein Haar seine Mutter niedergestreckt. Es klirrte. Vor Schreck ließ sie einen silbernen Kerzenständer fallen, als sie ihn erblickte.

Tom kniete sich sofort hin und hob den Halter auf. Er begutachtete den Aufsteller. »Scheint nichts kaputtgegangen zu sein.«

Im nächsten Moment schloss seine Mutter ihn einfach fest in die Arme, ähnlich wie Amelie zuvor. Sie drückte ihn so hart an sich, dass er nur mit Mühe Luft bekam. »Mein Junge!«, schluchzte sie. »Wo bist du nur gewesen?«

Tom spürte einen Kloß in seiner Kehle. Wie hatte er seiner Mutter nur so viel Kummer bereiten können? »Ich war in Hamburg. Aber jetzt bin ich wieder da«, brachte er hervor. »Bitte weine doch nicht.«

Seine Mutter sah ihn an und strich ihm über die Wange. »Mach so etwas nie wieder, hörst du? Nie wieder!«

Tom nickte schuldbewusst. »Ich verspreche es.«

»Dein Vater und ich haben uns solche Sorgen um dich gemacht. Keine Nacht konnte ich schlafen.«

»Es tut mir sehr leid, Mutter, dass ich euch all den Kummer zugefügt habe. Es war ein großer Fehler von mir, das ist mir klar geworden. Ich hätte verantwortungsvoller handeln müssen und euch nicht mit der Leitung des Restaurants alleine lassen sollen.«

Seine Mutter wischte sich die Tränen mit der Handkante fort. »Bist du schon bei deinem Vater gewesen?«

Tom nickte. »Er kann mir nicht mehr vertrauen, und ich kann es ihm nicht verdenken.«

Sie nickte traurig. »Es hat ihn tief getroffen, dass du mir nichts, dir nichts verschwunden bist. Er hat immer große Stücke auf dich gehalten, obwohl du stets deinen eigenen Kopf hattest und dich nicht an Vorgaben halten wolltest. Stolz ist er auf dich gewesen, als du die Restaurantleitung übernommen hast. Er hat geglaubt, dass alles in die richtigen Bahnen laufen würde. Und plötzlich warst du dann wie vom Erdboden verschwunden.«

Tom blickte auf den Kerzenständer, den er noch immer in Händen hielt. Die Worte seiner Mutter schmerzten, aber manchmal tat die Wahrheit eben weh. »Kannst du mir jemals verzeihen?«

»Ach, Tom!« Wieder glänzten Tränen in ihren Augen. »Was wäre ich denn für eine Mutter, wenn ich meinen Kindern nicht vergeben könnte?«

»Danke.« Er lächelte sie zaghaft an und gab ihr den Kerzenständer zurück.

»Solange dein Vater dir nicht verzeiht, kannst du allerdings nicht zurück ins Hotel kommen. Das lässt er nicht zu.«

»Ich wohne im Moment bei den Farmsens.«

»Wenigstens hast du ein Dach über dem Kopf«, sagte seine Mutter erleichtert. »Schau, ich werde dafür sorgen, dass Fiete und du wieder im Strandkorbverleih arbeiten könnt.«

»Meinst du, Vater erlaubt es?«

»Dafür werde ich sorgen«, versprach sie.

Wenig später verließ Tom das Strandhotel. Als er sich umdrehte und zu dem Fenster seines ehemaligen Zimmers hochblickte, kamen ihm die Tränen. Schmerzhaft wurde er sich des Ausmaßes gewahr, das sein unüberlegtes Handeln nach sich gezogen hatte. Doch es war ganz allein seine Schuld gewesen. Niemand anderer als er selbst konnte dafür zur Rechenschaft gezogen werden. Und er würde seine Schuld tragen wie ein Mann.

KAPITEL 32

August 1960, vor dem Strandcafé in Ording

Rita trat einen Schritt zurück und begutachtete ihr Werk. »Kommt es da gut zur Geltung?«

»Hm.« Sabine legte den Kopf schräg. »Ich finde, ja. Der Aushang hängt nicht zu hoch und nicht zu tief. Es müsste für jeden lesbar sein.«

»Fein. Dann lassen wir es so. Zwei Plakate sind noch übrig. Vielleicht dürfen wir eins an die Eingangstür der Drogerie hängen. Tom kennt doch die Inhaber, wenn ich mich nicht täusche.«

»Besonders gut kennt er Silke, die Tochter der Leyrichs. Doch wie ich hörte, ist sie seit seiner Zeit in Hamburg nicht mehr gut auf ihn zu sprechen.«

Rita zuckte die Schultern. »Sei es drum. Fragen kostet nichts. Ich werde auch in dem kleinen Salon nachfragen. Ein Friseursalon ist immer ein guter Ort, um etwas bekanntzumachen.«

Sabine grinste. »Du sprichst aus Erfahrung.«

Besorgt schaute Rita an ihr vorbei. »Guck mal, wer da im Anmarsch ist.«

Sabine drehte ihren Kopf. »Meine Tante. Oje! Ich wollte längst zu ihr gefahren sein, um ihr zu sagen, dass ich wieder in Sankt Peter bin.«

»Spätestens jetzt dürfte sie es wissen«, stellte Rita fest.

Seit ihrer Ankunft in Sankt Peter war fast eine Woche vergangen. Die Vorbereitungen für den ersten *Tanz am Strand* hatten Sabine komplett in Beschlag genommen. Während Rita Aushänge entworfen hatte, war sie in der Küche aktiv gewesen. Sie hatte neue Kreationen für das Strandcafé gebacken, immer wieder variiert und die Jessens probieren lassen. Derweil hatten Tom und Fiete ihre Arbeit bei den Strandkörben zurückerhalten, so wie Frau Hansen es versprochen hatte. Tagsüber kümmerten sie sich um die Strandkorbvermietung, und abends probten sie mit den Tom Cats in der Scheune der Farmsens.

Es war fast wie vor einem Jahr. Nur dass inzwischen so viel geschehen war, Sabine fühlte sich viel erwachsener.

»Sabine!«, rief ihre Tante atemlos, als sie fast bei ihnen angekommen war. In der Hand schwenkte sie einen Brief.

»Tante Ebba!« Sofort ging Sabine ihr entgegen. »Was für eine Überraschung, dass du gekommen bist!« Zur Begrüßung gab sie ihr einen Kuss auf die Wange.

»Na, eine viel größere Überraschung ist wohl, dass du und Rita in Sankt Peter seid und ich nichts davon wusste«, bemerkte sie mit einem tadelnden Unterton.

»Verzeih! Ich wäre ja längst zu dir gekommen, wenn ich Zeit gehabt hätte. Wir bereiten den ersten *Tanz am Strand* vor.« Sie deutete auf das Plakat, das Rita aufgehängt hatte. »Aber woher wusstest du, dass wir hier sind? Hast du Frau Jessen beim Einkaufen getroffen?«

»Ach was! Das habe ich von deiner Mutter erfahren.« Sie hielt ihr den Brief vor die Nase. »Was habt ihr euch nur dabei gedacht?« Tante Ebba entfaltete den Brief. »Sie schreibt, dass ein Engelbert Müller sie und Ritas Eltern darüber in Kenntnis gesetzt hat, dass ihr in Sankt Peter seid, um im Strandcafé zu helfen. Wann ihr nach Gelsenkirchen zurückkommt, steht angeblich in den Sternen. Sie bittet mich, nach dem Rechten zu sehen und ihr ein Ferntelegramm zu schicken, damit sie weiß, dass ihr noch lebt.«

»Uns geht es gut. Niemand braucht sich Sorgen zu machen«, versuchte Sabine ihre Tante zu beruhigen, obwohl das schlechte Gewissen schwer auf ihr lastete.

»Ja, das sehe ich.« Sie steckte das Blatt Papier wieder zurück in den Umschlag. Sie war sichtlich empört über das Verhalten ihrer Nichte.

»Willst du nicht Frau Jessen Guten Tag sagen?«, schlug Sabine vor und hoffte, dass ihre Tante milder gestimmt sein würde, wenn sie gesehen hatte, was sie alles für die Jessens auf die Beine stellten. »Ich habe Käsewindbeutel gebacken. Es müssten noch ein paar übrig sein.«

»Selbstverständlich sage ich Lotte Guten Tag, wo ich schon mal hier bin. Alles andere wäre unhöflich. Danach gehe ich aber direkt zum Postamt.« Sie strich sich ein paar Haare hinters Ohr und stieg dann die Stufen zum Pfahlbau hinauf.

»Puh! Das hört sich nach mächtig dicker Luft zu Hause an«, sagte Sabine, als ihre Tante außer Hörweite war.

»Dicke Luft haben wir doch immer in Gelsenkirchen. Auf ein bisschen mehr oder weniger kommt es da nicht an«, meinte Rita leichthin.

»Deine Gelassenheit möchte ich haben, Rita.« Sabine warf ihr einen bewundernden Blick zu. »Bleibt nur zu hoffen, dass sich der Ärger wieder verzogen hat, wenn wir nach Hause fahren.«

Am frühen Abend hatten Tom und Fiete sie aus Ording mit dem Auto abgeholt. Sie fuhren nach Brösum zum Hof der Farmsens, wo in der Scheune die letzte Probe vor dem großen Tag stattfand. Bengt und Ove waren sogleich Feuer und Flamme gewesen, als sie davon gehört hatten, dass die Tom Cats wieder vereint waren und ihr Comeback im Strandcafé stattfand.

Zur Generalprobe hatten sie alle Freunde eingeladen. Sogar Amelie hatte es sich nicht nehmen lassen zu erscheinen. Zwischen ihr und Tom hatte es in den vergangenen Tagen Gespräche gegeben, in denen sie sich wieder angenähert hatten. Lediglich Silke war nicht gekommen. Als Tom nach ihr gefragt hatte, hatte Amelie nur den Kopf geschüttelt. »Der Stachel sitzt mindestens so tief wie bei unserem Vater.«

Nachdem die Instrumente gestimmt und alle auf ihren Plätzen waren, legten die Tom Cats los. Rock-'n'-Roll-Klänge und Toms Stimme verwandelten die Scheune in einen Musikclub.

Sabine und Rita tanzten und klatschten, sangen mit oder wiegten sich mit geschlossenen Augen zu den etwas langsameren Liedern. Nach der Probe applaudierten und pfiffen sie mit den anderen Gästen vor Begeisterung. Die Tom Cats waren wieder da und hatten sich selbst übertroffen.

Sabine war fix und fertig vom Tanzen, fühlte sich aber gleichzeitig beseelt und unendlich dankbar, diesen Abend zu erleben. Wie oft hatte sie sich in der Vergangenheit gewünscht, noch einmal bei einem Auftritt der Tom Cats dabei zu sein. Dieser Wunsch hatte sich nun erfüllt.

Nach der Probe hatten sich die meisten auf den Heimweg gemacht. Rita war auch müde gewesen, deswegen hatte Amelie sie auf dem Motorroller zurück nach Ording mitgenommen. Sabine war noch geblieben. Tom hatte versprochen, sie später mit dem Auto zum Haus der Jessens zu bringen.

Sie saß auf einem Strohballen, der neben dem Klavier lag. »Ich bin ganz aufgekratzt, wenn ich an morgen denke. Schlafen werde ich bestimmt nicht können.«

Tom setzte sich neben sie. »Mir geht es genauso. Aber ich bin froh, dass unsere letzte Probe so gut funktioniert hat.

Meine Schwester ist mein kritischstes Publikum. Wenn sie nicht meckert, dann war es gut.«

»Ist denn zwischen dir und Amelie wieder alles in Ordnung?«, fragte Sabine besorgt.

Er wiegte den Kopf hin und her. »Annähernd. Es ist noch nicht wie vor meiner Zeit in Hamburg, aber schon nah dran. Bestimmt wird sie mich noch jahrelang damit aufziehen, dass ich wirklich geglaubt habe, ich könnte in Hamburg groß als Musiker rauskommen. Die Vorstellung findet sie nach wie vor lächerlich.«

Sabine spürte, dass ihr Herz schneller schlug. »Ich finde, du hast großes Talent. Und niemand kann wissen, was passiert wäre, wenn du mit Fiete noch länger dort geblieben wärst.«

»Wahrscheinlich hätten wir weiter in Stripclubs gespielt und in fensterlosen Baracken geschlafen, bis wir irgendwann alt und grau gewesen wären.« Er grinste schief. »Da ziehe ich das Strandcafé vor.«

»Wo schläfst du jetzt eigentlich, wenn du nicht ins Hotel zurückgehst?«

»Heute Nacht? Da oben.« Er zeigte auf eine Leiter, die zum Heuboden hinaufführte.

»Und sonst?«

»In einem Raum neben Fietes Zimmer. Früher hatten dort seine Großeltern ihr Schlafzimmer. Aber heute Nacht soll es der Heuboden sein.«

»Zwickt das Stroh denn nicht?«

Er lächelte. »Das schon. Aber von da oben habe ich den besten Ausblick.«

Sabine konnte sich nicht vorstellen, was es auf einem Heuboden Besonderes zu sehen geben sollte, und sah Tom nur fragend an.

Er erhob sich und hielt ihr seine Hand hin. »Komm! Ich zeig's dir!«

»Also gut.« Sie ergriff seine Hand und ließ sich von ihm auf die Füße ziehen. Es war schön, seine warme Hand zu fühlen.

Als sie auf den Heuboden gestiegen waren, ging Tom bis ganz vorne durch. Vor einer Öffnung, die wie ein Fenster ohne Glas war, setzte er sich ins Stroh. Er wies auf den Platz neben sich. »Komm her, dann zeige ich es dir.«

Sabine hockte sich neben ihn und war gespannt, was es zu sehen gab.

Draußen war alles dunkel. Lediglich vom Haus der Farmsens drang ein funzeliger Lichtschein ins Freie.

»Schau.« Tom zeigte nach oben.

Über ihnen funkelten Tausende von Sternen. Bei dem Anblick verschlug es Sabine die Sprache. Sterne sah sie zwar nicht zum ersten Mal, doch so einen dunklen und reichen Sternenhimmel wie diesen hatte sie noch nie gesehen.

»Es ist wunderschön«, sagte sie schließlich, als sie sich wieder gefangen hatte. »Fast bekommt man den Eindruck, man könnte direkt ins Weltall schauen. Bei uns im Ruhrgebiet habe ich die Sterne noch nie so klar und vor allem nicht so viele auf einmal gesehen.«

Tom nickte. »In Hamburg hat man auch keinen vergleichbaren Blick. Überall, wo es nachts viel Licht gibt, sind sie schlechter zu sehen.«

»Oh! Schau da!« Sabine deutete mit einem Finger zum Himmel.

»Eine Sternschnuppe!«, flüsterte Tom. »Los! Wünsch dir was! Schnell, bevor sie weg ist!«

Sabine schloss die Augen und dachte an ihren innigsten Wunsch. *Küss mich, Tom! Küss mich!* Dann öffnete sie die Augen und lächelte ihn an.

»Hast du dir was gewünscht?«, wollte er wissen.

»Ja«, sagte sie mit klopfendem Herzen. »Hoffentlich geht es in Erfüllung.«

Er rückte ein wenig näher zu ihr, sodass sie in seine Augen schauen konnte. Sie schimmerten dunkel und geheimnisvoll. Über sein Gesicht glitt ein Lächeln, dann beugte er sich vor und küsste sie auf den Mund. Zunächst sanft und zärtlich, dann leidenschaftlicher.

Sabine erwiderte seine Zärtlichkeiten, folgte der Begierde, die sie einnahm, und vergaß dabei völlig die funkelnden Sterne. Als sie erneut die Augen schloss, konnte sie nur eins denken: Tom!

KAPITEL 33

August 1960, am Strand in Ording

Am frühen Morgen steuerte Fiete vorsichtig den Hänger über den Strand. Auf der Ladefläche, auf der sonst Strandkörbe standen, hatten sie das Klavier befestigt. Das Schlagzeug hatte Tom bereits mit seinem Auto zum Strandcafé gebracht. Vor dem Pfahlbau warteten er, Ove und Bengt.

Fiete parkte den Hänger vor den Stufen. Vorsichtig hievten sie das Instrument herunter und schleppten es mit vereinten Kräften die Treppen vom Pfahlbau hoch. Im Café hatten Sabine und Rita eine Fläche freigeräumt, auf der die Tom Cats ihre Instrumente aufbauen konnten. Es gab zwar keine Bühne, aber das war nicht wichtig.

»Hoffentlich kann das Klavier wenigstens eine Weile hier stehen bleiben.« Fiete rieb sich die schmerzenden Hände.

»Mach dir darüber keine Sorgen. Frau Jessen hat gestern noch einmal betont, dass ihr hier nach Ladenschluss proben könnt«, beruhigte Sabine ihn.

»Na, hoffentlich. Es gibt nämlich schönere Dinge, als ein Klavier in einen Pfahlbau zu schleppen.« Tom zwinkerte ihr zu.

Sabine verstand seinen Wink und hatte Mühe, die Verlegenheit zu verbergen. In der letzten Nacht hatten sie sich endlich versöhnt. Alle Unklarheiten hatten sie aus dem Weg geschafft und beschlossen, dass nichts auf der Welt sie wieder trennen würde.

Konkrete Zukunftspläne hatten sie noch nicht geschmiedet, aber Sabine war fest entschlossen, alles dafür zu tun, damit sie mit Tom zusammen sein konnte.

Die Jessens waren noch nicht zum Strandcafé gekommen. Sabine hatte versprochen, zusammen mit Rita alles vorzubereiten, und die Inhaber gebeten, erst zur Mittagszeit zu erscheinen. Sie wusste, dass die Vorbereitungen trubelig werden würden, und wollte den Jessens nicht noch mehr Belastung zumuten, als sie ohnehin schon schultern mussten.

Während Tom, Fiete, Ove und Bengt die Instrumente aufbauten und stimmten, zog Sabine sich mit Rita in die Küche zurück.

»Ich bete, dass heute alles gut geht«, sagte Sabine, während sie den hellen Guss für die Amerikaner anrührte.

Rita schlug Eier in eine Schale. »Du klingst so, als hättest du Lampenfieber.«

»Das stimmt auch irgendwie. Heute ist der eine große Tag, von dem alles abhängt. Die Tom Cats spielen nach langer Zeit wieder zusammen, meine neuen Back-Kreationen müssen zum ersten Mal vor Gästen bestehen. Es ist die letzte Möglichkeit, um das Strandcafé zu erhalten. Da darf man ruhig weiche Knie haben, finde ich.«

Rita trat zu ihr und sah sie fest an. »Es wird schon schiefgehen. Ich habe überall da, wo sich viele Badegäste aufhalten, Aushänge gemacht. Nur nicht im Strandhotel.« Bedauernd verzog sie den Mund.

»Lass uns lieber über etwas anderes reden, sonst verliere ich noch die Nerven. Erzähl mir lieber, wie es um dich und Fiete steht!«

Rita lächelte sie geheimnisvoll an. »Fiete hat gesagt, dass er mich gerne mal in Gelsenkirchen besuchen kommen möchte. Vielleicht noch in diesem Jahr.«

Als mittags die Jessens im Strandcafé erschienen, war alles vorbereitet. Die Instrumente befanden sich neben der Theke, in der Glasvitrine standen selbst gemachte Käsewindbeutel, Mohrenköpfe, Amerikaner, Friesenkekse und weitere Torten für die Gäste bereit. Durch das Café zog der Duft von frisch gebrühtem Bohnenkaffee. Sogar das Wetter spielte mit. Die Sonne strahlte von einem nahezu wolkenfreien Himmel, und es ging bloß ein leichter Wind.

»Jetzt fehlen nur noch die Gäste«, befand Lotte Jessen. »Alles andere ist wunderbar!«

Herr Jessen bedachte Sabines und Ritas Werk ebenfalls mit einem wohlwollenden Nicken. »Das hätten wir nicht besser machen können. Nun können wir nur noch hoffen, dass der Tag erfolgreich wird.«

»Das wird er. Ganz bestimmt sogar!«, sagte Sabine zuversichtlich. »Wie wäre es denn, wenn Sie sich nach draußen in die Sonne setzen, und ich bringe Ihnen zwei Tassen Kaffee?«

Das Ehepaar Jessen nahm Sabines Angebot dankend an. »Bisher waren wir noch nicht oft Gäste in unserem eigenen Café. Aber ich werde gerne diese Erfahrung machen«, erwiderte Lotte Jessen. Sie suchten sich Sitzplätze auf der Veranda aus, wo sie die schönste Aussicht auf den Westerhever Leuchtturm hatten.

Es lief schleppend an. Hin und wieder kamen Gäste, doch es waren nicht mehr als in den Wochen zuvor. Auf Lotte Jessens Stirn hatte sich eine Falte gebildet, auch ihr Mann wirkte bekümmert.

Sabine blickte zu der Uhr, die über dem Durchgang zur Küche hing. In zwei Stunden spielten die Tom Cats. Bis dahin mussten genügend Gäste da sein, sonst mussten sie sich eingestehen, dass all ihre Mühen nicht helfen würden. Innerlich biss sie die Zähne zusammen und zeigte nach außen ihr schönstes Lächeln.

Am frühen Nachmittag saßen mehr Gäste als sonst auf der Terrasse. Frau Jessens Stirn hatte sich entspannt, und auch Herr Jessen blickte nun weniger pessimistisch drein. Tante Ebba hatte sich zu ihrer Freundin gesellt und stand ihr moralisch bei. Sabines süße Leckereien waren gefragt. Die Mohrenköpfe waren bei den Kindern heiß begehrt, und auch die Käsewindbeutel erfreuten sich großer Beliebtheit. Tom, Fiete, Ove und Bengt erschienen pünktlich eine Stunde vor dem geplanten Auftritt.

»Es ist auf jeden Fall schon mehr Publikum da als in der Bar in Hamburg«, merkte Tom an und hängte sich die Gitarre um.

»Das Indra wäre restlos ausverkauft«, fügte Fiete grinsend hinzu.

Ove blickte aus einem der Fenster. »Sieht so aus, als kämen noch mehr Leute.«

»Wirklich?« Sabine schaute über seine Schulter.

Auf dem Strand bewegte sich eine Menschentraube in ihre Richtung. »Wollen die wirklich alle hierher? Oder vielleicht doch Strandkörbe mieten?«

Die Außenterrasse füllte sich mit einem Mal, und bald war auch im Innenraum des Lokals fast alles belegt. Kurz bevor der *Tanz am Strand* begann, platzte das Café aus allen Nähten.

Lotte Jessen kam aus dem Kopfschütteln nicht mehr heraus. »Wie habt ihr das nur gemacht?«, fragte sie immer wieder und lachte auf.

Ihrem Mann hatte es gänzlich die Sprache verschlagen. Dafür lief er ohne Unterlass durchs Café, als könnte er sich an der Anzahl der Gäste nicht sattsehen.

Als die Tom Cats schließlich zum Tanz aufspielten, war das halbe Café auf den Beinen. Überall wurde getanzt, gewippt, geklatscht oder sogar mitgesungen. Amelie war ebenfalls mit von der Partie und sichtlich stolz auf den Auftritt und ganz besonders auf ihren Bruder.

Tante Ebba trat zu Sabine. »Ich fürchte, ich muss morgen wieder ein Ferntelegramm aufgeben.«

»Wieso? Hat Mutti etwa wieder geschrieben?«, fragte Sabine alarmiert. Sie reichte Annemarie einen Teller mit Käsewindbeutel.

Tante Ebba winkte amüsiert ab. »Dieses Mal schreibe ich zuerst. Sie soll doch schnellstmöglich erfahren, welch großen Erfolg ihr habt. Damit sie dir nicht die Ohren langzieht, wenn du zurück nach Gelsenkirchen fährst.«

Sabine lächelte ihre Tante an. »Ich hoffe, dass es für den Rest des Sommers nun so weitergeht.«

Tante Ebba drückte ihr den Arm. »Das wird es. Ich habe ein gutes Gefühl.«

Nach dem ersten großen Erfolg hatten Sabine und Rita beschlossen, noch ein paar Tage länger in Sankt Peter zu bleiben. Die Tom Cats spielten nun täglich im Strandcafé, und der *Tanz am Strand* sprach sich unter den Badegästen herum. Die Besucherzahl war nach dem ersten *Tanz am Strand* gleich hoch geblieben. Eine leise Hoffnung machte sich bei den Jessens breit, dass sie um eine Geschäftsaufgabe noch einmal herumkamen. Besonders die Bindung an den Pachtvertrag hatte ihnen schwer im Magen gelegen. Denn wer übernahm schon ein Lokal, das keine Gäste hatte?

»Was hat denn Amelie eigentlich zu eurem Auftritt gesagt?«, fragte Sabine.

Tom stimmte seine Gitarre und runzelte die Stirn. »Sie war vollends begeistert und meinte, dass sie uns für das Restaurant glatt engagieren würde, wenn das Strandcafé geschlossen wird.«

Sabine lachte. »Das wird wahrscheinlich nicht so schnell passieren.«

Tom lachte bitter auf. »Nein, auf keinen Fall.«

Zunächst konnte Sabine nichts mit seiner Entgegnung anfangen, doch dann verstand sie. »Du denkst an deinen Vater, stimmt's?«

Er legte die Gitarre in seinen Koffer zurück. Dann nickte er und schaute sie grüblerisch an. »Mein Vater würde es nie zulassen, dass wir in seinem Hotel Musik machen. Selbst wenn wir die beste Tanzkapelle der Welt wären. Dafür ist er zu stolz.« Er wandte den Blick ab und schloss den Gitarrenkoffer. »Manchmal denke ich, er will mich scheitern sehen. Damit er sich gut fühlt und den Beweis dafür hat, dass ich es ohne seine Hilfe zu nichts bringe.«

»Meinst du wirklich, dass er das möchte?«, fragte Sabine betroffen. Sie konnte sich nicht vorstellen, dass sich ein Vater so etwas für sein Kind wünschen könnte.

Tom hob die Schulter. »Wäre er sonst nicht längst bei einem unserer Auftritte gewesen?«

»Vielleicht hat er nur viel zu tun und es deswegen nicht geschafft«, beschwichtigte sie ihn. »Im Sommer ist euer Hotel doch sicherlich ausgebucht.«

»Dann wäre Amelie auch nicht gekommen. Sie leitet das Hotelrestaurant, das ist nicht weniger gefragt als die Unterkünfte.« Er sah sie gequält an. »Ich muss mich wohl oder übel an den Gedanken gewöhnen, dass mein Vater wirklich nichts mehr mit mir zu tun haben möchte.«

KAPITEL 34

August 1960, im Strandcafé in Ording

Die Jessens hatten sich erst für den späten Mittag angekündigt. Lotte Jessen hatte einen Termin in einem Husumer Krankenhaus, wohin ihr Mann sie begleitete. Die Schmerzen in ihrem Arm waren stärker geworden. Irgendwann war sie nicht mehr in der Lage gewesen, aus einer Tasse zu trinken. Für Sabine und Rita war es selbstverständlich, dass sie sich in ihrer Abwesenheit um alles im Café kümmerten. Das taten sie ohnehin, und es machte keinen großen Unterschied.

Doch ihre Zeit in Sankt Peter neigte sich dem Ende zu. In zwei Tagen mussten sie abreisen. Sabine vermisste Tom schon jetzt, und Rita schien es mit Fiete nicht anders zu ergehen.

Es war bereits Nachmittag, als die Jessens die Treppe zum Pfahlbau hinaufstiegen. Sabine hatte sie zuvor durch ein Fenster gesehen. Auf Frau Jessens Stirn hatte sich wieder eine Sorgenfalte gebildet. Ihr Mann versuchte zwar, Haltung zu bewahren, doch wer ihn kannte, merkte gleich, dass etwas nicht stimmte.

Sie riefen Sabine und Rita zu sich in die Küche.

»Wir müssen mit Ihnen reden«, begann Herr Jessen. »Es wäre uns sehr wichtig, dass Sie Stillschweigen über alles bewahren, was wir mit Ihnen besprechen.«

»Aber natürlich. Sie können sich auf uns verlassen«, versprach Sabine. Die angespannte Atmosphäre in der Küche machte sie beinah zittrig.

Lotte Jessen betrachtete sie ernst. »Der Arzt im Krankenhaus hat mich eingehend untersucht. Leider hatte er keine guten Nachrichten für mich, nachdem er sich die Röntgenaufnahmen angesehen hat. Er meinte, dass ich eine chronische Entzündung im Ellenbogen habe, die nicht wieder zurückgehen wird. Es gibt keine Medikamente, die etwas dagegen ausrichten können.«

Betroffen machte Rita einen Schritt auf sie zu. »Oje! Das kenne ich von einer ehemaligen Angestellten in unserem Salon. Sie musste deswegen kündigen.«

Lotte Jessen nickte betreten. »Das gleiche Schicksal blüht mir nun auch. Der Arzt hat mir dringend geraten, kürzerzutreten, um meine Gesundheit nicht weiter aufs Spiel zu setzen. Er meint, ich solle mich zusammen mit meinem Mann aus dem Strandcafé zurückziehen.«

Sabine verspürte einen Kloß im Hals.

»Wir sind nicht mehr die Jüngsten, und es war nur eine Frage der Zeit, wann der Moment kommen würde, an dem es nicht mehr weitergeht«, erklärte Herr Jessen. »Wir werden nun doch das Café aufgeben.«

Sabine schaute verzweifelt zu Rita. »Dann war alles umsonst. Letztlich konnten wir Ihnen doch nicht helfen«, sagte sie frustriert.

Energisch schüttelte Lotte Jessen den Kopf. »Ganz und gar nicht! Wir werden das Strandcafé verkaufen, ja, das stimmt. Aber ohne Ihre Hilfe hätten wir überhaupt nicht die Möglichkeit, es zu verkaufen. Das können wir nur, weil es endlich wieder einen guten Umsatz erbringt.«

»Das Strandcafé ohne Sie beide, das ist doch nicht das Gleiche«, fand Rita. »Wer weiß, was der neue Inhaber aus dem Lokal machen wird …«

Frau Jessen setzte sich. »Darüber haben mein Mann und ich auch vorhin gesprochen.«

»Ich würde das Café sofort übernehmen, wenn ich das nötige Geld dafür hätte.« Sabine strich über die Arbeitsplatte neben dem Backofen.

Rita faltete ein paar Servietten, die auf einem Teewagen lagen. »Dann müsstest du nur vorher deine neue Arbeit im Bahnhofsrestaurant absagen«, erinnerte sie ihre Freundin.

»Sie wären unsere Wunschnachfolgerin«, sagte Herr Jessen ohne Umschweife und sah Sabine fest an.

»Ich?«, fragte sie ein wenig erschrocken. »Aber ich weiß doch gar nicht, wie man ein Café führt.«

Lotte Jessen musste lachen. »Wir haben es ja mit eigenen Augen gesehen, dass Sie das sehr wohl wissen und auch können.«

Herr Jessen zog einen Hocker heran, auf den er sich setzte. »Ihnen würden wir das Café auch so übergeben, wenn Sie den Pachtvertrag übernehmen und uns ein paar Jahre am Umsatz beteiligen würden.«

Sabine blickte die Jessens ergriffen an. Das Strandcafé war ihr ans Herz gewachsen – wie alles andere in Sankt Peter auch. Insgeheim hatte sie sich manches Mal vorgestellt, wie es wohl wäre, wenn sie die Inhaberin des Lokals wäre. Was würde sie verändern, was würde sie beibehalten? Und nun boten die Jessens ihr tatsächlich die Übernahme des Cafés an.

»Ich weiß nicht, was ich sagen soll. Es ist ein überaus großzügiges Angebot. Aber ich bin erst achtzehn Jahre alt und müsste meine Eltern fragen, ob sie damit einverstanden wären.«

Herr Jessen machte eine beschwichtigende Handbewegung. »Überdenken Sie alles in Ruhe und sagen Sie uns dann Bescheid.«

Sabine kuschelte sich in Toms Arm. Sie lagen zusammen an ihrer Lieblingsdüne und beobachteten, wie die Sonne langsam unterging. »Wenn ich könnte, würde ich sofort Ja sagen. Dann könnte ich hierbleiben. Bei dir. Wir müssten uns nie wieder trennen.«

Tom zog eine Augenbraue hoch. »Mach es doch einfach.«

Sie löste sich aus seiner Umarmung. »Würde ich ja, wenn ich könnte. Du hast leicht reden mit deinen einundzwanzig Jahren. Ich muss meine Eltern für jede Kleinigkeit um Erlaubnis bitten. Meine Unterschrift hat keinen Wert.«

»Aber meine«, entgegnete er leichthin.

»Davon habe ich nicht viel.«

»Und wenn doch?« Er drehte sich auf den Bauch.

»Was meinst du?«

Er zwinkerte ihr zu. »Ich könnte an deiner Stelle den Vertrag unterschreiben. Ich bin volljährig und somit geschäftsfähig.«

Sabine warf den Kopf in den Nacken und drehte ihr Gesicht der Sonne zu. »Dann bekommt dein Vater es raus, und euer Konflikt spitzt sich weiter zu.«

»Da sagst du was.« Tom setzte sich neben ihr auf. »Gerade deswegen sollte ich es tun. So kann ich meinem Vater beweisen, dass ich auch ohne seine Hilfe etwas auf die Beine stellen kann.«

Er stand auf und hielt ihr seine Hand hin. »Lass uns gleich zu den Jessens gehen und mit ihnen reden. Ich möchte, dass wir zusammen die neuen Inhaber des Strandcafés werden.«

KAPITEL 35

September 1960, in der Kate am Strandweg in Ording

Sabine öffnete die Augen. Mit einer Hand fuhr sie sich durchs Haar und steckte eine Strähne hinters Ohr. Sie brauchte einen Moment, um sich der Umgebung gewahr zu werden.

Erst am vergangenen Nachmittag war sie mit dem Zug nach Sankt Peter zurückgekehrt. Tom hatte sie abgeholt und mit dem Auto zu den Jessens nach Ording gebracht.

Hinter ihr lag eine bange Zeit, in der sie abwechselnd gehofft hatte und verzweifelt gewesen war. Ihre Eltern hatten entsetzt reagiert, als sie ihnen von dem Angebot der Jessens erzählt hatte. Rolf hingegen war begeistert gewesen und hatte gleich seine Hilfe angeboten, falls Sabine einen Bäcker für das Café brauchen sollte. Karin hatte das Gespräch nur belauschen können und Sabine später fest umarmt und sie gebeten, sie nicht allein zu lassen.

»Aber du fängst doch bald im Bahnhofsrestaurant an. Wofür soll ein zweites Angebot gut sein?«, hatte ihre Mutter gefragt und die Hände in die Hüfte gestemmt. »Sabine, wirklich! Erst bleibst du einfach fort und schickst uns Berti, als wir schon fast vor Sorge umgekommen sind. Und nun willst du dein Leben hier für so eine fixe Idee aufs Spiel setzen?«

Sabine schluckte. »Es wäre eine einmalige Möglichkeit für mich. Ich kenne die Arbeitsabläufe im Strandcafé und könnte selbstständig arbeiten. Außerdem bin ich sehr gerne in Sankt Peter«, hatte sie leiser hinzugefügt.

Ihr Vater schüttelte entschieden den Kopf. »Kommt gar nicht infrage. Ich lasse dich nicht mutterseelenallein an die deutsche Nordseeküste ziehen. Du bist minderjährig und hast viel zu wenig Lebenserfahrung. Wir sind deine Eltern und tragen die Verantwortung für dich.« Er wandte den Blick ab und starrte zum Fenster hinaus.

Die Lage schien aussichtslos. »Aber Vati, ich bin in Sankt Peter doch nicht zum ersten Mal und gar nicht allein. Hast du vergessen, dass Tante Ebba dort wohnt und ihr mich letztes Jahr zu ihr geschickt habt? Außerdem kann ich in der Dienstunterkunft der Jessens wohnen. Es wäre immer jemand in meiner Nähe«, begehrte Sabine auf.

»Diese Leute kennen wir doch überhaupt nicht. Wer weiß, was sie mit dem Angebot in Wirklichkeit im Schilde führen«, gab ihr Vater zu bedenken. »Heutzutage muss man doch mit allem rechnen, Sabine!«

Sie schüttelte den Kopf. »Würdet ihr sie kennen, würdet ihr nicht so über sie reden. Es sind ganz feine Leute, die in Sankt Peter wohlbekannt sind. Außerdem ist Frau Jessen eine Freundin von Tante Ebba. Glaubst du etwa, sie ist mit schlechten Leuten befreundet?« Ihre Tante hatte für den Fall, dass Sabines Eltern ihre Zustimmung verweigerten, eine Fürsprache geschrieben, in der sie es nicht nur befürwortete, dass Sabine das Strandcafé eigenverantwortlich leitete, sondern auch garantierte, ein Auge auf ihre Nichte zu haben. Diesen Brief überreichte sie ihren Eltern nun.

»Und was machst du, wenn es nicht funktioniert?«, fragte ihr Vater ernst, nachdem er Tante Ebbas Schreiben gelesen hatte. »Am Ende bist du nicht nur pleite, sondern hast auch einen Berg Schulden an der Backe.«

Sie spürte, dass der Wendepunkt gekommen war, und schöpfte Hoffnung. »Die Gefahr besteht doch gar nicht«, bekräftigte sie und konnte nicht verhindern, dass sich ein Lächeln auf ihr Gesicht stahl. »Tom Hansen, der Sohn einer Hotelfamilie, unterschreibt die Verträge und übernimmt die volle Verantwortung. Sollte es schiefgehen, bin ich fein raus. Ich kann jederzeit wieder zurück nach Gelsenkirchen kommen und mir eine Arbeit in einem Restaurant suchen.«

»Und was wird dann aus dir und Engelbert Müller?«, warf ihre Mutter erschüttert ein. Ihr Blick sprach Bände. »Ich bin mir nicht sicher, ob er auf dich warten würde.«

Seufzend erwiderte sie: »Das verlange ich auch nicht von ihm. Berti soll tun, was er meint.«

Ihr Vater seufzte ebenfalls und sah seine Frau nachdenklich an. »Darüber müssen wir uns in Ruhe Gedanken machen. Das können wir nicht sofort entscheiden.«

Zwei Tage hatte Sabine bangen müssen, bis ihre Eltern endlich zugestimmt hatten. Tante Ebbas Brief hatte sie am Ende überzeugt und gleichzeitig beruhigt.

Als Nächstes hatte Sabine das längst überfällige Gespräch mit Berti bevorgestanden. Sabine hatte die Uhr und den Ring in eine Tasche gelegt, bei seinen Eltern geklingelt und ihn gebeten, mit ihr spazieren zu gehen. Während sie die Bismarckstraße hochgegangen waren, hatte Sabine tief Luft geholt und die Worte ausgesprochen, die ihr so lange auf der Seele gebrannt hatten. Sie hatte mit Bertis üblicher Verweigerungshaltung gerechnet. Doch offenbar hatte auch er die Situation überdacht und war zu dem Schluss gekommen, dass eine Beziehung mit ihr zwischen Gelsenkirchen und Sankt Peter keinen Sinn hatte.

»Ich hätte gar keine Zeit, dich am Wochenende in Sankt Peter zu besuchen. Die Post kommt ja auch samstags.« Äußerlich gefasst hatte er schließlich den Ring und die goldene Armbanduhr angenommen und sich sogar ein Lächeln abgerungen.

»Vielleicht lerne ich irgendwann eine andere Frau kennen, die genauso wunderbar ist wie du«, hatte er zum Abschied gesagt.

Sabine war ein Stein vom Herzen gefallen.

»Das wirst du. Ganz bestimmt! Und wir bleiben ja Freunde«, hatte sie zu ihm gesagt und sich dann umgedreht und war zu ihren Eltern gegangen. Sie hatte sich wie befreit gefühlt. Endlich hatte sie die Wahrheit gesagt und brauchte kein schlechtes Gewissen mehr zu haben.

Sabine schwang die Beine aus dem Bett und beeilte sich mit dem Waschen und Anziehen. Heute war endlich der große Tag, auf den sie sehnsüchtig gewartet hatte. Heute würde Tom als Nachfolger den Vertrag der Jessens unterzeichnen.

Um für den feierlichen Anlass passend gekleidet zu sein, zog sie ihr schönstes Kleid an und strich über den weiten gepunkteten Rock. Als sie sich kämmte, lächelte Sabine ihrem Spiegelbild zu. Wenn sie Frau Eppmann so sehen könnte! Ihr Haar war um einige Zentimeter länger geworden, bis zum Frühling würde es ihr bestimmt wieder bis zu den Schultern reichen.

Nie wieder würde jemand darüber entscheiden, welche Frisur sie trug. Ab heute war sie frei in ihren Entscheidungen.

Gegen Mittag kam das Ehepaar Jessen zum Strandcafé. Sie hatten die Vertragsunterlagen dabei, die ein Notar für sie aufgesetzt hatte. Zusammen mit Sabine und Tom setzten sie sich an einen der hinteren Tische auf der Veranda. Sie besprachen ausführlich die verschiedenen Punkte der Vereinbarung und klärten zum Schluss noch ein paar Fragen.

Schließlich überreichte Herr Jessen Tom feierlich einen schwarz-goldenen Füllfederhalter. »Dann fehlt jetzt nur noch Ihre Unterschrift.«

Er zögerte nicht, sondern nahm den Schreiber sofort. »Danke, Herr Jessen und Frau Jessen. Es ist mir eine Ehre, das Strandcafé von Ihnen zu übernehmen. Ich verspreche Ihnen, dass Sabine und ich es in Ihrem Sinne weiterführen werden«, sagte er und setzte dann in schwungvoller Schrift seinen Namen unter das Dokument.

Herr Jessen nahm den Füllfederhalter wieder zurück, erhob sich und reichte Tom die Hand. »Herzlichen Glückwunsch! Mögen Sie immer ein gutes Händchen für das Café haben.«

Lotte Jessen gratulierte Sabine und blinzelte eine Träne fort. »Und Sie, Fräulein Sabine, werden die Aufgabe mit Leichtigkeit meistern. Da bin ich mir ganz sicher. Sie sind genau die Richtige für unser Strandcafé, das wusste ich von Anfang an.«

»Das hoffe ich sehr. Eingearbeitet bin ich zumindest«, antwortete sie lächelnd und drückte ihr die Hand. »Ich habe Ihnen und Ihrem Mann viel zu verdanken. Ohne Sie würde ich heute im Gelsenkirchener Bahnhofsrestaurant arbeiten.«

Herr Jessen strich sich durch seinen Bart. »In Gelsenkirchen bin ich bisher noch nicht gewesen, aber der Bahnhof kann bestimmt nicht mit dieser Aussicht mithalten.« Er machte eine weite Armbewegung und schaute zum Meer.

»Nein, das kann er wirklich nicht«, antwortete Sabine lachend.

»Wir würden uns freuen, wenn wir ab und an als Gäste vorbeikommen könnten. Dann fällt uns der Abschied vom Café wahrscheinlich ein wenig leichter. Immerhin haben wir hier siebzehn Jahre lang jeden Tag verbracht.« Er trat neben seine Frau.

Tom lächelte Sabine verliebt zu, bevor er erwiderte: »Sie sind uns selbstverständlich jederzeit herzlich willkommen.«

Für lange Feierlichkeiten hatten sie keine Zeit. Es war ein schöner Spätsommertag, der nach wie vor zahlreiche Badegäste an den Strand und in ihr Café lockte. Tom und Sabine wollten das Geschäft sofort übernehmen. Und für den späten Nachmittag war ein weiterer *Tanz am Strand* geplant, bei dem die Tom Cats auftraten.

Als die ersten Akkorde von Toms Gitarre erklangen, drängten sich die Gäste um die Tanzfläche des Strandcafés. Frauen in glockigen Röcken und Männer mit Pomade im Haar bewegten sich im Rhythmus der Musik. Selbst auf der Terrasse wurde getanzt und geschwoft. Unter den Gästen entdeckte Sabine Toms Schwester, die Silke Leyrich im Schlepptau hatte. Sie winkte ihnen im Vorbeigehen zu und servierte drei Windbeutel an einem Tisch.

Nach dem Auftritt kamen sie auf Sabine und Tom zu.

»Hast du dich nach Ording verirrt?« Lachend umarmte Tom seine Schwester und gab dann Silke die Hand.

»Ich wollte euch gratulieren«, erklärte Amelie. »Das habt ihr wirklich gut hinbekommen. Ich bin beeindruckt.«

»Von mir auch alles Gute für die Übernahme.« Silke machte ein versöhnliches Gesicht. »Die Musik hat mir gefehlt«, fügte sie hinzu.

»Komm ruhig öfter vorbei, ich würde mich freuen. Die Tom Cats spielen hier regelmäßig«, sagte Tom.

»Vielleicht mache ich das«, antwortete Silke und klimperte mit den Wimpern.

Sabine verspürte zum ersten Mal einen Anflug von Eifersucht. Doch Tom berührte sie zart am Arm, sah sie fest an und vertrieb damit jeden Zweifel.

»Und? Was sind deine nächsten Pläne?«, fragte Amelie neugierig.

Tom überlegte kurz. »Eventuell schaffe ich eine Musikbox an. Dann können die Leute hier auch tanzen, wenn wir nicht spielen.«

»Davon höre ich gerade das erste Mal«, sagte Sabine überrascht und erfreut zugleich.

»Ist mir ja auch vorhin erst eingefallen«, erwiderte Tom und zwinkerte ihr zu.

»Wir haben übrigens noch jemanden mitgebracht.« Amelie drehte sich um und schaute zur Terrasse.

Tom folgte ihrem Blick, pures Erstaunen zeichnete sich auf seinem Gesicht ab. »Unsere Eltern?«

Herr und Frau Hansen sahen sich interessiert im Außenbereich um. Christian Hansen nahm eine Speisekarte vom Tisch, und zusammen mit seiner Frau vertiefte er sich darin.

Sabine sah sie zum ersten Mal und betrachtete sie nachdenklich. Rein äußerlich ähnelte Tom seinem Vater sehr, und seine Mutter hatte zwar einen strengen Zug um den Mund, aber ein warmes Lächeln.

Mit einem Blick verständigten Tom und sie sich, bevor er auf seine Eltern zuging. Sabine hielt sich bewusst im Hintergrund, verfolgte das Geschehen aber mit klopfendem Herzen.

»Guten Tag.«

Christian Hansen blickte von der Karte auf und legte sie zurück auf den Tisch. »Guten Tag, Thomas.«

»Mit euch habe ich nicht gerechnet«, gab Tom zu.

»Wir dachten, wir gucken mal, was unser Sohn so treibt.« Seine Mutter lächelte zaghaft.

»Man schaut doch bei der Konkurrenz vorbei, wenn ein Lokal übernommen wird. Das gehört sich schließlich so«, brummte sein Vater und verzog den Mund.

»Die Auswahl an Kuchen ist sehr ansprechend«, bemerkte seine Mutter.

Tom nickte. »Vielen Dank. Möchtet ihr euch nicht setzen und vielleicht etwas essen und trinken? Unser Kaffee schmeckt ganz hervorragend.«

Sein Vater schien schon abwinken zu wollen, doch seine Frau fasste an seinen Arm und warf ihm einen mahnenden Blick zu. »Das würden wir sehr gerne.«

Tom organisierte für seine Eltern einen Tisch mit einem schönen Ausblick und bestellte bei Annemarie Kaffee und Kuchen.

Im Vorbeigehen nickten Sabine und Tom einander aufmunternd zu.

»Die Windbeutel sind ein Gedicht«, lobte seine Mutter wenig später, als Tom zu ihrem Tisch kam, und legte die Kuchengabel zurück auf den Teller. »Von wem lässt du sie backen?«

»Von Sabine. Meine Geschäftspartnerin und Freundin«, sagte Tom stolz.

Sabine bediente gerade am Nebentisch und fühlte eine wohlbekannte Wärme durch sich fluten.

»So eine Sabine fehlt uns im Hotel«, merkte sein Vater an. »Frau Jolich hat uns vor drei Wochen verlassen, und Kerstens' Stärken liegen bekanntlich nicht im Bäckerhandwerk. Zurzeit müssen wir uns Kuchen und Brot anliefern lassen. Das ist umständlich, aber wir haben keine andere Wahl.«

»Das ist doch nur vorübergehend. Wir werden bald neues Personal finden«, sagte seine Mutter und legte eine Hand auf Toms. »Du kannst wirklich sehr stolz sein auf das, was du hier geschafft hast. Wir sind es jedenfalls. Nicht wahr, Christian?«

Toms Vater nickte leicht. »Es gehört einiges dazu, die Gäste in dieses Lokal zu locken. Das passiert nicht zufällig. Das Café an der Seebrücke hat selbst uns einige Gäste gekostet.«

Tom lächelte ihn an. Es bestand kein Zweifel daran, wie schwer es seinem Vater fallen musste, ihm Lob und Anerkennung auszusprechen. »Danke, Vater. Deine Worte bedeuten mir wirklich sehr viel. Hoffentlich kann ich den Namen Hansen in Sankt Peter würdig vertreten.«

Nach dem Feierabend stützte Sabine sich auf die Brüstung der Terrasse. Der Seewind strich leise flüsternd über die flache Küstenlandschaft und bewegte ihr Haar.

Die ersten Strandkörbe wurden von ein paar Mitarbeitern des Verleihs zusammengestellt. Sie würden sie vor dem Winter bald in Farmsens Scheune bringen. Zwei Möwen schritten auf dem Außengeländer der Veranda auf und ab, eine von ihnen schlug mit den Flügeln und zeterte.

Sabine atmete tief ein. Von nun an war Sankt Peter ihre neue Heimat. Bei dem Gedanken ging ihr Herz auf, und sie hatte das Gefühl, dass es jeden Moment platzen müsste, so viel Glück empfand sie. Sie war an ihrem Sehnsuchtsort angekommen und wollte keinen Tag mehr ohne die Meeresbrandung und die salzige Luft sein.

Tom trat neben sie und lächelte. »Geht es dir gut?«

»So gut wie noch nie im Leben. Und dir?«

»Mir geht es wunderbar. Ich habe mich mit meinen Eltern versöhnt, und sie sind stolz auf mich.«

Sie wandte sich ihm zu und blickte in seine grünen Augen. »Wer hätte das gedacht … Und auch, dass wir beide einmal zusammen ein Café führen würden!«

Er zuckte die Schultern. »Im Leben ist alles möglich, hat mal ein kluger Mensch gesagt. Und meistens passieren die schönsten Dinge, wenn man es nicht erwartet.« Er tastete in einer Hosentasche und zog dann eine kleine Schachtel hervor, die er sogleich öffnete. Ein schlichter silberner Ring kam zum Vorschein.

Sabine fasste sich an ihr Herz, das wie wild klopfte. »Tom!«, brachte sie mit erstickter Stimme nur hervor.

»Ich weiß, er ist nichts Besonderes. Trotzdem hoffe ich, dass du mich anhörst.« Er ging vor ihr auf die Knie. »Ich möchte nicht nur mit dir zusammen das Café führen, sondern auch alles andere mit dir teilen, Sabine. Deswegen möchte ich dich fragen, ob du meine Frau werden willst.«

Sie schüttelte heftig den Kopf, um die Tränen zu bekämpfen. Erst als sie sich einigermaßen beruhigt hatte, erwiderte sie mit fester Stimme: »Natürlich möchte ich dich heiraten!«

Glück sprach aus jeder seiner Bewegungen, als Tom aufstand und sie in seine Arme schloss. Er küsste sie und steckte ihr dann den Ring an den Finger. »Von jetzt an wird uns nichts mehr trennen, Sabine. Ich liebe dich über alles und möchte mein Leben mit dir verbringen.«

»Oh, Tom, ich auch!«

»Wir gehören zusammen. Für immer!«

»Für immer!« Sabine blickte in seine Augen und versank fast in ihnen. Sie strahlten vor unendlicher Liebe und Glück.

Der Sommer neigte sich dem Ende zu, doch Sabine wusste, dass dies erst der Anfang war. Der Beginn von etwas Großem.